Scrittori italiani e stranieri

Paolo Giordano

LA SOLITUDINE
DEI NUMERI PRIMI

Romanzo

MONDADORI

«La solitudine dei numeri primi»
di Paolo Giordano
Collezione Scrittori italiani e stranieri

ISBN 978-88-04-57702-7

© 2008 Arnoldo Mondadori Editore S.p.A., Milano
I edizione gennaio 2008

La solitudine dei numeri primi

A Eleonora,
perché in silenzio
te l'avevo promesso

La veste riccamente guarnita della vecchia zia si adattò perfettamente alla snella persona di Sylvie, che mi pregò di allacciargliela. «Ha le maniche lisce; com'è ridicolo!» disse.

GÉRARD DE NERVAL, *Sylvie*, 1853

L'angelo della neve
(1983)

Alice Della Rocca odiava la scuola di sci. Odiava la sveglia alle sette e mezzo del mattino anche nelle vacanze di Natale e suo padre che a colazione la fissava e sotto il tavolo faceva ballare la gamba nervosamente, come a dire su, sbrigati. Odiava la calzamaglia di lana che la pungeva sulle cosce, le moffole che non le lasciavano muovere le dita, il casco che le schiacciava le guance e puntava con il ferro sulla mandibola e poi quegli scarponi, sempre troppo stretti, che la facevano camminare come un gorilla.

«Allora, lo bevi o no questo latte?» la incalzò di nuovo suo padre.

Alice ingurgitò tre dita di latte bollente, che le bruciò prima la lingua, poi l'esofago e lo stomaco.

«Bene. E oggi fai vedere chi sei» le disse.

E chi sono?, pensò lei.

Poi la spinse fuori, mummificata nella tuta da sci verde, costellata di gagliardetti e delle scritte fluorescenti degli sponsor. A quell'ora faceva meno dieci gradi e il sole era solo un disco un po' più grigio della nebbia che avvolgeva tutto. Alice sentiva il latte turbinare nello stomaco, mentre sprofondava nella neve con gli sci in spalla, che gli sci bisogna portarseli da soli, finché non diventi talmente bravo che qualcuno li porta per te.

«Tieni le code in avanti, che altrimenti ammazzi qualcuno» le disse suo padre.

A fine stagione lo Sci Club ti regalava una spilla con delle stelline in rilievo. Ogni anno una stellina in più, da quando avevi quattro anni ed eri abbastanza alta per infilare tra le gambe il piattello dello skilift, a quando ne compivi nove e il piattello riuscivi ad acchiapparlo da sola. Tre stelle d'argento e poi altre tre d'oro. Ogni anno una spilla per dirti che eri un po' più brava, un po' più vicina alle gare agonistiche che terrorizzavano Alice. Ci pensava già allora, che di stelline ne aveva solo tre.

L'appuntamento era di fronte alla seggiovia alle otto e mezzo in punto, per l'apertura degli impianti. I compagni di Alice erano già lì, a formare una specie di cerchio, tutti uguali come soldatini, imbacuccati nella divisa e rattrappiti dal sonno e dal freddo. Puntavano i bastoncini nella neve e ci si appoggiavano sopra, ancorandoli alle ascelle. Con le braccia a penzoloni sembravano tanti spaventapasseri. Nessuno aveva voglia di parlare, men che meno Alice.

Suo padre le diede due colpi troppo forti sul casco, manco volesse piantarla nella neve.

«Stendili tutti. E ricorda: peso in avanti, capito? Pe-so-in-a-van-ti» le disse.

Peso in avanti, rispose l'eco nella testa di Alice.

Poi lui si allontanò, soffiandosi tra le mani chiuse a coppa, lui che se ne sarebbe presto tornato al calduccio di casa a leggere il giornale. Due passi e la nebbia se lo inghiottì.

Alice lasciò cadere malamente gli sci a terra, che se suo padre l'avesse vista gliele avrebbe suonate lì, davanti a tutti. Prima di infilare gli scarponi negli attacchi, li batté sul fondo con il bastoncino, per far venir giù le zolle di neve appiccicate.

Le scappava già un po'. La sentiva spingere sulla

vescica, come uno spillo conficcato dentro la pancia. Non ce l'avrebbe fatta nemmeno oggi, ne era sicura.

Ogni mattina lo stesso. Dopo colazione si chiudeva nel bagno e spingeva, spingeva, per svuotarsi di tutta la pipì. Rimaneva sul water a contrarre gli addominali finché dallo sforzo non le prendeva una fitta alla testa e le sembrava che gli occhi le sgusciassero dalle orbite, come la polpa dell'uva fragola se schiacci l'acino. Apriva al massimo il rubinetto dell'acqua perché suo padre non sentisse i rumori. Spingeva stringendo i pugni, per spremere anche l'ultima goccia.

Rimaneva seduta così finché suo padre non bussava forte alla porta del bagno e gridava allora signorina, abbiamo finito che siamo in ritardo anche oggi?

Tanto non serviva a niente. Arrivata in fondo alla prima seggiovia le scappava sempre così forte che era costretta a sganciarsi gli sci, ad accovacciarsi nella neve fresca, un po' in disparte, a fingere di stringersi gli scarponi e intanto a fare la pipì. Ammucchiava un po' di neve addosso alle gambe tenute strette e si pisciava addosso. Dentro la tuta, nella calzamaglia, mentre tutti i suoi compagni la guardavano ed Eric, il maestro, diceva come sempre aspettiamo Alice.

È proprio un sollievo, si trovava a pensare ogni volta, con quel bel tepore che le si squagliava tra le gambe infreddolite.

Sarebbe un sollievo. Se solo non stessero tutti lì a guardarmi, pensava Alice.

Prima o poi se ne accorgeranno.

Prima o poi lascerò una chiazza gialla sulla neve.

Mi prenderanno tutti in giro, pensava.

Uno dei genitori si avvicinò a Eric e gli chiese se quel giorno non ci fosse davvero troppa nebbia per salire in quota. Alice tese le orecchie speranzosa, ma Eric esibì il suo sorriso perfetto.

«La nebbia è solo qui» disse. «In cima c'è un sole che spacca le pietre. Coraggio, tutti su.»

In seggiovia Alice fece coppia con Giuliana, la figlia di uno dei colleghi di papà. Durante il tragitto non parlarono. Non si stavano né simpatiche né antipatiche. Non avevano nulla in comune, se non il fatto di non voler essere lì, in quel momento.

Il rumore era quello del vento che spazzava la cima del Fraiteve, ritmato dallo scorrere metallico del cavo d'acciaio a cui Alice e Giuliana stavano appese, con il mento cacciato nel bavero della giacca per scaldarsi con il fiato.

È solo il freddo, non ti scappa veramente, si ripeteva Alice.

Ma più si avvicinava la cima, più lo spillone che aveva in pancia penetrava nella carne. Anzi, era qualcosa di più. Forse stavolta le scappava qualcosa di serio.

No, è solo il freddo, non può scapparti ancora. L'hai appena fatta, dài.

Un rigurgito di latte rancido le salì in uno spruzzo fino all'epiglottide. Alice lo ricacciò giù con disgusto. Le scappava, le scappava da morire.

Ci sono altri due impianti prima del rifugio. Non la tengo così tanto, pensò.

Giuliana sollevò la sbarra di sicurezza e tutte e due spostarono il sedere un po' in avanti per scendere. Quando gli sci toccarono terra Alice si diede una spinta con la mano per staccarsi dal seggiolino.

Non si vedeva a più di due metri, altro che sole che spacca le pietre. Tutto bianco, solo bianco, sopra, sotto, di lato. Era come stare avvolti in un lenzuolo. Era il contrario esatto del buio, ma ad Alice faceva la stessa paura.

Scivolò a bordo pista per cercare una montagnola di neve fresca dove liberarsi. Il suo intestino fece il rumore di quando azioni la lavapiatti. Si voltò indietro. Non vedeva più Giuliana, perciò Giuliana non poteva vedere lei. Risalì il pendio di qualche metro, mettendo gli sci a lisca di pesce, come la obbligava a fare suo padre quando si era messo in testa di insegnarle a sciare. Su e giù dalla pista dei piccoli, trentaquaranta volte in un giorno. Su a scaletta e giù a spazzaneve, che comprare lo skipass per una pista sola era uno spreco di soldi e senza contare che così allenava anche le gambe.

Alice si sganciò gli sci e fece ancora qualche passo. Sprofondò con gli scarponi fino a metà polpaccio. Finalmente era seduta. Smise di trattenere il fiato e rilassò i muscoli. Una piacevole scossa elettrica le si propagò per tutto il corpo per poi annidarsi sulle punte dei piedi.

Sarà stato il latte, di sicuro fu il latte. Sarà che aveva le chiappe mezzo congelate, a stare seduta nella neve a più di duemila metri. Non le era mai successo, almeno da quanto poteva ricordare. Mai, nemmeno una volta.

Se la fece addosso. Non la pipì. Non solo. Alice si cagò addosso, alle nove in punto di una mattina di gennaio. Se la fece nelle mutande e nemmeno se ne accorse. Almeno finché non sentì la voce di Eric che la chiamava, da un punto indefinito dentro il blocco di nebbia.

Si alzò di scatto e fu in quel momento che sentì qualcosa di pesante nel cavallo dei pantaloni. D'istinto si toccò il sedere, ma il guanto le toglieva ogni sensibilità. Comunque non ce n'era bisogno, tanto aveva già capito.

E ora che faccio?, si chiese.

Eric la chiamò di nuovo. Alice non rispose. Finché stava lì sopra, la nebbia l'avrebbe nascosta. Poteva abbassarsi i pantaloni della tuta e pulirsi alla bell'e meglio con la neve oppure scendere da Eric e dirgli

15

nell'orecchio cosa le era capitato. Poteva dirgli che doveva tornare in paese, che il ginocchio le faceva male. Oppure fregarsene e sciare così, facendo attenzione a chiudere sempre la fila.

Invece rimase semplicemente lì, attenta a non muovere un muscolo, protetta dalla nebbia.

Eric la chiamò per la terza volta. Più forte.

«Sarà già andata allo skilift, quella stordita» rispose un ragazzino al posto suo.

Alice udì un vociferare. Qualcuno disse andiamo e qualcun altro disse ho freddo a stare fermo. Potevano essere lì sotto, a pochi metri o magari ancora all'arrivo della seggiovia. I suoni ingannano, rimbalzano sulle montagne, affondano nella neve.

«Accidenti a lei... Andiamo a vedere» disse Eric.

Alice contò lentamente fino a dieci, trattenendo la voglia di vomitare per l'impiastro molliccio che sentiva colare giù per le cosce. Arrivata a dieci ripartì da capo e contò ancora fino a venti. Non c'era più nemmeno un rumore.

Prese gli sci e li portò a braccia fin sulla pista. Ci mise un po' a capire come doveva metterli per essere perpendicolare alla linea di massima pendenza. Con una nebbia così non capisci nemmeno da che parte sei girato.

Agganciò gli scarponi e strinse gli attacchi. Si sfilò la mascherina e ci sputò dentro perché si era appannata.

Poteva scendere a valle da sola. Non le importava nulla che Eric la stesse cercando in cima al Fraiteve. Lei, dentro quella calzamaglia imbrattata di merda, non ci voleva stare un secondo di più del necessario.

Pensò al percorso. Non era mai scesa da sola ma, insomma, avevano preso solo la seggiovia e quella pista l'aveva fatta decine di volte.

Si mise a spazzaneve, era più prudente e poi con le gambe larghe le sembrava di essere meno impiastricciata là sotto. Giusto il giorno prima, Eric le aveva detto se ti vedo fare ancora una curva a spazzaneve, giuro che ti lego le caviglie insieme. Lei a Eric non piaceva, ne era sicura. Lui pensava che era una cagasotto. E i fatti gli davano ragione, in fin dei conti. A Eric non piaceva nemmeno suo padre, perché ogni giorno, a fine lezione, lo assillava con un miliardo di domande. Allora come va la nostra Alice, allora stiamo migliorando, allora abbiamo una campionessa, allora quando iniziano queste gare, allora questo, allora quello. Eric fissava sempre un punto alle spalle di suo padre e rispondeva sì, no oppure con dei lunghi eh.

Alice vedeva tutta la scena passarle in sovraimpressione sulla mascherina piena di nebbia, mentre scendeva pianissimo, senza distinguere nulla oltre le punte degli sci. Solo quando finiva nella neve fresca capiva che era il momento di curvare.

Si mise a canticchiare una canzone per sentirsi meno sola. Di tanto in tanto si passava il guanto sotto il naso per asciugarsi il moccio.

Peso a monte, punta il bastoncino e ruota. Appoggia sugli scarponi. Adesso peso in avanti, capito? Peso-in-a-van-ti, le suggerivano un po' Eric e un po' suo padre.

Si sarebbe arrabbiato suo padre, come una belva. E lei doveva preparare una bugia. Una storia che stesse in piedi senza buchi o contraddizioni. Non se lo sognava nemmeno di dirgli quello che le era capitato veramente. La nebbia, ecco, colpa della nebbia. Stava seguendo gli altri sulla pista del gigante quando le si era staccato lo skipass dalla giacca. Anzi no, lo skipass non vola via a nessuno. Bisogna proprio essere idioti per perderlo. Facciamo la sciarpa. Le era volata via la sciarpa e lei era tornata su un pezzo per recuperarla e gli altri non l'avevano aspettata. Lei li aveva chiamati cento volte ma quelli niente, erano spariti nella nebbia e allora lei era tornata giù a cercarli.

E perché poi non sei risalita?, le avrebbe chiesto suo padre.

Giusto, perché? A pensarci bene era meglio se perdeva lo skipass. Non era tornata su perché non aveva più lo skipass e l'uomo della seggiovia non l'aveva più fatta salire.

Alice sorrise, soddisfatta della sua storia. Non faceva una grinza. Non si sentiva nemmeno più così sporca. Quella roba aveva smesso di colare.

Probabilmente si è congelata, pensò.

Avrebbe passato il resto della giornata davanti alla tele. Si sarebbe fatta una doccia e avrebbe messo dei vestiti puliti e infilato i piedi nelle sue ciabatte pelose. Sarebbe rimasta al caldo per tutto il tempo, se solo avesse alzato un po' gli occhi dagli sci, quel poco che bastava per vedere la banda arancione con scritto *Pista chiusa*. E sì che suo padre glielo diceva sempre impara a guardare dove vai. Se solo si fosse ricordata che sulla neve fresca il peso non va messo in avanti e magari Eric, qualche giorno prima, le avesse regolato meglio quegli attacchi e suo padre avesse insistito di più a dire ma Alice pesa ventotto chili, non saranno troppo stretti così?

Il salto non fu poi tanto alto. Qualche metro, appena il tempo di sentire un po' di vuoto allo stomaco e niente sotto i piedi. Dopodiché Alice era già faccia a terra, con gli sci per aria, piantati belli dritti, che avevano avuto la meglio sul perone.

Non sentì davvero male. Non sentì quasi nulla, a dire il vero. Solo la neve che le si era infilata sotto la sciarpa e dentro il casco e che bruciava a contatto con la pelle.

La prima cosa che mosse furono le braccia. Quand'era più piccola e si svegliava che aveva nevicato, suo padre la imbacuccava tutta e poi la portava di sotto. Camminavano fino al centro del cortile, poi, tenendosi per mano, contavano uno due e tre e insieme si lasciavano cadere all'indietro, a peso morto. Suo padre le diceva adesso fai l'angelo e Alice muoveva su e giù le braccia e, quando si rialzava e guardava la sua sagoma incisa nel manto bianco, sembrava proprio l'ombra di un angelo con le ali aperte.

Alice fece l'angelo nella neve, così, senza un motivo, giusto per dimostrare a se stessa che era ancora viva. Riuscì a girare la testa da una parte e ricominciare a respirare, anche se le sembrava che l'aria che inalava non arrivasse proprio giù dove doveva. Aveva la strana sensazione di non sapere come fossero girate le sue gambe. La stranissima sensazione di non averle più, le gambe.

Provò a sollevarsi, ma non ci riuscì.

Senza quella nebbia magari qualcuno l'avrebbe vista dall'alto. Una macchia verde spiaccicata sul fondo di un canalone, a pochi passi da dove in primavera avrebbe ripreso a scorrere un piccolo torrente e con il primo caldo sarebbero venute fuori le fragoline di bosco, che se aspetti abbastanza diventano dolci come caramelle e in una giornata capace che ne riempi un cestino intero.

Alice gridò aiuto, ma la sua vocina esile se la inghiottì tutta la nebbia. Provò di nuovo ad alzarsi, a girarsi per lo meno, ma niente da fare.

Suo padre le aveva detto che chi muore assiderato, un attimo prima di tirare le cuoia, sente un gran caldo e gli viene da spogliarsi, così che quasi tutti i morti per il freddo li trovano in mutande. Lei aveva le mutande sporche, per di più.

Iniziò a perdere sensibilità anche alle dita. Si tolse un guanto, ci soffiò dentro e poi ci rimise il pugno chiuso per scaldarsi. Lo fece anche con l'altra mano. Ripeté quel gesto ridicolo due o tre volte.

Sono le estremità che ti fregano, diceva sempre suo padre. Dita dei piedi e delle mani, naso, orecchie. Il cuore fa di tutto per tenersi il sangue per sé e lascia congelare il resto.

Alice si immaginò le sue dita che diventavano blu e poi, lentamente, anche le braccia e le gambe. Pensò al cuore che pompava sempre più forte e cercava di tenersi tutto il calore rimasto. Sarebbe diventata così rigida che se fosse passato di lì un lupo le avrebbe spezzato un braccio semplicemente camminandoci sopra.

Mi staranno cercando.

Chissà se ci sono davvero i lupi.

Non sento più le dita.

Se non avessi bevuto il latte.

Peso in avanti, pensò.

Ma no, i lupi vanno in letargo.

Eric sarà infuriato.

Io quelle gare non le voglio fare.

Non dire fesserie, lo sai benissimo che i lupi non vanno in letargo.

I suoi pensieri si fecero via via più illogici e circolari. Lentamente il sole sprofondò dietro il monte Chaberton facendo finta di nulla. L'ombra delle montagne si allungò sopra Alice e la nebbia divenne tutta nera.

Il Principio di Archimede
(1984)

2

Quando i due gemelli erano ancora piccoli e Michela ne combinava una delle sue, come lanciarsi con il girello dalle scale oppure incastrarsi un pisello su per una narice, che poi bisognava portarla al pronto soccorso per farglielo estrarre con delle pinze speciali, loro padre si rivolgeva sempre a Mattia, il primo ad aver visto la luce, e gli diceva la mamma aveva l'utero troppo piccolo per tutti e due.

«Chissà che avete combinato dentro quella pancia» diceva. «Mi sa che a forza di dare calci a tua sorella le hai procurato qualche danno serio.»

Poi rideva, anche se non c'era niente da ridere. Sollevava Michela per aria e le affondava la barba tra le guance morbide.

Mattia guardava da sotto. Rideva pure lui e lasciava che le parole del papà gli filtrassero dentro per osmosi, senza capirle davvero. Lasciava che si depositassero sul fondo dello stomaco, a formare uno strato spesso e vischioso, come il precipitato dei vini invecchiati a lungo.

La risata di papà si trasformò in un sorriso tirato quando, a ventisette mesi, Michela non spiccicava ancora una parola che fosse una. Nemmeno mamma o cacca o nanna o bau. I suoi gridolini disarticolati giungevano da un posto così solitario e deserto che papà rabbrividiva ogni volta.

A cinque anni e mezzo una logopedista con gli occhiali spessi mise di fronte a Michela un parallelepipedo di compensato con le incisioni di quattro forme diverse – una stella, un cerchio, un quadrato e un triangolo – e le corrispondenti formine colorate da incastrare nei buchi.

Michela la osservava meravigliata.

«Dove va la stella, Michela?» chiese la logopedista. Michela abbassò lo sguardo sul gioco e non toccò nulla. La dottoressa le mise in mano la stella.

«Dove va questa, Michela?» domandò.

Michela guardava ovunque e da nessuna parte. Si infilò una delle cinque punte gialle in bocca e prese a morsicarla. La logopedista le tolse la mano dalla bocca e ripeté la domanda per la terza volta.

«Michela, fai come ti dice la dottoressa, accidenti» ringhiò suo padre, che non ci riusciva proprio, a stare seduto dove gli avevano detto.

«Signor Balossino, la prego» disse la dottoressa conciliante. «Ai bambini bisogna concedere il loro tempo.»

Michela si prese il suo tempo. Un minuto intero. Poi emise un gemito straziante, che poteva essere tanto di gioia quanto di disperazione, e con sicurezza incastrò la stella nel posto del quadrato.

Nel caso Mattia non l'avesse già capito da solo che sua sorella aveva qualcosa di storto, ci pensarono i suoi compagni di classe a farglielo presente, ad esempio Simona Volterra, che quando in prima la maestra le disse Simona, questo mese sarai vicina di banco di Michela, si ribellò incrociando le braccia e disse io vicino a quella là non ci voglio stare.

Mattia aveva lasciato che Simona e la maestra litigassero per un po' e poi aveva detto maestra, posso restarci io vicino a Michela. Tutti quanti erano apparsi sollevati: *quella là*, Simona, la maestra. Tutti quanti, a parte Mattia.

I due gemelli stavano al primo banco. Michela colorava per tutto il giorno disegni prestampati, andando meticolosamente fuori dai contorni e assegnando i colori a caso. La pelle dei bambini blu, il cielo rosso, gli alberi tutti gialli. Impugnava la matita come un batticarne e calcava sul foglio tanto da strapparlo una volta su tre.

Di fianco a lei Mattia imparava a leggere e scrivere. Imparava le quattro operazioni aritmetiche e fu il primo della classe a saper fare le divisioni con il riporto. La sua testa pareva un ingranaggio perfetto, nello stesso modo misterioso in cui quella di sua sorella era così difettosa.

A volte Michela prendeva a dimenarsi sulla sedia e a sbattere le braccia forsennatamente, come una falena in trappola. Gli occhi le si facevano bui e la maestra restava a guardarla, più impaurita di lei, con la vaga speranza che quella ritardata potesse davvero prendere il volo, una volta o l'altra. Qualcuno nelle file dietro ridacchiava e qualcun altro gli faceva shhh.

Allora Mattia si alzava in piedi, sollevando la sedia per non farla stridere sul pavimento e andava dietro a Michela, che ruotava la testa da una parte e dall'altra e ormai sbatteva le braccia talmente veloce che lui aveva paura le si staccassero.

Mattia le prendeva le mani e delicatamente le chiudeva le braccia intorno al petto.

«Ecco, non le hai più le ali» le diceva in un orecchio.

Michela ci metteva ancora qualche secondo prima di smetterla di tremare. Restava fissa su qualcosa di inesistente, per alcuni secondi, e poi tornava a torturare i suoi disegni come se nulla fosse. Mattia si sedeva di nuovo al suo posto, la testa bassa e le orecchie rosse di imbarazzo e la maestra andava avanti con la spiegazione.

In terza elementare i gemelli non erano ancora stati invitati a nessuna delle feste di compleanno dei loro compagni. La mamma se n'era accorta e aveva pensato di risolvere la situazione organizzandola loro una festa, per il compleanno dei gemelli. A tavola il signor Balossino aveva cassato la proposta, dicendo per pietà Adele, è già abbastanza penoso così. Mattia aveva tirato un respiro di sollievo e Michela aveva lasciato cadere la forchetta per la decima volta. Non se n'era più parlato.

Poi, un mattino di gennaio, Riccardo Pelotti, quello con i capelli rossi e i labbroni da babbuino, si avvicinò al banco di Mattia.

«Senti, ha detto mia madre che ci puoi venire anche tu alla mia festa di compleanno» disse d'un fiato, guardando verso la lavagna.

«E anche lei» aggiunse indicando Michela che stava lisciando accuratamente la superficie del banco, neanche fosse stata un lenzuolo.

La faccia di Mattia prese a formicolare per l'emozione. Rispose grazie, ma Riccardo, levatosi il peso, si era già allontanato.

La mamma dei gemelli entrò subito in agitazione e portò tutti e due alla Benetton per vestirli a nuovo. Girarono tre negozi di giocattoli ma ogni volta Adele non era abbastanza convinta.

«Ma che gusti ha Riccardo? Gli può piacere questo?» domandava a Mattia, soppesando la confezione di un puzzle da millecinquecento pezzi.

«E io che ne so?» le rispondeva il figlio.

«È un tuo amico, insomma. Saprai bene che giochi gli piacciono.»

Mattia pensò che Riccardo non era un suo amico e che non sarebbe riuscito a spiegarlo a sua madre. Si limitò a scrollare le spalle.

Alla fine Adele decise per l'astronave dei Lego, la scatola più grande e costosa del reparto.

«Mamma, è troppo» protestò il figlio.

«Ma va'. E poi voi siete in due. Non vorrete mica fare brutta figura.»

Mattia sapeva benissimo che, Lego o no, loro la brutta figura la facevano comunque. Con Michela era impossibile il contrario. Sapeva benissimo che a quella festa Riccardo li aveva invitati solo perché i suoi lo avevano obbligato. Michela gli sarebbe stata appiccicata tutto il tempo, si sarebbe rovesciata l'aranciata addosso e poi si sarebbe messa a frignare, come faceva sempre quando era stanca.

Per la prima volta Mattia pensò che forse era meglio starsene a casa.

Anzi no, pensò che era meglio se Michela se ne stava a casa.

«Mamma» attaccò incerto.

Adele cercava il portafoglio nella borsa.

«Sì?»

Mattia prese fiato.

«Michela deve proprio venirci, alla festa?»

Adele si immobilizzò di colpo e piantò gli occhi in quelli del figlio. La cassiera osservava la scena con sguardo indifferente e con una mano aperta sul tapis roulant, in attesa dei soldi. Michela stava mischiando i pacchetti di caramelle sull'espositore.

Le guance di Mattia si scaldarono, pronte a ricevere una sberla che non arrivò mai.

«Certo che ci viene» si limitò a dire sua madre e la questione si chiuse lì.

A casa di Riccardo potevano andarci da soli. Erano appena dieci minuti a piedi. Alle tre in punto Adele spinse i gemelli fuori dalla porta.

«Dài, che fate tardi. Ricordatevi di ringraziare i suoi genitori» disse.

Poi si voltò verso Mattia.

«Fai attenzione a tua sorella. Sai che di schifezze non ne può mangiare.»

Mattia annuì. Adele li baciò entrambi sulle guance, Michela più a lungo. Le sistemò i capelli sotto il cerchietto e disse divertitevi.

Lungo la strada per la casa di Riccardo, i pensieri di Mattia erano scanditi dal fruscio dei pezzi di Lego, che si muovevano nella scatola come una piccola marea, urtando le pareti di cartone su una faccia e poi su quella opposta. Alle sue spalle, qualche metro più in là, Michela incespicava per tenere il passo, trascinando i piedi sulla poltiglia di foglie morte incollate all'asfalto. L'aria era ferma e fredda.

Farà cadere tutte le patatine a terra, penso Mattia. Prenderà la palla e non vorrà più ridarla a nessuno.

«Ti vuoi sbrigare?» si voltò a dire alla gemella, che d'un tratto si era accovacciata in mezzo al marciapiede e con un dito torturava un verme lungo una spanna.

Michela guardò il fratello come se lo rivedesse per la prima volta dopo tanto tempo. Gli sorrise e gli corse incontro stringendo il verme tra pollice e indice.

«Che schifo che fai. Buttalo via» le ordinò Mattia, ritraendosi.

Michela guardò ancora un momento il verme e sembrò domandarsi come fosse finito tra le sue dita. Poi lo lasciò cadere e abbozzò una corsa sbilenca per raggiungere il fratello che si era già allontanato di qualche passo.

Si prenderà il pallone e non vorrà più darlo a nessuno, proprio come fa a scuola, pensava Mattia.

Guardò la gemella che aveva i suoi stessi occhi, il suo stesso naso, il suo stesso colore di capelli e un cervello da buttare e per la prima volta provò un odio autentico. Le prese la mano per attraversare il corso, perché lì le macchine andavano forte. Fu mentre attraversavano che gli venne un'idea.

Lasciò la mano della sorella, coperta dal guantino di lana, e pensò che però non era giusto.

Poi, mentre costeggiavano il parco, cambiò idea un'altra volta e si convinse che non l'avrebbe mai scoperto nessuno. È solo per qualche ora, pensò. Solo per questa volta. Cambiò direzione bruscamente, tirandosi dietro Michela per un braccio, ed entrò nel parco. L'erba del prato era ancora umida dalla gelata della notte. Michela gli trotterellò dietro, sporcando i suoi stivaletti di scamosciato bianco nuovi nuovi nella fanghiglia.

Al parco non c'era nessuno. Con quel freddo la voglia di passeggiare sarebbe passata a chiunque. I due gemelli raggiunsero una zona alberata, attrezzata con tre tavoli di legno e una griglia per il barbecue. In prima si erano fermati a pranzare proprio lì, una mattina che le maestre li avevano portati in giro a raccogliere foglie secche, con cui poi avevano confezionato dei brutti centrotavola da regalare ai nonni per Natale.

«Michi, ascoltami bene» disse Mattia. «Mi stai ascoltando?»

Con Michela bisognava sempre accertarsi che quel suo stretto canale di comunicazione fosse aperto. Mattia attese un cenno del capo della sorella.

«Bene. Allora, io adesso devo andare via per un po', okay? Però non sto via molto, solo mezz'oretta» le spiegò.

Non c'era motivo per dire la verità, tanto per Michela mezz'ora o un giorno intero faceva poca differenza. La dottoressa aveva detto che lo sviluppo della sua percezione spazio-temporale si era arrestato a uno stadio pre-cosciente e Mattia aveva capito benissimo cosa voleva dire.

«Tu stai seduta qui e mi aspetti» disse alla gemella. Michela fissava il fratello con serietà e non rispose

29

nulla, perché non sapeva rispondere. Non diede segno di aver capito davvero, ma per un momento gli occhi le si accesero e per tutta la vita Mattia pensò a quegli occhi come alla paura.

Si allontanò di qualche passo dalla sorella, camminando all'indietro per continuare a guardarla e assicurarsi che lei non lo seguisse. Solo i gamberi camminano così, lo aveva sgridato una volta sua madre, e finisce sempre che vanno a sbattere da qualche parte.

Era a una quindicina di metri e Michela non lo guardava già più, tutta presa nel tentativo di staccare un bottone dal suo cappotto di lana.

Mattia si voltò e si mise a correre, stringendo in mano il sacchetto con il regalo. Dentro la scatola più di duecento cubetti di plastica sbattevano l'uno sull'altro e sembrava volessero dirgli qualcosa.

«Ciao Mattia» lo accolse la mamma di Riccardo Pelotti aprendo la porta. «E la tua sorellina?»

«Lei aveva la febbre» mentì Mattia. «Un po'.»

«Oh, ma che peccato» disse la signora, che non sembrava dispiaciuta per niente. Si fece da parte per farlo entrare.

«Ricky, c'è il tuo amico Mattia. Vieni a salutarlo» gridò rivolta verso il corridoio.

Riccardo Pelotti comparve con una scivolata sul pavimento e la sua espressione antipatica. Si fermò per un secondo a guardare Mattia e cercò tracce della ritardata. Poi, sollevato, disse ciao.

Mattia alzò la borsa con il regalo sotto il naso della signora.

«Questo dove lo metto?» domandò.

«Cos'è?» chiese Riccardo sospettoso

«Lego.»

«Ah.»

Riccardo afferrò la borsa e sparì di nuovo in corridoio.

«Vai con lui» disse la signora spingendo Mattia. «La festa è di là.»

Il soggiorno di casa Pelotti era incorniciato da ghirlande di palloncini. Su un tavolo coperto da una tovaglia di carta rossa c'erano delle ciotole di pop-corn e patatine, una teglia di pizza secca tagliata a quadrati e una fila di bottiglie ancora chiuse di bevande gassate di vari colori. Alcuni dei compagni di Mattia erano già arrivati e stavano in piedi al centro della stanza, a presidiare il tavolo.

Mattia fece qualche passo verso gli altri e poi si fermò a un paio di metri, come un satellite che non vuole occupare troppo posto nel cielo. Nessuno fece caso a lui.

Quando la stanza fu piena di bambini, un ragazzo sulla ventina, con un naso di plastica rossa e una bombetta da pagliaccio, li fece giocare a mosca cieca e alla coda dell'asino, quel gioco in cui vieni bendato e devi attaccare la coda a un asino disegnato su un foglio. Mattia vinse il primo premio, che consisteva in una manciata extra di caramelle, ma solo perché vedeva da sotto la benda. Tutti gli gridarono buu e hai barato, mentre pieno di vergogna si infilava i dolci nella tasca.

Poi, quando fuori era già buio, il ragazzo vestito da pagliaccio spense le luci, fece sedere tutti in cerchio e attaccò a raccontare una storia dell'orrore. Teneva una torcia accesa sotto il mento.

Mattia pensò che la storia non faceva davvero paura, ma la faccia illuminata in quel modo sì. La luce proiettata dal basso la rendeva tutta rossa e ne scopriva delle ombre terrorizzanti. Mattia guardò fuori dalla finestra per non guardare più il pagliaccio e si ricordò di Michela. Non se n'era mai dimenticato veramente, ma per la prima volta la immaginò da sola in mezzo agli alberi, ad aspettarlo, mentre con i guantini bianchi si strofinava la faccia per scaldarsi un po'.

Si drizzò in piedi, proprio mentre la mamma di Riccardo faceva il suo ingresso nella stanza buia con una torta piena di candeline accese e tutti quanti si mettevano ad applaudire, un po' alla storia e un po' alla torta.

«Io devo andare» le disse, senza nemmeno darle il tempo di appoggiare la torta sul tavolo.

«Proprio adesso? C'è la torta.»

«Sì, adesso. Devo andare.»

La mamma di Riccardo lo guardava da sopra le candeline. Anche la sua faccia, illuminata così, era piena di ombre minacciose. Gli altri invitati tacquero.

«Va bene» disse la donna incerta. «Ricky, accompagna il tuo amico alla porta.»

«Ma devo spegnere le candeline» protestò il festeggiato.

«Fai come ti dico» gli ordinò la madre, senza smettere di fissare Mattia.

«Cheppalle che sei, Mattia!»

Qualcuno si mise a ridere. Mattia seguì Riccardo fino all'ingresso, prese la sua giacca da sotto un mucchio di giacche e gli disse grazie e ciao. Quello non rispose nulla e gli chiuse la porta dietro, per tornare di corsa alla sua torta.

Dal cortile del condominio di Riccardo, Mattia si voltò per un attimo verso la finestra illuminata. Le grida dei suoi compagni filtravano da sotto le finestre e giungevano ovattate alle sue orecchie, come il brusio rassicurante della televisione in salotto, quando alla sera la mamma spediva lui e Michela a dormire. Il cancelletto si chiuse alle sue spalle con uno schiocco metallico e lui si mise a correre.

Entrò nel parco e, dopo una decina di passi, la luce

dei lampioni sulla strada non bastò più a distinguere il vialetto di ghiaia. I rami spogli degli alberi dove aveva lasciato Michela erano soltanto dei graffi un po' più scuri contro il cielo nero. Vedendoli da lontano, Mattia ebbe la certezza, limpida e inspiegabile, che sua sorella non fosse più lì.

Si fermò a pochi metri dalla panca dove Michela era seduta fino a qualche ora prima, tutta intenta a rovinare il suo cappotto. Restò fermo, in ascolto, finché il fiatone non gli fu passato, come se da un momento all'altro sua sorella dovesse sbucare da dietro un albero facendogli cucù e poi correrli incontro, svolazzando con la sua andatura sbilenca.

Mattia chiamò Michi e si spaventò della propria voce. Lo ripeté più piano. Si avvicinò ai tavoli di legno e poggiò una mano nel punto in cui Michela era seduta. Era freddo come tutto il resto.

Si sarà stufata e sarà andata a casa, pensò.

Ma se non la sa neppure, la strada. E poi non può attraversare il corso da sola.

Mattia guardò il parco, che si perdeva nel buio davanti a lui. Non sapeva nemmeno dove finiva. Pensò che non voleva proseguire e che non aveva altra scelta.

Camminava in punta di piedi per non far scricchiolare le foglie sotto le suole, girando la testa da una parte all'altra, nella speranza di scorgere Michela accucciata dietro un albero, a fare la posta a uno scarabeo o a chissacché.

Entrò nel recinto delle giostrine. Si sforzò di ricordare i colori che aveva lo scivolo nella luce della domenica pomeriggio, quando la mamma cedeva alle urla di Michela e le faceva fare un paio di giri, anche se lei per lo scivolo era già troppo grande.

Costeggiò la siepe fino ai bagni pubblici, ma non ebbe il coraggio di entrarci. Ritrovò il sentiero, che in quel punto del parco era solo una striscia sottile di terriccio segnata dall'andirivieni delle famiglie a passeggio. Lo seguì per dieci minuti buoni, finché non seppe più dov'era. Allora gli venne da piangere e da tossire insieme.

«Sei proprio una stupida, Michi» disse a mezza voce. «Una stupida ritardata. Te l'ha spiegato mille volte mamma che quando ti perdi devi fermarti dove sei... Ma tu non capisci mai niente... Niente di niente.»

Risalì un lieve pendio e si trovò di fronte al fiume che tagliava in due il parco. Suo padre gli aveva detto il nome un sacco di volte, ma Mattia non riuscì a ricordarselo. L'acqua rifletteva un po' di luce presa da chissà dove e la faceva tremolare nei suoi occhi umidi.

Si avvicinò alla sponda del fiume e sentì che Michela doveva essere vicina. L'acqua le piaceva. Mamma raccontava sempre che, quando da piccoli faceva il bagno a tutti e due insieme, Michi strillava come una pazza perché non voleva uscire, anche dopo che l'acqua era diventata fredda. Una domenica papà li aveva portati sulla riva, proprio lì forse, e gli aveva insegnato a lanciare i sassi piatti per farli rimbalzare sulla superficie. Mentre gli spiegava che doveva sfruttare meglio il polso, che era quello a dare la rotazione, Michela si era sporta in avanti e aveva fatto in tempo a scivolare in acqua fino alla vita, prima che papà l'acchiappasse per un braccio. Le aveva mollato uno schiaffo e lei si era messa a frignare e poi erano tornati tutti e tre a casa, in silenzio e con i musi lunghi.

L'immagine di Michela che con un ramoscello giocava a scomporre il proprio riflesso nell'acqua e poi ci scivolava dentro come un sacco di patate attraversò la testa di Mattia con la violenza di una scarica elettrica.

Si sedette a mezzo metro dalla riva, stanco. Si voltò

per guardare dietro di sé e vide il buio che sarebbe durato ancora molte ore.

Prese a fissare la superficie nera e lucida del fiume. Di nuovo cercò di ricordarsene il nome, ma non ci riuscì neppure stavolta. Affondò le mani nella terra fredda. Sulla riva l'umidità la rendeva più morbida. Vi trovò un pezzo di bottiglia, il rimasuglio tagliente di qualche festeggiamento notturno. Quando se lo conficcò la prima volta nella mano non sentì male, forse non se ne accorse neppure. Poi cominciò a rigirarlo nella carne per piantarlo più a fondo, senza staccare gli occhi dall'acqua. Aspettava che da un momento all'altro Michela affiorasse alla superficie e nel frattempo si chiedeva perché certe cose stanno a galla e certe altre invece no.

Sulla pelle e appena dietro
(1991)

3

L'orribile vaso in ceramica bianca, ornato con dei complicati intrecci floreali in oro, che occupava da sempre un angolo del bagno, apparteneva alla famiglia Della Rocca da cinque generazioni, ma non piaceva veramente a nessuno. Più volte Alice aveva provato l'impulso di scaraventarlo a terra e di gettarne i minuscoli e inestimabili frammenti nel cassonetto di fronte alla villa, insieme alle confezioni di Tetra Pak del purè in scatola, agli assorbenti usati, non certo da lei, e ai blister vuoti degli ansiolitici di suo padre.

Alice ci passò un dito sopra e pensò a quanto fosse freddo, liscio e pulito. Soledad, la governante ecuadoriana, era diventata via via più meticolosa con il passare degli anni, perché a casa Della Rocca si faceva caso ai particolari. Quando si era presentata la prima volta, Alice aveva appena sei anni e la studiava con sospetto al riparo della gonna di sua madre. Soledad si era chinata su di lei e l'aveva guardata con meraviglia. Che bei capelli che hai, le aveva detto, posso toccarli? Alice si era morsa la lingua per non dire no e Soledad le aveva sollevato una ciocca castana come se fosse stata uno scampolo di seta e poi l'aveva lasciata ricadere. Non riusciva a credere che dei capelli potessero essere tanto sottili.

Alice trattenne il fiato mentre si sfilava la canottiera e non poté fare a meno di strizzare gli occhi per un momento.

Quando li riaprì vide se stessa riflessa nel grande specchio sopra il lavandino e provò una piacevole delusione. Arrotolò l'elastico degli slip di un paio di giri, in modo che arrivassero appena sopra la cicatrice e rimanessero abbastanza tesi da lasciare un po' di vuoto tra l'orlo e la pancia, a formare un ponte fra le ossa del bacino. L'indice ancora non ci passava, ma il mignolo sì e poterlo infilare lì in mezzo la faceva impazzire. Ecco, deve spuntare proprio da qui, pensò. Una rosellina blu, come quella di Viola.

Alice si mise di profilo, il destro, quello buono, come era abituata a dire nella sua testa. Spostò tutti i capelli in avanti e pensò che così assomigliava a una bambina indemoniata. Provò a raccoglierli in una coda di cavallo e poi in una coda più alta, proprio come la portava Viola, che piaceva sempre a tutti.

Non funzionava nemmeno così.

Lasciò ricadere i capelli sulle spalle e con un gesto abituale li pinzò dietro le orecchie. Appoggiò le mani al lavandino e si spinse con la faccia a pochi centimetri dallo specchio, così veloce che gli occhi le sembrarono sovrapporsi in un unico, terrificante occhio da ciclope. Con il fiato caldo creò un alone sul vetro, che le coprì parte della faccia.

Non riusciva proprio a spiegarselo dove Viola e le sue amiche trovassero quegli sguardi con cui andavano in giro a fare strage di ragazzi. Quegli sguardi spietati e accattivanti, che potevano decidere se distruggerti o graziarti con una sola, impercettibile flessione delle sopracciglia.

Alice cercò di essere provocante con lo specchio, ma vide solo una ragazza impacciata, che agitava le spalle senza grazia e pareva muoversi sotto l'effetto di un anestetico.

Era convinta che il vero problema fossero le sue guance, troppo gonfie e paonazze. Soffocavano gli occhi, mentre lei voleva che le schizzassero fuori dalle orbite e si piantassero, come schegge appuntite, nello stomaco dei ragazzi che li incrociavano. Voleva che il suo sguardo non risparmiasse nessuno, che lasciasse un segno indelebile.

Invece continuava a dimagrire solo di pancia, culo e tette, mentre le guance restavano lì, due cuscinetti tondi da bambina.

Qualcuno bussò alla porta del bagno.

«Ali, è pronto» risuonò la voce odiosa di suo padre attraverso il vetro smerigliato.

Alice non rispose e risucchiò le guance dentro la bocca per vedere come sarebbe stata meglio così.

«Ali, ci sei?» la chiamò suo padre.

Con la bocca tutta arricciata in avanti, Alice diede un bacio al proprio riflesso. Con la lingua sfiorò la propria lingua sul freddo dello specchio. Chiuse gli occhi e, come nei veri baci, fece ondeggiare la testa, con troppa regolarità per risultare credibile. Il bacio che desiderava veramente non l'aveva ancora trovato sulla bocca di nessuno.

Davide Poirino era stato il primo a usare la lingua, in terza media, per una scommessa persa. L'aveva fatta ruotare meccanicamente intorno a quella di Alice per tre volte, in senso orario e poi si era girato verso i suoi amici e aveva detto okay? Quelli erano scoppiati a ridere e qualcuno aveva detto hai baciato la zoppa, ma Alice era contenta lo stesso, perché aveva dato il suo primo bacio e Davide non era niente male.

Poi ce n'erano stati altri. Suo cugino Walter alla festa della nonna e un amico di Davide di cui non sapeva neppure il nome, che in segreto le aveva chiesto se per favore faceva provare anche lui. In un angolo nascosto del cortile della scuola erano rimasti con le labbra appiccicate per alcuni minuti, senza che nessuno dei due avesse il coraggio di muovere un muscolo. Una volta

41

staccati, lui aveva detto grazie e si era allontanato a te
sta alta, con il passo molleggiato di un uomo fatto.
Adesso era indietro. Le sue compagne parlavano
di posizioni, di succhiotti e di come usare le dita e discutevano se era meglio con o senza il profilattico,
mentre Alice aveva ancora sulle labbra il ricordo scia-
po di un bacio a stampo in terza media.
«Ali? Mi senti?» gridò più forte suo padre.
«Cheppalle. Sì che ti sento» rispose Alice scocciata,
con un tono di voce che fosse appena udibile da fuori.
«È pronta la cena» ripeté il padre.
«Ho capito, accidenti» disse Alice. Poi, sottovoce,
aggiunse rompicoglioni.

Soledad lo sapeva che Alice buttava via la roba da
mangiare. All'inizio, quando Alice avanzava il cibo
nel piatto, le diceva *mi amorcito*, finisci tutto, che nel
mio paese i bambini muoiono di fame.
Una sera Alice l'aveva guardata dritto negli occhi
furiosa.
«Anche se io mi ingozzo fino a stare male, i bambini del tuo paese non la smetteranno certo di morire di
fame» aveva detto.
Così Soledad non le diceva più nulla, ma le metteva
sempre meno roba nel piatto. Tanto non faceva alcuna
differenza. Alice era in grado di pesare gli alimenti con
lo sguardo e di selezionare sempre le sue trecento calo-
rie per la cena. Il resto lo faceva fuori, in qualche modo.
Mangiava con la mano destra poggiata sul tovagliolo. Di fronte al piatto disponeva il bicchiere del
vino, che si faceva versare ma non beveva mai, e
quello dell'acqua, in modo da formare una barricata
di vetro. Poi, durante la cena, posizionava strategica-
mente anche il contenitore del sale e l'oliera. Aspettava che i suoi si distraessero, ognuno assorto nel faticoso meccanismo della masticazione. A quel punto,

con cautela, spingeva il cibo già sminuzzato fuori dal piatto, dentro il tovagliolo.

Nel corso di una cena faceva sparire almeno tre tovaglioli pieni nelle tasche della tuta. Prima di lavarsi i denti li svuotava nel gabinetto e guardava tutti quei pezzetti di cibo ruotare verso lo scarico. Con soddisfazione si passava una mano sullo stomaco e lo sentiva vuoto e pulito come un vaso di cristallo.

«Sol, accidenti, hai di nuovo messo la panna nel sugo» si lamentò sua madre con la governante. «Quante volte te lo devo ripetere che non la digerisco?»

La madre di Alice spinse in avanti il piatto con disgusto.

Alice si era presentata a tavola con un asciugamano arrotolato sulla testa a mo' di turbante, per giustificare con una doccia mai fatta tutto il tempo che aveva passato chiusa in bagno.

Aveva riflettuto a lungo se chiederglielo o no. Ma tanto l'avrebbe fatto comunque. Lo desiderava troppo.

«Vorrei farmi un tatuaggio sulla pancia» esordì.

Suo padre scostò dalle labbra il bicchiere da cui stava bevendo.

«Chiedo scusa?»

«Hai capito» fece Alice, sfidandolo subito con lo sguardo. «Voglio farmi un tatuaggio.»

Il padre di Alice si passò il tovagliolo sulla bocca e sugli occhi, come per cancellare una brutta immagine che gli aveva attraversato la mente. Poi lo ripiegò con cura e lo ripose sulle ginocchia. Riprese in mano la forchetta, cercando di esibire tutta la sua irritante padronanza di sé.

«Io non so nemmeno come certe cose ti vengano in mente» disse.

«E cosa vorresti tatuarti? Sentiamo un po'» intervenne la madre, con il viso alterato, di sicuro più dalla panna nel sugo che dalla richiesta di sua figlia.

«Una rosa. Piccolina. Viola ce l'ha.»

«E, di grazia, chi sarebbe Viola?» domandò il padre, con un'inflessione ironica appena troppo marcata. Alice scosse la testa, guardò verso il centro del tavolo e si sentì insignificante. «Viola è una sua compagna di classe» rispose Fernanda con evidente sforzo. «Ne avrà parlato un milione di volte, su. Si vede proprio che tu non ci sei con la testa.»

L'avvocato Della Rocca guardò sua moglie con sufficienza, come a dire non sei stata interpellata.

«Perdonatemi, ma non credo di essere molto interessato a ciò che le compagne di classe di Alice si fanno disegnare addosso» sentenziò infine. «In ogni caso tu non ti fai nessun tatuaggio.»

Alice spinse nel tovagliolo un'altra forchettata di spaghetti.

«Tanto non puoi impedirmelo» azzardò, continuando a fissare il centro vuoto del tavolo. La sua voce fu incrinata da un accenno di insicurezza.

«Potresti ripetere?» domandò suo padre, senza mutare il volume e la calma della propria voce.

«Potresti ripetere?» scandì più lentamente.

«Ho detto che tanto non puoi impedirmelo» disse Alice, alzando gli occhi, ma senza riuscire a sostenere quelli profondi e ghiacciati di suo padre per più di mezzo secondo.

«Lo credi davvero? Da ciò che mi risulta tu hai quindici anni e questo ti vincola alle decisioni dei tuoi genitori per, il calcolo è molto semplice, ancora tre anni» spiegò l'avvocato. «Allo scadere di questo periodo sarai libera di, diciamo così, impreziosire la tua pelle con fiori, teschi o quant'altro.»

L'avvocato sorrise verso il piatto e si infilò in bocca una forchettata di spaghetti, arrotolati per bene.

Ci fu un lungo silenzio. Alice faceva scivolare pollice e indice lungo l'orlo della tovaglia. Sua madre, insoddisfatta della propria cena, sbocconcellava un grissino e vagava con lo sguardo per la sala da pranzo. Suo padre fingeva di mangiare di gusto. Masticava con movimenti rotatori della mascella e ai primi due morsi di ogni boccone teneva gli occhi chiusi, in estasi

Alice scelse di affondare il colpo, perché lo detestava sul serio, perché vederlo mangiare in quel modo le faceva irrigidire anche la gamba buona.

«A te non importa nulla se io non piaccio a nessuno» disse. «Se non piacerò mai a nessuno.»

Suo padre la guardò interrogativo, poi tornò alla sua cena, come se nessuno avesse parlato.

«Non ti importa se mi hai rovinata per sempre» continuò Alice.

L'avvocato Della Rocca rimase con la forchetta a mezz'aria. Guardò sua figlia per alcuni secondi, stravolto.

«Non capisco di cosa tu stia parlando» disse con la voce un po' tremante.

«Invece lo capisci benissimo» fece Alice. «Lo sai che è soltanto colpa tua se io sarò così per sempre.»

Il padre di Alice appoggiò la forchetta sul bordo del piatto. Con una mano si coprì gli occhi, come se stesse riflettendo profondamente su qualcosa. Poi si alzò e uscì dalla stanza. I suoi passi pesanti risuonarono sul marmo lucido del corridoio.

Fernanda disse oh Alice, senza compassione o rimprovero, solo scuotendo la testa rassegnata. Poi seguì il marito nell'altra stanza.

Alice continuò a fissare il suo piatto pieno per quasi due minuti, mentre Soledad sparecchiava il tavolo, silenziosa come un'ombra. Poi si cacciò in tasca il tovagliolo ripieno e si chiuse nel bagno.

45

4

Pietro Balossino aveva smesso da tempo di provare a penetrare l'universo oscuro di suo figlio. Quando, per sbaglio, lo sguardo gli cadeva sulle sue braccia devastate dalle cicatrici, ripensava alle notti insonni passate a setacciare la casa in cerca degli oggetti taglienti rimasti in giro, le notti in cui Adele, gonfia di sedativi, dormiva sul divano con la bocca aperta, perché non voleva più dividere il letto con lui. Le notti in cui il futuro sembrava arrivare solo fino al mattino e lui contava le ore, tutte quante, dai rintocchi delle campane in lontananza.

La convinzione che una mattina avrebbe trovato suo figlio a faccia in giù su un cuscino intriso di sangue si era conficcata a una tale profondità nella sua testa che lentamente si era abituato a ragionare come se non ci fosse già più, anche adesso che se ne stava seduto in macchina al suo fianco.

Lo stava accompagnando alla nuova scuola. Fuori pioveva, ma la pioggia era così fine da non fare rumore.

Qualche settimana prima, la preside del liceo scientifico E.M. aveva convocato lui e Adele nel suo ufficio, per *fare presente una situazione*, come aveva scritto a Mattia sul diario. Al momento dell'incontro, l'aveva presa alla larga, soffermandosi a lungo sul temperamento sensibile del ragazzo, sulla sua straordinaria intelligenza, sulla sua incrollabile media del nove in tutte le materie.

Il signor Balossino aveva preteso che suo figlio fosse presente alla discussione, per una ragione di correttezza, che di sicuro interessava solo lui. Mattia si era seduto di fianco ai genitori e per tutto il tempo non aveva alzato gli occhi dalle proprie ginocchia. Stringendo i pugni era riuscito a farsi sanguinare molto superficialmente la mano sinistra. Due giorni prima Adele, in un momento di distrazione, gli aveva controllato solo le unghie dell'altra.

Mattia ascoltava le parole della preside come se non stesse davvero parlando di lui e gli tornò in mente quella volta in quinta elementare, quando la maestra Rita, dopo cinque giorni filati che lui non spiccicava una parola, lo aveva fatto sedere al centro dell'aula, con tutti gli altri disposti intorno a ferro di cavallo. La maestra aveva attaccato a dire che di sicuro Mattia aveva un problema di cui non voleva parlare a nessuno. Che Mattia era un bambino molto intelligente, forse troppo intelligente per la sua età. Poi aveva invitato i compagni a stargli vicino, a fare in modo che si confidasse, a fargli capire che loro erano suoi amici. Mattia si guardava i piedi e quando la maestra gli aveva domandato se voleva dire qualcosa, lui finalmente aveva parlato e aveva chiesto se poteva tornare al suo posto.

Finiti gli elogi, la preside arrivò al dunque e quello che il signor Balossino capì, ma soltanto alcune ore più tardi, fu che tutti i docenti di Mattia avevano espresso un particolare disagio, un sentimento quasi impalpabile di inadeguatezza nei confronti di questo ragazzo straordinariamente dotato, che sembrava non voler creare legami con nessuno dei suoi coetanei.

La preside aveva fatto una pausa. Si era appoggiata allo schienale della sua comoda poltrona e aveva aperto un fascicolo in cui non doveva leggere nulla. Poi lo aveva richiuso, come ricordandosi tutt'a un tratto che c'erano altre persone nel suo ufficio. Con parole studiate attentamente aveva suggerito ai coniugi Balossino che forse il liceo E.M. non era in grado di rispondere pienamente alle esigenze di loro figlio.

Quando, a cena, il papà di Mattia gli aveva domandato se voleva davvero cambiare scuola, lui aveva risposto alzando le spalle e poi si era messo a osservare il riflesso abbagliante del neon sul coltello con cui avrebbe dovuto tagliare la carne.

«Non piove davvero storto» disse Mattia, guardando fuori dal finestrino e strappando il padre dai suoi pensieri.

«Cosa?» fece Pietro, scuotendo d'istinto la testa.

«Fuori non c'è vento. Altrimenti si muoverebbero anche le foglie sugli alberi» continuò Mattia.

Suo padre si sforzò di stare dietro al ragionamento. In realtà non gliene importava nulla e sospettava che fosse soltanto un'altra stramberia del figlio.

«Quindi?» chiese.

«Sul finestrino le gocce scendono di traverso, ma è solo un effetto del nostro movimento. Misurando l'angolo rispetto alla verticale, uno potrebbe pure calcolare la velocità di caduta.»

Mattia seguì con il dito la traiettoria di una goccia. Si avvicinò con la faccia al parabrezza e ci soffiò sopra. Poi con l'indice tracciò una linea nella condensa.

«Non alitare sui vetri, che rimangono i segni» lo rimproverò suo padre.

Mattia sembrò non averlo sentito.

«Se non vedessimo nulla fuori dalla macchina, se non sapessimo che ci stiamo muovendo, non ci sarebbe modo di capire se è colpa delle gocce o colpa nostra» fece Mattia.

«Colpa di cosa?» gli domandò suo padre, smarrito e un po' seccato.

«Colpa che vengano giù così storte.»

Pietro Balossino annuì seriamente, senza capire. Erano arrivati. Mise l'auto in folle e tirò il freno a mano. Mattia aprì la portiera e una ventata d'aria fresca penetrò nell'abitacolo.

«Vengo a prenderti all'una» disse Pietro.

Mattia fece sì con la testa. Il signor Balossino si spinse un po' in avanti per dargli un bacio, ma la cintura lo trattenne. Si appoggiò di nuovo allo schienale e guardò suo figlio scendere e chiudersi la portiera alle spalle.

La nuova scuola era in una bella zona residenziale della collina. L'edificio era stato costruito nel Ventennio e, nonostante le recenti ristrutturazioni, restava un pugno nell'occhio in mezzo a tutte quelle ville sontuose. Un parallelepipedo di cemento bianco, con quattro file orizzontali di finestre equidistanti e due scale antincendio in ferro verde.

Mattia salì le due rampe di scale che portavano all'ingresso e rimase in disparte da tutti i gruppetti di ragazzi che aspettavano la prima campanella, anche se fuori dalla tettoia si bagnava la testa.

Una volta entrato cercò il tabellone con la disposizione delle aule, per non chiedere aiuto alle bidelle.

La seconda F era l'ultima del corridoio del primo piano. Mattia fece un lungo respiro ed entrò. Si mise ad aspettare a ridosso della parete in fondo all'aula, con i pollici appesi alle bretelle dello zaino e gli occhi di uno che nella parete avrebbe voluto affondarci.

Mentre si sedevano ai loro posti, le nuove facce gli gettarono a turno un'occhiata apprensiva. Nessuno

49

gli sorrise. Alcuni ragazzi si scambiarono delle frasi all'orecchio e Mattia era sicuro che fossero su di lui.

Teneva d'occhio i banchi rimasti liberi e, quando anche quello vicino a una ragazza con le unghie pitturate di rosso venne occupato, si sentì sollevato. La professoressa entrò nell'aula e Mattia scivolò nell'unico banco rimasto libero, di fianco alla finestra.

«Sei quello nuovo?» gli chiese il suo compagno di banco, uno che aveva tutta l'aria di essere solo quanto lui.

Mattia fece sì con la testa, senza guardarlo.

«Io sono Denis» si presentò l'altro, allungandogli la mano.

Mattia la strinse mollemente e disse piacere.

«Benvenuto» fece Denis.

5

Viola Bai era ammirata e temuta con lo stesso traspor-
to da tutte le sue compagne, perché era tanto bella da
mettere a disagio e perché a quindici anni conosceva
la vita più a fondo di tutte le sue coetanee, o almeno
così dava a vedere. Il lunedì mattina, durante l'intervallo, le ragazze si radunavano intorno al suo banco e
con avidità ascoltavano il resoconto del suo weekend.
Il più delle volte si trattava di una sapiente rielabora-
zione di ciò che Serena, la sorella di Viola più grande
di otto anni, aveva raccontato a lei il giorno prima.
Viola ribaltava tutto su di sé, ma sapeva arricchire i
racconti di particolari sordidi, spesso inventati di sa-
na pianta, che alle orecchie delle sue amiche suonava-
no misteriosi e inquietanti. Parlava di questo o di
quel locale senza averci mai messo piede, ma era in
grado di descriverne con minuzia l'illuminazione psi-
chedelica o di soffermarsi sul sorriso malizioso che il
barista le aveva rivolto versandole un cuba libre.

Nella maggior parte dei casi con il barista ci finiva
a letto o magari nel retro del locale, tra i fusti della
birra e le casse di vodka, dove lui la prendeva da dietro e con una mano le tappava la bocca per non farla
gridare.

Viola Bai sapeva come far funzionare una storia. Sapeva che tutta la violenza è racchiusa nella precisione

di un dettaglio. Sapeva calcolare bene i tempi, in modo che la campanella suonasse proprio mentre il barista era alle prese con la zip dei suoi jeans firmati. A quel punto il suo pubblico affezionato si disperdeva lentamente, con le guance rosse di invidia e di indignazione. Viola si faceva strappare la promessa di continuare al cambio d'ora successivo, ma era troppo intelligente per farlo davvero. Finiva sempre per liquidare la faccenda con una smorfia della sua bocca perfetta, come se quello che le era successo non avesse alcun peso. Era soltanto un altro particolare della sua vita straordinaria e lei era già proiettata anni luce avanti.

Il sesso l'aveva provato davvero e anche qualcuna delle droghe di cui così spesso le piaceva elencare i nomi, ma era stata con un solo ragazzo e, per di più, una volta sola. Era successo al mare e lui era un amico della sorella, che quella sera aveva fumato e bevuto troppo per rendersi conto che una ragazzina di tredici anni era troppo giovane per certe cose. Se l'era scopata in fretta, per strada, al riparo di un bidone dell'immondizia. Mentre tornavano con le teste basse dal resto della compagnia, Viola gli aveva preso la mano, ma lui si era divincolato e le aveva chiesto che fai? A lei formicolavano le guance e il calore che le era rimasto intrappolato fra le gambe l'aveva fatta sentire sola. Nei giorni seguenti il ragazzo non le aveva più rivolto la parola e Viola si era confidata con la sorella, che aveva riso della sua ingenuità e le aveva detto fatti furba, che cosa ti aspettavi?

Il pubblico affezionato di Viola era composto da Giada Savarino, Federica Mazzoldi e Giulia Mirandi. Insieme formavano una falange compatta e spietata, le quattro stronze, come le chiamavano alcuni ragazzi della scuola. Viola le aveva scelte una per una e da ognuna aveva preteso un piccolo sacrificio, perché la sua amicizia te la dovevi meritare. Era la sola a deci-

dere se eri dentro o fuori e le sue decisioni erano
oscure e inequivocabili.

Alice osservava Viola di nascosto. Dal proprio posto, due file di banchi più in là, si nutriva di frasi
spezzate e brandelli dei suoi racconti. Poi la sera, in
camera da sola, si crogiolava nelle sue storie.

Prima di quel mercoledì mattina Viola non le aveva mai rivolto la parola. Fu una specie di iniziazione
e venne fatta come si deve. Nessuna delle ragazze
seppe mai con certezza se Viola stesse improvvisan-
do o se avesse meditato a lungo quella tortura. Ma
tutte quante furono d'accordo nel trovarla assolutamente geniale.

Alice detestava lo spogliatoio. Le sue compagne
così perfette indugiavano il più a lungo possibile in
mutande e reggiseno per farsi invidiare per bene dalle altre. Assumevano delle pose innaturali e contratte, tiravano in dentro la pancia e fuori le tette. Sbuffa-
vano di fronte allo specchio mezzo frantumato che
occupava una delle pareti. Dicevano guarda qui, misurando con le mani la larghezza del bacino, che in
nessun modo avrebbe potuto essere più proporzio-
nato e seducente.

Il mercoledì Alice usciva di casa con i pantaloncini
sotto i jeans, per non doversi spogliare. Le altre la
guardavano con malizia e sospetto, immaginandosi
lo scempio che doveva nascondere sotto quei vestiti.
Lei si toglieva la maglietta voltata di spalle, per im-
pedire che le vedessero la pancia.

Si metteva le scarpe da ginnastica e spingeva le altre contro il muro, sistemandole parallele tra loro. Ri-
piegava i jeans con cura. I vestiti delle sue compagne,
invece, colavano disordinatamente dalle panche di
legno e le loro scarpe erano sparpagliate per il pavimento e girate al contrario, perché tutte se le sfilava-
no usando i piedi.

«Alice, tu sei golosa?» le disse Viola.

Alice impiegò qualche secondo a convincersi che Viola Bai stava davvero parlando con lei. Era convinta di essere trasparente al suo sguardo. Tirò le due estremità dei lacci delle scarpe, ma il nodo le si sciolse fra le dita.

«Io?» chiese guardandosi attorno, a disagio.

«Non ci sono altre Alici, mi pare» le fece il verso Viola.

Le altre ridacchiarono.

«No. Non sono tanto golosa.»

Viola si alzò dalla panca e le venne più vicino. Alice si sentì addosso i suoi occhi meravigliosi, tagliati a metà dall'ombra che la frangia le proiettava sul viso.

«Però le caramelle ti piacciono, no?» continuò Viola, con voce suadente.

«Sì. Insomma. Così così.»

Alice si morse il labbro e si rimproverò subito quell'insicurezza da cretina. Aderì con la schiena ossuta alla parete. Un tremito le attraversò la gamba buona. L'altra rimase inerte, come sempre.

«Ma come così così? Le caramelle piacciono a tutti È vero ragazze?» Viola si rivolse alle tre amiche, senza girarsi.

«Mm-mm. A tutte» le fecero eco quelle. Alice percepì una strana trepidazione negli occhi di Federica Mazzoldi, che la fissava dal fondo dello spogliatoio.

«Sì, in realtà mi piacciono» si corresse. Cominciava ad avere paura, senza ancora sapere di cosa.

In prima le quattro stronze avevano immobilizzato Alessandra Mirano, quella che poi era stata bocciata ed era finita a fare la scuola da estetista, e l'avevano trascinata nello spogliatoio dei maschi. L'avevano chiusa dentro e due ragazzi glielo avevano tirato fuori davanti. Dal corridoio Alice aveva sentito le grida di incitamento, mischiate con le risate a crepapelle delle quattro carnefici.

«Infatti. Ne ero sicura. E adesso la vorresti una caramella?» domandò Viola.

Alice ci pensò su.

Se rispondo di sì, chissà cosa mi fanno mangiare.

Se dico di no, magari Viola si incazza e portano anche me nello spogliatoio dei maschi.

Rimase in silenzio come una stupida.

«Allora? Non è una domanda così difficile» la prese in giro Viola. Estrasse dalla tasca una manciata di caramelle gommose alla frutta.

«Voi lì dietro quale volete?» chiese.

Giulia Mirandi si avvicinò a Viola e le guardò nella mano. Viola non la smetteva di fissare Alice e lei sentiva il proprio corpo accartocciarsi sotto il suo sguardo, come un foglio di giornale che brucia nel camino.

«Ci sono arancia, lampone, mirtillo, fragola e pesca» disse Giulia. Lanciò un'occhiata fugace e apprensiva verso Alice, senza farsi vedere da Viola.

«Io lampone» disse Federica.

«Io pesca» fece Giada.

Giulia lanciò loro le caramelle e scartò la sua all'arancia. Se la infilò in bocca e poi indietreggiò di un passo per restituire la scena a Viola.

«Sono rimaste mirtillo e fragola. Allora, la vuoi o no?»

Forse mi vuole solo dare una caramella, pensò Alice.

Forse vogliono soltanto vedere se mangio oppure no.

È solo una caramella.

«Io preferisco la fragola» disse piano.

«Accidenti, era anche la mia preferita» le fece Viola, con una pessima interpretazione del dispiacere.

«Ma a te la do volentieri.»

Scartò la gelatina alla fragola e lasciò cadere a terra l'involucro. Alice tese la mano per prenderla. «Aspetta un momento» le disse Viola. «Non essere ingorda.» Si chinò a terra, tenendo la caramella tra pollice e indice. La fece strisciare sul pavimento sudicio dello spogliatoio. Camminando con le ginocchia piegate, la trascinò lentamente lungo tutta la parete a sinistra di Alice, a filo dello spigolo, dove lo sporco era coagulato in batuffoli di polvere e grovigli di capelli.

Giada e Federica ridevano che non ce la facevano più. Giulia si mordicchiava un labbro nervosamente. Le altre ragazze avevano capito l'aria che tirava ed erano uscite, chiudendo la porta.

Giunta al fondo della parete, Viola si avvicinò al lavandino, dove le ragazze si sciacquavano le ascelle e la faccia dopo l'ora di ginnastica. Con la caramella raccolse la mucillagine biancastra che ricopriva la parete interna dello scarico.

Tornò di fronte ad Alice e le mise quella schifezza sotto il naso.

«Ecco» disse. «Alla fragola, come volevi tu.»

Non rideva. Aveva l'aria seria e determinata di chi sta facendo una cosa dolorosa ma necessaria.

Alice scosse la testa per dire no. Aderì ancora di più alla parete.

«Cos'è? Ora non la vuoi più?» le chiese Viola.

«Già» si intromise Federica. «L'hai chiesta e ora te la mangi.»

Alice deglutì.

«E se non la mangio?» ebbe il coraggio di dire.

«Se non la mangi, accetti le conseguenze» rispose Viola enigmatica.

«Che conseguenze?»

«Le conseguenze non le puoi sapere. Non le puoi mai sapere.»

Mi vogliono portare dai maschi, pensò Alice. Oppure mi spogliano e poi non mi ridanno più i vestiti. Tremando, ma in modo quasi impercettibile, tese la mano verso quella di Viola, che le lasciò cadere la caramella lurida nel palmo. Lentamente l'avvicinò alla bocca.

Le altre erano ammutolite e sembravano pensare non lo farà veramente. Viola era impassibile.

Alice appoggiò la gelatina sulla lingua e sentì i capelli che ci stavano appiccicati sopra asciugarle la saliva. Masticò solamente due volte e qualcosa le scricchiolò sotto i denti.

Non vomitare pensò. Non devi vomitare.

Ricacciò giù un fiotto acido di succhi gastrici e ingoiò la caramella. La sentì scendere giù a fatica, come un sasso, lungo l'esofago.

Il neon del soffitto produceva un ronzio elettrico e le voci dei ragazzi nella palestra erano un impasto informe di gridolini e risate. Nei sotterranei l'aria era pesante e le finestre erano troppo piccole per lasciarla circolare.

Viola fissò Alice con serietà. Annuì. Senza sorridere le fece un cenno della testa che voleva dire adesso possiamo andare. Poi si voltò e uscì dallo spogliatoio, superando le altre tre senza degnarle di uno sguardo.

6

C'era qualcosa di importante da sapere su Denis. A dirla tutta, Denis pensava fosse la sola cosa di lui che valesse davvero la pena di conoscere e per questo non l'aveva mai detta a nessuno.

Il suo segreto aveva un nome terribile, che si adagiava come un telo di nylon su tutti i suoi pensieri e non li lasciava respirare. Se ne stava lì, a pesare dentro la sua testa come una condanna certa, con la quale prima o poi avrebbe dovuto fare i conti.

Quando, a dieci anni, il suo insegnante di pianoforte gli aveva accompagnato le dita per tutta la scala di re maggiore, premendo con il palmo caldo sul dorso della sua mano, a Denis era mancato il fiato. Si era piegato un po' in avanti con il busto, per coprire la sagoma dell'erezione che gli era esplosa nei pantaloni della tuta. Per tutta la vita avrebbe pensato a quel momento come all'amore vero e avrebbe esplorato a tentoni ogni angolo della sua esistenza, alla ricerca dello stesso calore adesivo di quel contatto.

Ogni volta che ricordi come questo gli invadevano la mente, al punto da fargli sudare il collo e le mani, Denis si chiudeva in bagno e si masturbava con ferocia, seduto al contrario sul gabinetto. Il piacere durava soltanto un momento e si irradiava per pochi centimetri intorno al suo sesso. Il senso di colpa, invece, quello gli piombava addosso dall'alto, come una doccia di acqua sporca. Gli colava sotto la pelle e andava ad annidarsi tra le viscere, facendo marcire tutto lentamente, come le infiltrazioni che si mangiano i muri delle vecchie case.

Durante l'ora di biologia, nel laboratorio al piano interrato, Denis osservava Mattia sezionare un pezzo di bistecca, per separare le fibre bianche da quelle rosse. Aveva voglia di accarezzargli le mani. Voleva scoprire se quel grumo ingombrante di desiderio che aveva piantato nella testa si sarebbe davvero sciolto come burro, al semplice contatto con il compagno di cui si era innamorato. Erano seduti vicino. Tutti e due tenevano gli avambracci appoggiati al bancone da esperimenti. Una fila di beute, becher e provette trasparenti li separava dal resto della classe e defletteva i raggi di luce, deformando tutto quanto stava oltre quella linea.

Mattia era concentrato sul suo lavoro e non alzava gli occhi da almeno un quarto d'ora. Non gli piaceva la biologia, ma stava svolgendo il compito con lo stesso rigore che dedicava a tutte le discipline. La materia organica, così violabile e piena di imperfezioni, gli risultava incomprensibile. L'odore vitale che quel pezzo di carne molliccia si ostinava a emanare non suscitava in lui nient'altro che un lieve fastidio.

Con un paio di pinzette estrasse un sottile filamento bianco e lo depose sul vetrino. Avvicinò gli occhi al microscopio e aggiustò la messa a fuoco. Sul quaderno a quadretti prese nota di ogni particolare e fece uno schizzo dell'immagine ingrandita.

Denis fece un respiro profondo. Poi, come in un tuffo all'indietro, trovò il coraggio di parlare.

«Matti, tu ce l'hai un segreto?» domandò all'amico.

Mattia sembrò non averlo udito, ma il coltellino con cui stava tagliando un'altra sezione di muscolo gli sfuggì di mano e tintinnò sul piano metallico. Lo riafferrò con un gesto lento.

Denis attese alcuni secondi. Mattia era immobile e teneva il coltello sollevato a un paio di centimetri dal pezzo di carne.

«A me lo puoi dire, il tuo segreto» continuò Denis. Adesso che si era spinto oltre, che aveva fatto un passo nell'intimità affascinante del suo compagno, la faccia gli pulsava per la trepidazione e non aveva alcuna intenzione di mollare la presa.

«Sai, anch'io ne ho uno» disse.

Mattia tagliò a metà il muscolo con un colpo netto, quasi volesse uccidere qualcosa che era già morto.

«Io non ho nessun segreto» disse sottovoce.

«Se tu mi dici il tuo, io ti dico il mio» insistette Denis. Con lo sgabello si fece più vicino e Mattia si irrigidì visibilmente. Fissava il brandello di carne, senza espressione.

«Dobbiamo finire l'esperimento» disse con voce monocorde. «Altrimenti non possiamo completare la scheda.»

«Non mi importa niente della scheda» fece Denis. «Dimmi cosa hai fatto alle mani.»

Mattia contò tre respiri. Nell'aria si agitavano molecole leggerissime di etanolo e alcune gli penetrarono le narici. Le sentì risalire come un piacevole bruciore lungo il setto, fino al centro degli occhi.

«Vuoi davvero sapere cosa ho fatto alle mani?» chiese, voltandosi verso Denis, ma guardando i barattoli di formalina che stavano allineati alle sue spalle, decine di barattoli, contenenti feti e arti amputati di diversi animali.

Denis annuì, fremente.

«Allora guarda qui» disse Mattia.

Strinse il coltello con tutte e cinque le dita. Poi se lo piantò nell'incavo tra l'indice e il medio e lo trascinò giù fino al polso.

7

Il giovedì Viola l'aveva aspettata fuori dal cancello. Alice la stava già superando, a testa bassa, quando lei l'aveva fermata tirandola per una manica. L'aveva chiamata per nome e lei era trasalita. Subito a- veva ripensato alla caramella e la nausea le aveva fatto girare la testa. Quando le quattro stronze ti prendevano di mira poi non ti mollavano più. Quel- la di mate mi vuole interrogare, aveva detto Viola. Io non so nulla e non mi va di entrare. Alice l'aveva guardata senza capire. Non sembrava ostile, ma lei non si fidava. Aveva cercato di allontanarsi. Andia- mo a farci un giro, aveva continuato l'altra. Io e te? Sì, io e te. Alice si era guardata intorno terrorizzata. Dài muoviti, l'aveva incalzata Viola, non devono ve- derci qui davanti. Ma..., aveva provato a opporsi Alice. Però Viola non l'aveva lasciata continuare, l'a- veva tirata più forte per la manica e lei l'aveva se- guita, arrancando nella corsa fino alla fermata del- l'autobus.

Si erano sedute vicino. Alice era addossata al fine- strino per non rubare spazio a Viola e si aspettava che succedesse qualcosa da un momento all'altro, qualcosa di terribile. Viola invece era raggiante. Ave- va preso un rossetto dalla borsa e se l'era passato sul- le labbra. Poi le aveva chiesto ne vuoi? Alice aveva scosso la testa. La scuola si allontanava alle loro spalle. Mio padre mi ammazza, aveva sussurrato. Le gambe le tremavano. Viola aveva sospirato. Ma figurati, fammi vedere il libretto delle assenze. Studiando la firma del padre di Alice, aveva detto è facilissima, te la faccio io. Poi le aveva mostrato il suo di libretto. Le aveva indicato le firme che aveva falsificato, tutte le volte che non aveva avuto voglia di entrare. Tanto alla prima ora di domani c'è la Follini, aveva detto, quella non ci vede.

Viola si era messa a parlare della scuola, di quanto non le importasse nulla della matematica perché tanto dopo avrebbe fatto legge. Alice faticava ad ascoltarla. Pensava al giorno prima, allo spogliatoio e non riusciva a dare un nome a quella confidenza improvvisa.

Erano scese in piazza e si erano messe a camminare sotto i portici. Viola si era infilata in un negozio di abbigliamento con le vetrine fluorescenti in cui Alice non aveva mai messo piede. Si comportava come se fossero amiche da una vita. Aveva insistito perché provassero dei vestiti, li aveva scelti tutti lei. Aveva chiesto ad Alice la sua taglia e lei si era vergognata a dire trentotto. Le commesse le guardavano con sospetto, ma Viola non ci faceva caso. Si erano cambiate nello stesso spogliatoio e, di nascosto, Alice aveva confrontato il proprio corpo con quello dell'amica. Alla fine non avevano comprato nulla.

Erano entrate in un bar e Viola aveva ordinato due caffè, senza chiedere ad Alice cosa voleva. Lei era frastornata, non ci capiva nulla, ma una felicità nuova e inattesa si faceva spazio nella sua testa. Lentamente si era dimenticata di suo padre e della scuola. Era seduta in un bar con Viola Bai e quel tempo sembrava solo loro.

Viola aveva fumato tre sigarette e aveva preteso

che anche Alice ne provasse una. Rideva, con i suoi denti perfetti, ogni volta che la sua nuova amica attaccava a tossire da dilettante. Le aveva fatto un piccolo interrogatorio, sui ragazzi che non aveva avuto e sui baci che non aveva dato. Alice aveva risposto abbassando gli occhi. Vuoi farmi credere che non hai mai avuto un fidanzato? Mai mai mai? Alice aveva scosso la testa. È impossibile. È una tragedia, aveva esagerato Viola. Dobbiamo assolutamente fare qualcosa. Non vorrai mica morire vergine!

Così il giorno seguente, all'intervallo delle dieci, erano andate in giro per la scuola, alla ricerca del ragazzo per Alice. Viola aveva liquidato Giada e le altre, dicendo noi abbiamo da fare, e loro l'avevano guardata uscire dalla classe mano nella mano con la sua nuova amica.

Aveva già architettato tutto. Sarebbe successo alla sua festa di compleanno, il sabato successivo. Bisognava solamente trovare quello giusto. Passando nel corridoio aveva indicato questo o quello e diceva ad Alice guardagli il sedere, non è niente male, di sicuro ci sa fare.

Lei sorrideva nervosamente e non sapeva decidersi. Nella sua testa si delineava con una limpidezza inquietante il momento in cui un ragazzo le avrebbe infilato le mani sotto la maglietta. In cui un ragazzo avrebbe scoperto che, sotto quei vestiti che le cadevano così bene, c'erano solamente ciccia e pelle floscia.

Adesso erano appoggiate alla ringhiera della scala antincendio, al secondo piano, e guardavano i ragazzi giocare a calcio nel cortile, con un pallone giallo che sembrava troppo sgonfio.

«E Trivero?» le chiese Viola.

«Non so chi è.»

«Come non sai chi è? Fa la quinta. Andava a canottaggio con mia sorella. Si dicono cose interessanti su di lui.»

«Cosa si dice?»

Viola fece un gesto con la mano che stava a indicare una lunghezza e poi rise forte, godendosi l'effetto sconcertante delle sue allusioni. Alice sentì una vampata di vergogna salirle alla faccia, insieme alla certezza meravigliosa che la sua solitudine era davvero finita.

Scesero al piano terra e passarono di fronte ai distributori di snack e bevande. Gli studenti formavano una coda caotica e alcuni facevano tintinnare delle monete nelle tasche dei ieans.

«Insomma, devi deciderti» disse Viola.

Alice fece un giro su se stessa. Si guardò intorno disorientata.

«Quello là mi sembra carino» disse, indicando due ragazzi che se ne stavano in disparte, accanto alla finestra. Erano in piedi, uno vicino all'altro, ma non si parlavano né si guardavano.

«Ma chi?» le domandò Viola. «Quello con la fasciatura o l'altro?»

«Quello con la fasciatura.»

Viola la fissò. I suoi occhi scintillanti erano spalancati come due oceani.

«Tu sei pazza» disse. «Lo sai cos'ha fatto quello?»

Alice fece no con la testa.

«Quello si è piantato un coltello nella mano, apposta. Qui a scuola.»

Alice scrollò le spalle.

«A me sembra interessante» disse.

«Interessante? È uno psicopatico. Con uno così ti ritrovi tagliata a pezzetti in un congelatore.»

Alice sorrise, ma continuò a guardare il ragazzo con la mano fasciata. C'era qualcosa, nel modo in cui teneva la testa buttata in giù, che le faceva venire voglia di avvicinarsi, di sollevargli il mento e di dirgli guardami, sono qui.

«Ne sei proprio sicura?» le chiese Viola.

«Sì» fece Alice.

Viola scrollò le spalle.

«Allora andiamo» disse.

Prese Alice per mano e la trascinò verso i due ragazzi alla finestra.

8

Mattia guardava fuori dalle vetrate opache dell'atrio. Era una giornata luminosa, un anticipo di primavera all'inizio di marzo. Il vento forte, che nella notte aveva ripulito l'aria, sembrava spazzare via anche il tempo, facendolo scorrere più in fretta. Contando i tetti delle case che riusciva a vedere da quel punto, Mattia cercava di stimare quanto fosse distante l'orizzonte. Denis era di fianco a lui e di nascosto lo fissava provando a indovinare i suoi pensieri. Non avevano parlato di ciò che era successo nel laboratorio di biologia. Parlavano poco, ma trascorrevano il tempo insieme, ognuno concentrato sulla propria voragine con l'altro che lo teneva stretto e in salvo, senza bisogno di tante parole.

«Ciao» sentì dire Mattia, troppo vicino a sé.

Nel vetro vide riflesse due ragazze, che stavano in piedi dietro di lui, tenendosi per mano. Si voltò.

Denis lo guardò con aria interrogativa. Le due ragazze sembravano aspettare qualcosa.

«Ciao» disse Mattia piano. Abbassò la testa, per proteggersi dagli occhi pungenti di una delle due.

«Io sono Viola e lei è Alice» continuò proprio quella. «Siamo della seconda B.»

Mattia annuì. Denis teneva la bocca aperta. Nessuno dei due disse nulla.

«Be'?» azzardò Viola. «Voi non vi presentate?»

Mattia pronunciò il suo nome a voce bassa, come se lo stesse ricordando anche a se stesso. Offrì mollemente la mano, quella senza fasciatura, a Viola e lei gliela strinse con forza. L'altra ragazza lo sfiorò appena e sorrise guardando in un'altra direzione.

Denis si presentò dopo di lui, altrettanto goffamente.

«Volevamo invitarvi alla mia festa di compleanno, tra due sabati» disse Viola.

Denis cercò di nuovo lo sguardo di Mattia, ma lui rispose fissando il mezzo sorriso timido di Alice. Pensò che le sue labbra erano così chiare e sottili che la bocca sembrava tracciata da un bisturi affilato.

«E perché?» chiese.

Viola lo guardò storto e poi si voltò verso Alice, con un'espressione che significava te l'avevo detto che era pazzo.

«Come sarebbe perché? Perché evidentemente ci va di invitarvi.»

«No, grazie» fece Mattia. «Io non posso venire.»

Denis, sollevato, si affrettò a dire io neppure.

Viola lo lasciò perdere e si concentrò sul ragazzo con la fasciatura.

«Ah no? E chissà quali impegni hai il sabato sera» lo provocò. «Devi giocare ai videogame con il tuo amichetto? Oppure pensavi di tagliarti le vene un'altra volta?»

Viola sentì un brivido di terrore ed eccitazione nel pronunciare le ultime parole. Alice le strinse la mano più forte per dirle di fermarsi.

Mattia pensò che si era dimenticato il numero dei tetti e che non avrebbe fatto in tempo a contarli da capo prima della campanella.

«Non mi piacciono le feste» spiegò.

67

Viola si sforzò di ridere per alcuni secondi, con una sfilza di ih ih acuti e taglienti.

«Tu sei proprio strano» lo prese in giro. «A tutti piacciono le feste.»

Con l'indice si batté due volte sulla tempia destra. Alice le aveva lasciato la mano e se la teneva appoggiata sulla pancia, inconsapevolmente.

«A me non piacciono» ripeté Mattia, con un tono severo.

Viola lo guardò con sfida e lui ne sostenne lo sguardo, senza espressione. Alice aveva fatto un passo indietro. Viola aprì la bocca per ribattere qualcosa, ma la campanella suonò appena in tempo. Mattia si voltò e si diresse deciso verso le scale, come se per lui la discussione fosse finita. Denis lo seguì, attratto dalla sua scia.

9

Da quando era entrata a servizio dai Della Rocca, Soledad Galienas aveva sgarrato una volta sola. Era successo quattro anni prima, una sera che pioveva e i Della Rocca erano a cena da amici. Nell'armadio di Soledad c'erano solamente vestiti neri, intimo compreso. Aveva rievocato così tante volte la morte di suo marito in un incidente sul lavoro, che alle volte finiva per crederci anche lei. Lo immaginava in piedi su un'impalcatura, a venti metri dal suolo, con la sigaretta tra i denti, mentre livellava uno strato di malta dove poggiare un'altra fila di mattoni. Lo vedeva inciampare in un attrezzo lasciato per terra o forse in una fune arrotolata, quella con cui avrebbe dovuto farsi un'imbragatura e che invece aveva buttato da parte perché l'imbragatura era per i pivelli. Lo immaginava vacillare sulle assi di legno e poi volare giù senza un grido. L'immagine si allargava per inquadrare suo marito che cadeva, un puntino scuro che agitava le braccia contro il cielo bianco. Poi il suo ricordo artificiale terminava con una visione dall'alto: il corpo del marito spiaccicato sul terreno polveroso del cantiere. Esanime e bidimensionale, con gli occhi ancora aperti e una macchia di sangue scuro che si allargava da sotto la schiena.

Pensarlo così le provocava un piacevole tremito di

angoscia tra la gola e il naso e, se si soffermava abbastanza a lungo, riusciva a spremere dagli occhi qualche lacrima, che era solo per se stessa.

La verità era che suo marito se n'era andato. L'aveva lasciata una mattina qualunque, probabilmente per rifarsi una vita con una che lei non conosceva nemmeno. Non ne aveva più saputo nulla. Quando era arrivata in Italia si era inventata la storia della vedovanza per avere un passato da raccontare, perché del suo vero passato non c'era nulla da dire. Gli abiti neri e il pensiero che gli altri potessero vedere nei suoi occhi le tracce di una tragedia, di un dolore mai colmato, le davano sicurezza. Portava il lutto con dignità e fino a quella sera non aveva mai tradito la memoria del suo defunto.

Il sabato andava alla messa delle sei, per essere di ritorno in tempo per la cena. Ernesto le faceva il filo da settimane. Dopo la funzione l'aspettava in piedi sul sagrato e, sempre con la stessa puntuale cerimoniosità, si offriva di accompagnarla a casa. Soledad si stringeva nel suo abito scuro, ma alla fine acconsentiva. Lui le raccontava di quando ancora lavorava alle Poste e di quanto adesso la sera fosse lunga in casa da solo, con tanti anni sulle spalle e altrettanti fantasmi con cui fare i conti. Ernesto era più anziano di Soledad e sua moglie il cancro al pancreas se l'era portata via sul serio.

Camminavano a braccetto, composti. Quella sera Ernesto l'aveva ospitata sotto il suo ombrello e si era infradiciato la testa e il cappotto per ripararla meglio. Le aveva fatto i complimenti per il suo italiano, che migliorava di settimana in settimana, e Soledad aveva riso, fingendo di imbarazzarsi.

Era stato per un gesto maldestro, una mancata sincronia, che invece di salutarsi da amici, con due casti baci sulle guance, le loro bocche si erano sfiorate di fronte al portone di casa Della Rocca. Ernesto le aveva chiesto scusa, ma poi si era piegato di nuovo sulle sue labbra e Soledad aveva sentito tutta la polvere depositata sul cuore negli anni sollevarsi in un vortice e finirle negli occhi.

Era stata lei a invitarlo a entrare. Ernesto doveva restare nascosto nella sua stanza per un paio d'ore, giusto il tempo di far da mangiare per Alice e di mandarla a dormire. I Della Rocca sarebbero usciti di lì a poco e avrebbero fatto tardi.

Ernesto aveva ringraziato qualcuno lassù, che certe cose potessero ancora capitare alla sua età. Erano entrati in casa furtivamente. Soledad aveva condotto l'amante nella sua stanza tenendolo per mano, come un'adolescente, e con l'indice sulla bocca gli aveva ordinato di restare in silenzio. Poi aveva preparato la cena per Alice in fretta e furia, l'aveva guardata mangiare troppo piano e le aveva detto sembri stanca, è meglio se vai a dormire. Alice aveva protestato che voleva guardare la tele e Soledad aveva ceduto, pur di levarsela dai piedi, a patto che la guardasse in mansarda. Alice se n'era andata al piano di sopra, approfittando dell'assenza di suo padre per camminare strisciando i piedi.

Soledad era tornata dal suo amante. Si erano baciati a lungo, seduti uno a fianco all'altra, senza sapere che fare delle proprie mani, imbranati e fuori allenamento. Poi Ernesto aveva trovato il coraggio di tirarla a sé.

Mentre lui armeggiava con quella diavoleria che le teneva allacciato il reggiseno, scusandosi sottovoce di essere tanto impacciato, lei si era sentita giovane e bella e spregiudicata. Aveva chiuso gli occhi e, quando li aveva riaperti, aveva visto Alice, in piedi sulla soglia della stanza.

«Coño» le era sfuggito. «¿Qué haces aquí?»

Era scivolata via da Ernesto e si era coperta il seno

con un braccio. Alice teneva la testa reclinata da una parte e li osservava senza stupore, come animali in un recinto.

«Non riesco a dormire» aveva detto.

Per una misteriosa coincidenza Soledad ripensò proprio a quel momento quando, voltandosi, vide Alice, ferma sulla porta dello studio. Soledad stava spolverando la libreria. A blocchi di tre estraeva i pesanti volumi di una delle enciclopedie dell'avvocato, con la rilegatura verde scuro e il dorso dorato. Li teneva con il braccio sinistro, che sentiva già indolenzito, mentre con il destro passava lo straccio sui ripiani di mogano fin negli angoli più nascosti, perché una volta l'avvocato si era lamentato che lei puliva solo attorno alle cose.

Alice non entrava da anni nello studio di suo padre. Una barriera invisibile di ostilità la teneva inchiodata sulla soglia. Era sicura che se avesse appoggiato anche solo la punta del piede sulla geometria regolare e ipnotica del parquet, il legno si sarebbe incrinato sotto il suo peso e l'avrebbe lasciata precipitare in un baratro nero.

Tutta la stanza era intrisa dell'odore intenso di suo padre. Se ne stava depositato sui fogli impilati con ordine sulla scrivania, le tende spesse color crema ne erano inzuppate. Da piccola Alice entrava in punta di piedi a chiamare suo padre, quando la cena era pronta. Esitava sempre un momento prima di parlare, rapita dalla postura con cui papà incombeva sulla scrivania, mentre da dietro gli occhiali dalla montatura in argento studiava i suoi complicati documenti. Quando l'avvocato si accorgeva di sua figlia tirava su la testa lentamente e aggrottava la fronte, come chiedendosi che ci facesse lì. Poi annuiva e le rivolgeva un accenno di sorriso. Arrivo, diceva.

Alice era sicura di udire ancora quell'unica parola

echeggiare contro la tappezzeria dello studio, intrappolata per sempre tra quelle quattro pareti e dentro la sua testa.

«*Hola, mi amorcito*» disse Soledad. Continuava a chiamarla così, anche se quella ragazza che ora stava in piedi di fronte a lei, esile come un tratto di matita, non assomigliava più molto alla bambina assonnata che ogni mattina vestiva e poi accompagnava a scuola.

«Ciao» rispose Alice.

Soledad la guardò per qualche secondo, aspettando che dicesse qualcosa, ma Alice distolse gli occhi, nervosamente. Soledad tornò ai suoi scaffali.

«Sol» disse infine Alice.

«Sì?»

«Devo chiederti una cosa.»

Soledad appoggiò i volumi sulla scrivania e si avvicinò ad Alice.

«Dimmi, *mi amorcito*.»

«Ho bisogno di un favore.»

«Che favore? Certo, dimmi.»

Alice si arrotolò intorno all'indice l'elastico dei pantaloni.

«Sabato devo andare a una festa. A casa della mia amica Viola.»

«Oh, che bello» sorrise Soledad.

«Vorrei portare un dolce. Vorrei cucinarlo io. Mi aiuteresti?»

«Ma certo, tesoro. Che dolce?»

«Non lo so. Una torta. O un tiramisù. Oppure quel dolce che sai fare tu con la cannella.»

«La ricetta della mia mamma» disse Soledad, con una punta di orgoglio. «Ti insegno io.»

Alice la guardò dal basso, supplichevole.

«Allora sabato andiamo insieme a fare la spesa? Anche se è il tuo giorno libero?»

«Ma certo, tesoro» disse Soledad. Per un momento

si sentì importante e in quell'insicurezza riconobbe la bambina che aveva tirato su.

«Mi potresti portare anche in un altro posto?» azzardò Alice.

«Che posto?»

Alice esitò per un attimo.

«A farmi il tatuaggio» disse in fretta.

«Oh, *mi amorcito*» sospirò Soledad, vagamente delusa. «Tuo padre non vuole, lo sai.»

«Non glielo diciamo. Non lo vedrà mai» insistette Alice piagnucolosa.

Soledad scosse la testa.

«Dài, Sol, ti prego» la supplicò. «Da sola non me lo fanno fare. Serve il consenso dei genitori.»

«Ma allora io che posso fare?»

«Tu fai finta di essere mia madre. Dovrai solo firmare un foglio, non dovrai dire nulla.»

«Ma non si può, amore mio, non si può. Tuo padre mi licenzia.»

Alice si fece di colpo più seria. Guardò Soledad dritto negli occhi.

«Sarà il nostro segreto, Sol.» Fece una pausa. «In fondo noi due un segreto ce l'abbiamo già, no?»

Soledad la guardò smarrita. Non capì, all'inizio.

«Io li so mantenere i segreti» continuò Alice, lentamente. Si sentiva forte e spietata come Viola. «Altrimenti a quest'ora ti avrebbero già licenziata da un pezzo.»

Soledad sentì qualcosa ostruirle la trachea.

«Ma...» disse.

«Allora lo fai?» la incalzò Alice.

Soledad guardò a terra.

«Va bene» disse piano. Poi diede le spalle ad Alice e aggiustò i libri sullo scaffale, mentre due grosse lacrime le gonfiavano gli occhi.

10

Mattia lo faceva apposta a essere così silenzioso in ogni suo movimento. Sapeva che il disordine del mondo non può che aumentare, che il rumore di fondo crescerà fino a coprire ogni segnale coerente, ma era convinto che misurando attentamente ogni suo gesto avrebbe avuto meno colpa di questo lento disfacimento.

Aveva imparato ad appoggiare prima la punta del piede e poi il tallone, tenendo il peso sbilanciato verso la parte esterna della pianta, per minimizzare la superficie di contatto con il terreno. Aveva messo a punto questa tecnica anni addietro, quando di notte si alzava e di soppiatto rovistava in giro per la casa, perché la pelle delle mani gli era diventata così asciutta che l'unico modo per accorgersi che quegli arti erano ancora i suoi era di passarci sopra una lama. Con il tempo quell'andatura bizzarra e circospetta era diventata il suo passo normale.

Capitava spesso che i suoi genitori se lo trovassero di fronte all'improvviso, come un ologramma proiettato dal pavimento, con il suo sguardo accigliato e quella bocca sempre chiusa. Una volta a sua madre era caduto di mano un piatto per lo spavento. Mattia si era chinato a raccogliere i cocci e a fatica aveva resistito alla tentazione di quei bordi affilati. Sua madre l'aveva ringraziato imbarazzata e quando lui se n'era andato si era seduta sul pavimento ed era rimasta in quella posizione per un quarto d'ora, sconfitta.

Mattia girò la chiave nella serratura di casa. Aveva imparato che, tirando la maniglia verso di sé e premendo con il palmo sulla toppa, riusciva a eliminare quasi completamente lo schiocco metallico dell'apertura. Con la fasciatura, poi, veniva ancora meglio.

Scivolò nell'atrio. Infilò le chiavi dall'interno e ripeté la stessa operazione, come uno scassinatore nel suo stesso appartamento.

Suo padre era già tornato, prima del solito. Quando lo sentì alzare la voce si bloccò, indeciso se attraversare il salotto e interrompere la discussione dei genitori oppure uscire di nuovo e aspettare a rientrare fino a quando dal cortile avesse visto spegnersi la luce della sala.

«... che non lo trovo giusto» concluse il padre, con un tono di rimprovero.

«Già» ribatté Adele. «Tu preferisci fare finta di nulla, fingere che non ci sia niente di strano.»

«E cosa c'è di strano?»

Ci fu una pausa. Mattia poté immaginare con chiarezza sua madre che crollava il capo e increspava un lato della bocca, come a dire tanto con te è inutile.

«Cosa c'è di strano?» scandì per bene lei. «Io non...»

Mattia rimase un passo indietro rispetto alla fetta di luce che dal salone sconfinava nell'atrio. Ruotando gli occhi seguì la linea d'ombra dal pavimento alle pareti e poi sul soffitto. Si convinse che formava un trapezio e che quello era solo un altro inganno della prospettiva.

Sua madre abbandonava spesso le frasi a metà, quasi ne scordasse la fine mentre le pronunciava. Quelle interruzioni lasciavano nei suoi occhi e nell'aria delle bolle di vuoto e Mattia immaginava ogni volta di farle scoppiare bucandole con un dito.

«Di strano c'è che si è piantato un coltello nella mano davanti a tutti i suoi compagni. Di strano c'è che ci eravamo convinti che quei tempi fossero finiti e invece ci siamo sbagliati di nuovo» riprese sua madre.

Mattia non ebbe nessuna reazione quando capì che parlavano di lui, solo un lieve senso di colpa per essere lì a origliare una conversazione che non avrebbe dovuto ascoltare.

«Questo non è un buon motivo per andare a parlare con i professori senza di lui» disse suo padre, ma con tono più sommesso. «È abbastanza grande da avere il diritto di essere presente.»

«Accidenti, Pietro» sbottò la mamma. Non lo chiamava mai per nome. «Non è questo il punto, lo vuoi capire? La vuoi smettere di trattarlo come se fosse...»

Si bloccò. Il silenzio si incastrò nell'aria sotto forma di carica elettrostatica. Una lieve scossa fece contrarre le spalle a Mattia.

«Come se fosse cosa?»

«Normale» confessò la mamma. La voce le tremava un po' e Mattia si chiese se stesse piangendo. D'altronde piangeva spesso dopo quel pomeriggio. Il più delle volte lo faceva senza motivo. A volte piangeva perché la carne che aveva cucinato era stoppossa o perché le piante sul balcone erano piene di parassiti. Qualunque fosse la causa, la sua disperazione era sempre uguale. Come se tanto non ci fosse più nulla da fare.

«I professori dicono che non ha amici. Parla solo con il suo compagno di banco e passa tutto il giorno con lui. Insomma, i ragazzi della sua età escono la sera, ci provano con le ragazze.»

«Tu credi che lui sia...» la interruppe il padre. «Sì, insomma...»

Mattia provò a completare la frase, ma non gli venne in mente come.

«No, non credo quello. Forse preferirei che fosse

solo quello» fece sua madre. «A volte penso che una parte di Michela sia passata dentro di lui.»

Suo padre fece un respiro, profondo e rumoroso. «Avevi promesso di non parlarne più» disse, vagamente irritato.

Mattia pensò a Michela, sparita nel nulla. Ci pensò per una frazione di secondo soltanto. Poi si lasciò distrarre dalle immagini sbiadite dei suoi, che scoprì riflesse e rimpicciolite sulla superficie curva e levigata del portaombrelli. Con le chiavi iniziò a graffiarsi il gomito sinistro. Sentiva la giuntura saltare da una cesellatura all'altra.

«Sai cos'è che mi fa rabbrividire di più?» disse Adele. «Sono tutti quei voti alti che prende. Sempre nove, dieci, sempre il massimo. C'è qualcosa di spaventoso in quei voti.»

Mattia sentì sua madre tirare su con il naso, una volta. Poi di nuovo, ma adesso come se avesse il naso premuto contro qualcosa. Immaginò papà che la stringeva, al centro del salotto.

«Ha quindici anni» disse suo padre. «È un'età crudele.»

Sua madre non rispose e Mattia ascoltò quei singulti ritmici crescere fino a un picco di intensità e poi placarsi lentamente, per ristabilire il silenzio.

A quel punto entrò in salotto. Gli occhi gli si chiusero leggermente quando sconfinò dentro il cono di luce. Si fermò a due passi dai suoi genitori, che stavano abbracciati e lo guardavano sbalorditi, come due ragazzini sorpresi a pomiciare. Nella loro espressione stupefatta era stampata la domanda da quanto tempo eri lì dietro.

Mattia guardò un punto in mezzo a loro. Disse semplicemente ne ho di amici, sabato vado a una festa. Poi proseguì verso il corridoio e sparì nella sua stanza.

11

Il tatuatore aveva squadrato Alice con sospetto e subito dopo quella donna con la pelle troppo scura e lo sguardo impaurito, che la ragazzina aveva presentato come sua madre. Lui non ci aveva creduto nemmeno per un secondo, ma quelli non erano affari suoi. Alle grane di quel genere e alle adolescenti capricciose c'era abituato. Ne arrivavano di sempre più giovani: questa qui non avrà ancora fatto i diciassette, aveva pensato. Ma lui non era certo nella condizione di rifiutare un lavoro per una questione di principio. Aveva indicato una sedia alla donna e quella si era piazzata lì e non aveva più detto una parola. Si teneva la borsetta stretta fra le mani, come se dovesse andarsene da un momento all'altro. Guardava ovunque, fuorché in direzione dell'ago.

La ragazzina non aveva fatto una piega. Lui le aveva chiesto ti fa male, perché era una domanda che andava fatta, e lei aveva detto no no a denti stretti.

Poi le aveva raccomandato di tenere la garza per almeno tre giorni e di pulire la ferita mattina e sera, per una settimana. Le aveva regalato un barattolo di vaselina e si era cacciato in tasca i soldi.

Nel bagno di casa sua, Alice sollevò lo scotch bianco che teneva appiccicata la benda. Il suo tatuaggio aveva poche ore di vita e lei l'aveva già sbirciato una decina di volte. A ogni occhiata una parte dell'eccitazione si disperdeva, come una pozzanghera d'acqua brillante che evapora sotto il sole d'agosto. Stavolta pensò solamente a quanto la cute si fosse arrossata, tutto intorno al disegno. Si chiese se la pelle avrebbe mai riacquistato il suo colore naturale e per un momento il panico le serrò la gola. Poi scacciò quella stupida preoccupazione. Detestava che ogni sua azione dovesse sempre apparirle così irrimediabile, così definitiva. Nella sua testa lo chiamava *il peso delle conseguenze* ed era sicura che quello fosse un altro ingombrante pezzo di suo padre, che negli anni le si era incarnito nel cervello. Desiderava con avidità la spregiudicatezza delle sue coetanee, il loro vacuo senso di immortalità. Desiderava tutta la leggerezza dei suoi quindici anni, ma nel cercare di afferrarla avvertiva la furia con cui il tempo a sua disposizione stava scivolando via. Così il peso delle conseguenze si faceva addirittura insopportabile e i suoi pensieri prendevano a girare sempre più veloci, in cerchi ancora più stretti.

All'ultimo momento aveva cambiato idea. Al ragazzo che aveva già azionato quella macchina ronzante e stava avvicinando la punta alla sua pancia aveva detto proprio così, ho cambiato idea. Senza stupore lui le aveva chiesto non lo vuoi più fare? Alice gli aveva detto sì che lo voglio fare. Però non vorrei più una rosa. Vorrei una viola del pensiero.

Il tatuatore l'aveva guardata stranito. Poi aveva confessato di non sapere bene come fosse fatta una viola del pensiero. Più o meno è come una margherita, aveva spiegato Alice, con tre petali sopra e due sotto. Ed è viola. Il tatuatore aveva detto okay e si era messo all'opera.

Alice guardò il fiorellino livido che le incorniciava l'ombelico e si domandò se Viola l'avrebbe capito che era per lei, per la loro amicizia. Decise che non glielo avrebbe mostrato fino a lunedì. Voleva presentarlo ripulito dalle croste e luminoso sulla pelle chiara. Si rimproverò di non essersi svegliata prima, in modo da averlo pronto per quella sera. Immaginò come sarebbe stato farlo vedere di nascosto a quel ragazzo che aveva invitato alla festa. Due giorni prima Mattia era comparso di fronte a lei e Viola, con la sua aria sprofondata. Aveva detto io e Denis ci veniamo, alla festa. Viola non aveva avuto neppure il tempo di formulare un commento sgradevole, che quello era già in fondo al corridoio, girato di spalle e con la testa buttata giù.

Non era sicura di volerlo baciare, ma ormai era tutto deciso e avrebbe fatto la figura dell'idiota con Viola se si fosse tirata indietro.

Misurò il punto esatto in cui doveva stare l'orlo degli slip, perché si vedesse il tatuaggio ma non la cicatrice che partiva subito sotto. Si infilò un paio di jeans, una T-shirt e una felpa abbastanza larga da coprire tutto quanto, il tatuaggio, la cicatrice e le sporgenze dei suoi fianchi, poi uscì dal bagno, per raggiungere Soledad in cucina e guardarla cucinare il suo speciale dolce alla cannella.

12

Con lunghi e profondi respiri, Denis cercava di riempirsi i polmoni dell'odore della macchina di Pietro Balossino, un odore lievemente aspro di sudore, che sembrava non provenire tanto dalle persone quanto piuttosto dai rivestimenti ignifughi dei sedili, e da qualcosa di umido, che ristagnava lì da troppi giorni, forse nascosto sotto i tappetini. Denis sentiva quel miscuglio avvolgergli la faccia come una benda calda.

Sarebbe rimasto volentieri in quella macchina per tutta la notte, a girare in tondo per le strade semibuie della collina, guardando le luci delle macchine sulla corsia opposta sbattere sulla faccia del suo compagno e poi di nuovo lasciarla nell'ombra, per non sciuparla.

Mattia era seduto davanti, a fianco di suo padre. A Denis, che di nascosto studiava l'assenza di espressione sulla faccia di entrambi, sembrava che padre e figlio si fossero accordati per non spiccicare una sola parola durante tutto il viaggio e fare in modo che le loro traiettorie visive non convergessero nemmeno per sbaglio.

Notò che avevano lo stesso modo di stringere gli oggetti, incorniciandoli con le dita tese, a contatto con le superfici ma non davvero appoggiate, quasi temessero di deformare ciò che avevano in mano. Il signor Balossino pareva sfiorare appena il volante. Le mani spaventose di Mattia seguivano gli spigoli del regalo che sua madre aveva preso per Viola e che ora lui teneva sulle gambe unite.

«E così tu sei in classe con Matti» si sforzò di dire il signor Balossino, poco convinto.

«Già» fece Denis, con una vocina stridula che pareva essere rimasta troppo tempo incastrata nella gola. «Siamo compagni di banco.»

Il padre di Mattia annuì gravemente e poi se ne tornò, con la coscienza a posto, ai suoi pensieri. Mattia sembrò non accorgersi nemmeno di quel brandello di conversazione e non mosse gli occhi dal finestrino, attraverso il quale cercava di comprendere se la percezione della linea tratteggiata di mezzeria come di una linea continua fosse dovuta solamente alla risposta rallentata del suo occhio oppure a qualche meccanismo più complicato.

Pietro Balossino frenò a circa un metro dal grande cancello della proprietà di casa Bai e tirò il freno a mano perché la strada era in lieve pendenza.

«Se la cava bene, la vostra amica» commentò, sporgendosi in avanti per vedere oltre la sommità del cancello.

Né Denis né Mattia confessarono che loro di quella ragazza conoscevano a malapena il nome.

«Allora vengo a prendervi a mezzanotte, d'accordo?»

«Le undici» si affrettò a ribattere Mattia. «Facciamo le undici.»

«Le undici? Ma sono già le nove. Cosa fate solo per due ore?»

«Le undici» insistette Mattia.

Pietro Balossino crollò la testa e poi disse okay.

Mattia scese dalla macchina e Denis lo imitò, svogliatamente. Temeva che a quella festa lui potesse farsi dei nuovi amici, ragazzi divertenti e alla moda, che in un batter d'occhio glielo avrebbero portato via per sempre. Temeva di non salire mai più su quella macchina.

Salutò educatamente il padre di Mattia e, per darsi un tono da adulto, gli tese anche la mano. Pietro Balossino fece una goffa acrobazia per stringergliela senza slacciarsi la cintura di sicurezza.

I due compagni di banco rimasero impalati di fronte al cancello e attesero che la macchina avesse fatto inversione, prima di decidersi a suonare.

Alice stava rannicchiata a un'estremità del divano bianco. Teneva in mano un bicchiere di Sprite e con la coda dell'occhio sbirciava le cosce voluminose di Sara Turletti, impacchettate in un paio di collant scuri. Schiacciate sul divano diventavano ancora più grosse, larghe quasi il doppio. Alice pensò allo spazio che lei occupava in confronto alla sua compagna. L'idea di poter diventare tanto sottile da essere invisibile le procurò una piacevole stretta allo stomaco.

Quando Mattia e Denis entrarono nella stanza, raddrizzò la schiena di colpo. Con lo sguardo cercò disperatamente Viola. Notò che Mattia non aveva più la fasciatura e cercò di vedere se gli era rimasta una cicatrice sul polso. D'istinto percorse con l'indice la traccia della propria. Sapeva trovarla anche sotto i vestiti, era come avere un lombrico adagiato sulla pelle.

I due nuovi arrivati si guardarono intorno, come prede accerchiate, ma la verità è che nessuno, della trentina di ragazzi sparsi nella stanza, fece caso a loro. Nessuno a parte Alice.

Denis seguiva i movimenti di Mattia, si spostava dove lui si spostava e guardava dove lui guardava. Mattia si avvicinò a Viola, tutta presa a propinare le sue storie fasulle a un gruppetto di ragazze. Non si domandò neppure se quelle ragazze le avesse già viste a scuola. Si piazzò dietro la festeggiata, con il regalo tra le mani, tenuto rigidamente all'altezza del petto. Viola si voltò quando si accorse che le amiche avevano staccato gli occhi dalla sua bocca irresistibile e guardavano un punto alle sue spalle.

«Ah, siete arrivati» disse sgarbatamente.

«Tieni» le fece Mattia, piazzandole il regalo tra le braccia. Poi aggiunse un buon compleanno biascicato.

Stava già per voltarsi, quando Viola gridò con la sua vocina sovraeccitata.

«Ali, Ali, vieni qui. C'è il tuo amico.»

Denis ingoiò un bolo di aghi e saliva. Una delle amichette di Viola ridacchiò nell'orecchio di un'altra.

Alice si alzò dal divano. Nei quattro passi che la separavano dal gruppetto, cercò di mascherare la sua andatura sincopata, ma era certa che tutti stessero guardando proprio quella.

Salutò Denis con un sorriso rapido e poi Mattia, piegando la testa e dicendo ciao con poca voce. Mattia rispose ciao e le sue sopracciglia ebbero un sussulto, che lo fece sembrare ancora più spastico agli occhi di Viola.

Seguì un silenzio troppo lungo, che soltanto lei fu in grado di rompere.

«Ho scoperto dove mia sorella tiene le pastiglie» fece, raggiante.

Le ragazze dissero uao, tutte eccitate.

«Allora ne volete un po'?»

Rivolse quella domanda proprio a Mattia, sicura che non avesse neppure idea di che cosa si trattasse. E infatti non si sbagliava.

«Ragazze, venite con me a prenderle» disse. «Anche tu, Ali.»

Afferrò Alice per un braccio e le cinque ragazze sparirono nel corridoio, quasi spingendosi l'una con l'altra.

Denis si trovò di nuovo solo con Mattia e il suo battito riprese la regolare frequenza. Tutti e due si avvicinarono al tavolo con le bibite.

«C'è il whisky» osservò Denis, un po' stupito e un po' scandalizzato. «E anche la vodka.»

Mattia non rispose. Prese un bicchiere di plastica dalla colonnina dove stavano impilati e lo riempì di Coca-Cola fino all'orlo, cercando di avvicinarsi il più possibile al limite in cui la tensione superficiale del liquido riusciva a impedirne il traboccamento. Poi lo appoggiò sul tavolo. Denis versò del whisky nel proprio, guardandosi intorno con circospezione e sperando segretamente di impressionare il suo amico, che neppure se ne accorse.

Due pareti più in là, nella stanza della sorella di Viola, le ragazze avevano fatto sedere Alice sul letto, per istruirla sul da farsi.

«Non prenderglielo in bocca. Nemmeno se te lo chiede, hai capito?» si raccomandò Giada Savarino. «La prima volta puoi fargli al massimo una sega.»

Alice rise nervosamente e non capì se Giada stesse parlando sul serio.

«Tu ora vai di là e ti metti a parlare con lui» le spiegò Viola, che un piano ce l'aveva e chiarissimo. «Poi ti inventi una scusa per portarlo in camera mia, okay?»

«E che scusa mi invento?»

«Ma che ne so, qualcosa. Digli che ti dà fastidio la musica e vuoi un po' di silenzio.»

«E il suo amico? Gli sta sempre incollato» chiese ancora Alice.

«Di lui ce ne occupiamo noi» fece Viola, con il suo sorriso più spietato.

Poi salì in piedi sul letto di sua sorella, calpestando con le scarpe il copriletto verde chiaro. Alice pensò a suo padre, che le vietava di passare con le scarpe sui tappeti. Per un attimo si chiese cosa avrebbe detto se l'avesse vista lì, ma poi ricacciò quel pensiero giù nello stomaco.

Viola aprì un cassettino dal mobile sopra il letto. Frugò un po' con la mano, perché non arrivava a guardarci dentro, e poi ne estrasse una scatolina rivestita di stoffa rossa, impreziosita con degli ideogrammi dorati. «Prendi questa» disse. Allungò una mano verso Alice. Al centro del palmo c'era una pillolina di un azzurro brillante, quadrata e con gli angoli smussati. In mezzo era incisa la forma stilizzata di una farfalla. Alice rivide per un attimo la gelatina lurida che aveva accettato dalla stessa mano e se la sentì di nuovo incastrata nell'esofago.

«Che cos'è?» domandò.

«Tu prendila. Ti farà divertire di più.»

Viola strizzò l'occhio. Alice ci pensò un momento. La guardavano tutte. Pensò che quella era un'altra prova. Prese la pillola dalla mano di Viola e se la poggiò sulla lingua.

«Sei pronta» fece Viola soddisfatta. «Andiamo.

In fila indiana le ragazze uscirono dalla stanza, tutte con gli occhi bassi e un sorriso malizioso sulla faccia. Federica supplicò Viola dicendo una anche a me ti prego e Viola le rispose sgarbatamente aspetta il tuo turno.

Alice uscì per ultima. Mentre tutte le davano le spalle, si portò una mano alla bocca e ci sputò dentro la pastiglia. La mise in tasca e spense la luce.

13

Come quattro rapaci, Viola, Giada, Federica e Giulia accerchiarono Denis.

«Vieni di là con noi?» gli chiese Viola.

«Perché?»

«Il perché te lo spieghiamo dopo» ridacchiò Viola.

Denis si irrigidì. Cercò l'aiuto di Mattia, ma lui era ancora assorto nel tremolio della Coca-Cola sull'orlo del bicchiere. La musica alta che riempiva la stanza ne faceva sobbalzare la superficie a ogni colpo di grancassa. Mattia aspettava con una strana trepidazione il momento in cui si sarebbe rovesciato.

«Preferisco stare qui» fece Denis.

«Mamma mia, cheppalle che sei» si spazientì Viola. «Vieni con noi e basta.»

Lo tirò per un braccio. Denis oppose una debole resistenza. Poi si mise a tirare anche Giada e lui si arrese. Mentre lo spingevano in cucina, guardò ancora una volta il suo amico, che era rimasto immobile.

Mattia si accorse di Alice quando lei appoggiò una mano sul tavolo: l'equilibrio si ruppe e un sottile strato di liquido traboccò dal bicchiere, per poi depositarsi intorno alla base come un anello scuro.

D'istinto alzò gli occhi e incrociò il suo sguardo.

«Come va?» gli fece lei.

Mattia annuì. «Bene» disse.

«Ti piace la festa?»

«Mm-mm.»

«A me la musica così alta fa venire il mal di testa.»

Alice aspettò che Mattia dicesse qualcosa. Lo guardò e le sembrò che non stesse respirando. I suoi occhi erano mansueti e sofferenti. Come la prima volta, le venne voglia di dirigere quegli occhi verso di sé, di prendere la testa di Mattia fra le mani e dirgli che andava tutto bene.

«Mi accompagni nell'altra stanza?» azzardò.

Mattia crollò il capo, come se stesse aspettando quelle esatte parole.

«Okay» disse.

Alice lo precedette in corridoio e lui la seguì, a due passi di distanza. Camminando, Mattia guardava in basso di fronte a sé, come sempre. Notò che la gamba destra di Alice si piegava con grazia, all'altezza del ginocchio, come tutte le gambe del mondo, e il piede sfiorava terra senza fare rumore. La sinistra, invece, quella restava rigida. Per spingerla in avanti lei doveva farle compiere una piccola mezzaluna verso l'esterno. Per una frazione di secondo il suo bacino rimaneva sbilanciato su un lato, come se Alice stesse per rovesciarsi da una parte. Infine anche il piede sinistro toccava il suolo, pesantemente, come una stampella.

Mattia si concentrò su quel ritmo giroscopico e, senza accorgersene, sincronizzò il suo passo su quello di lei.

Quando furono in camera di Viola, Alice gli scivolò accanto e, con un'audacia di cui si stupì lei stessa, chiuse la porta. Erano in piedi, lui sul tappeto e lei appena fuori.

Ma perché non dice nulla?, si chiese Alice.

Per un momento, ebbe voglia di lasciar perdere, di

riaprire la porta e andarsene fuori, a respirare nor
malmente.

E poi cosa racconto a Viola?, pensò.

«Qui si sta meglio, vero?» disse.

«Già» annuì Mattia. Teneva le braccia molli lungo
i fianchi, come il pupazzo di un ventriloquo. Con
l'indice destro stava piegando una pellicina corta e
dura che gli spuntava di fianco all'unghia del pollice. Era quasi come pungersi con un ago e il bruciore
lo distolse per un attimo dall'aria rarefatta di quella
stanza.

Alice si sedette sul letto di Viola, in bilico sul bordo. Il materasso non si incurvò sotto il suo peso. Si
guardò intorno, cercando qualcosa.

«Ti siedi qui?» chiese infine a Mattia.

Lui obbedì. Si sedette a tre spanne da lei, con cautela. La musica nel salone sembrava il respiro pesante
e affannato delle pareti. Alice spiò le mani di Mattia,
chiuse a pugno.

«Ti è guarita la mano?» gli domandò.

«Quasi» fece lui.

«Come hai fatto?»

«Mi sono tagliato. Nel laboratorio di biologia. Per
sbaglio.»

«Posso vedere?»

Mattia strinse i pugni più forte. Poi aprì lentamente la mano sinistra. Un solco livido e perfettamente
dritto la tagliava in diagonale. Intorno, Alice riconobbe delle cicatrici più corte e chiare, quasi bianche.
Riempivano tutto il palmo e si intersecavano, come i
rami di un albero spoglio in controluce.

«Anch'io ne ho una, sai?» disse.

Mattia richiuse il pugno e si pinzò la mano tra le
gambe, come per nasconderla. Lei si alzò in piedi.
Sollevò un po' la felpa e si sbottonò i jeans. Lui fu
preso dal panico. Guardò più in basso che poté, ma

riuscì comunque a vedere le mani di Alice che piega-
vano un lembo dei pantaloni e scoprivano una garza
bianca incorniciata di scotch e, appena sotto, l'orlo di
un paio di slip grigio chiaro.
Alice scostò l'elastico delle mutandine di qualche
centimetro e Mattia trattenne il fiato.
«Guarda» fece lei.
Una lunga cicatrice accompagnava l'osso sporgen-
te del bacino. Era spessa e in rilievo, più larga di
quelle di Mattia. I segni dei punti, che la intersecavano perpendicolarmente e a distanze uguali, la facevano assomigliare alle cicatrici che i bambini si dipingo-
no in faccia, quando a carnevale si travestono da
pirati.
Mattia non trovò cosa dire. Alice si riabbottonò i
jeans e ci infilò dentro la maglia. Poi si sedette di
nuovo, un po' più vicina a lui.
Il silenzio fu quasi intollerabile per entrambi. Lo
spazio vuoto tra le loro facce era un ribollire di attesa
e imbarazzo.
«Ti piace la nuova scuola?» chiese Alice per dire
qualcosa.
«Sì.»
«Dicono che sei un genio.»
Mattia si risucchiò le guance e poi ci piantò dentro
i denti, finché non sentì il sapore metallico del sangue riempirgli la bocca.
«Ma ti piace davvero studiare?»
Mattia annuì.
«E perché?»
«È l'unica cosa che so fare» disse lui, piano. Avrebbe voluto dirle che studiare gli piaceva perché puoi
farlo da solo, perché tutte le cose che studi sono già
morte, fredde e masticate. Avrebbe voluto dirle che le
pagine dei libri di scuola hanno tutte la stessa temperatura, che ti lasciano il tempo di scegliere, che non

91

fanno mai male e che tu non puoi far loro del male. Ma rimase in silenzio.

«E io ti piaccio?» si buttò Alice. La voce le uscì un po' stridula e il viso le esplose di caldo.

«Non lo so» rispose in fretta Mattia, guardando giù.

«E perché?»

«Non lo so» insistette. «Non ci ho pensato.»

«Non bisogna mica pensarci.»

«Io se non penso non riesco a capire nulla.»

«A me tu piaci» disse Alice. «Un po'. Credo.»

Lui annuì. Giocò a contrarre e rilassare il cristallino, per mettere a fuoco e fuori fuoco il disegno geometrico del tappeto.

«Vuoi baciarmi?» chiese Alice. Non si vergognò, ma mentre lo diceva il suo stomaco vuoto si accartocciò nel terrore che lui dicesse di no.

Mattia non si mosse per qualche secondo. Poi scosse la testa, lentamente, da una parte e dall'altra, continuando a fissare i ghirigori del tappeto.

In uno scatto nervoso, Alice si portò le mani ai fianchi e misurò la circonferenza della propria vita.

«Non importa» disse in fretta, con la voce diversa. «Non raccontarlo a nessuno, per favore» aggiunse.

Sei una cretina, pensò.

Sei peggio di una bambina delle elementari.

Poi si alzò in piedi. D'improvviso la stanza di Viola le sembrò un posto estraneo, ostile. Si sentì ubriacare da tutti quei colori sui muri, dalla scrivania piena di trucchi sparpagliati, dalle punte da danza appese all'anta dell'armadio, come un paio di piedi impiccati, dall'ingrandimento di una foto di Viola al mare, sdraiata sulla sabbia e bellissima, dalle cassette impilate malamente di fianco allo stereo e dai vestiti ammucchiati sulla poltrona.

«Torniamo di là» disse.

Mattia si alzò dal letto. La guardò per un momento

e ad Alice sembrò che le stesse chiedendo scusa. Lei aprì la porta, lasciando che la musica inondasse la stanza con prepotenza. Percorse un pezzo di corridoio da sola. Poi pensò alla faccia di Viola. Tornò indietro, prese la mano legnosa di Mattia senza chiedergli il permesso e, uniti in quel modo, entrarono nel salotto rumoroso di casa Bai.

14

Le ragazze avevano inchiodato Denis nell'angolo di fianco al frigo, così, tanto per giocare un po'. Si erano disposte di fronte a lui, una di fianco all'altra, in modo da formare una barriera di occhi eccitati e capelli sciolti, attraverso la quale Denis non riusciva più a vedere Mattia nell'altra stanza.

«Obbligo o verità?» gli domandò Viola.

Denis scosse la testa timidamente, per dire che a lui non andava di fare quel gioco. Viola alzò gli occhi al cielo e poi aprì il frigo, costringendo Denis a piegarsi su un lato per fare spazio all'anta. Tirò fuori una bottiglia di vodka alla pesca e ne buttò giù un sorso, senza preoccuparsi di prendere un bicchiere. Poi gliela offrì, con un sorriso complice.

Lui si sentiva già stordito e un po' nauseato. Il whisky gli aveva lasciato un retrogusto amaro sospeso tra il naso e la bocca, ma c'era qualcosa nel modo di fare di Viola che gli impediva di opporsi. Prese la bottiglia e ne mandò giù un sorso. Poi la passò a Giada Savarino, che la afferrò con avidità e si mise a tracannare, manco fosse stata aranciata.

«Allora. Obbligo o verità?» ripeté Viola. «Altrimenti scegliamo noi.»

«Non mi piace quel gioco» si oppose Denis, senza convinzione.

«Mmm, tu e il tuo amico siete proprio una palla» fece lei. «Allora scelgo io. Verità. Vediamo un po'.»

Si portò l'indice sul mento e con lo sguardo tracciò un cerchio sul soffitto, fingendo di pensarci su.

«Trovato» esclamò. «Devi dirci chi ti piace di più fra noi quattro.»

Denis scrollò le spalle, intimidito.

«Boh?» disse.

«Come boh? Ti piacerà almeno una, no?»

Denis pensò che a lui non piaceva nessuna delle quattro, che voleva soltanto che si levassero da davanti e lo lasciassero tornare da Mattia. Che gli restava soltanto un'ora per stare con lui e per guardarlo esistere anche di notte, nell'ora in cui, solitamente, non poteva fare altro che immaginarselo nella sua stanza, a dormire sotto lenzuola di cui non conosceva il colore.

Se ne scelgo una, poi mi lasciano stare, pensò subito dopo.

«Lei.» Indicò Giulia Mirandi, perché sembrava quella più innocua.

Giulia si portò una mano alla bocca, come una reginetta del ballo appena eletta. Viola inarcò un'estremità della bocca. Le altre due scoppiarono a ridere, sguaiate.

«Bene» fece Viola. «Allora adesso arriva l'obbligo.»

«No, adesso basta» protestò Denis.

«Sei proprio noioso. Insomma, sei circondato da quattro ragazze e non hai neppure voglia di giocare un po'. Non ti capiterà di certo tutti i giorni.»

«Ma adesso tocca a qualcun altro.»

«E invece io dico che tocca ancora a te. Devi fare l'obbligo. Voi che ne dite?»

Le altre fecero sì sì con la testa, fameliche. La bottiglia si era di nuovo fermata tra le mani di Giada, che a intervalli regolari buttava indietro la testa e trangugiava, come se volesse finirla prima che le altre se ne accorgessero.

«Visto?» fece Viola.

Denis sbuffò.

«Che devo fare?» chiese rassegnato.

«Be', visto che sono una padrona di casa educata, ti darò un obbligo piacevole» disse Viola misteriosa. Le altre tre stavano appese alle sue labbra, bramose di scoprire la nuova tortura. «Devi dare un bacio a Giulia.» Giulia diventò rossa. Denis sentì una fitta in mezzo alle costole.

«Ma sei pazza?» fece Giulia scandalizzata, forse per finta.

Viola scrollò le spalle, con un espressione da ragazzina capricciosa. Denis fece no con la testa, due o tre volte di seguito.

«L'hai detto tu che ti piace» disse lei.

«E se non lo faccio?» azzardò Denis.

Viola divenne seria di colpo e lo guardò dritto negli occhi.

«Se non lo fai devi scegliere di nuovo verità» disse. «Potresti parlarci del tuo amichetto, per esempio.»

Nei suoi occhi luminosi e affilati Denis riconobbe tutto ciò che aveva sempre creduto invisibile. Il collo gli s'irrigidì.

Si voltò verso Giulia Mirandi. Tenendo le braccia lungo i fianchi, si protese con la faccia verso quella di lei. Strizzò gli occhi e la baciò. Poi fece per tirarsi indietro, ma Giulia gli trattenne la testa, poggiandogli una mano sulla nuca. A forza si fece spazio con la lingua tra le sue labbra contratte.

Denis sentì in bocca il sapore di una saliva che non era la sua e gli fece schifo. Mentre stava dando il suo primo bacio, aprì gli occhi, giusto in tempo per vedere Mattia che entrava in cucina, mano nella mano con la ragazza zoppa.

15

Furono gli altri ad accorgersi per primi di quello che Alice e Mattia avrebbero capito solo molti anni più avanti. Entrarono nella stanza tenendosi per mano. Non sorridevano e i loro sguardi seguivano traiettorie divergenti, ma era come se i loro corpi fluissero con continuità l'uno nell'altro, attraverso le braccia e le dita a contatto.

Il contrasto marcato tra i capelli chiari di Alice, che ne incorniciavano la pelle del viso troppo pallida, e quelli scuri di Mattia, arruffati in avanti a nascondergli gli occhi neri, si annullava in quell'arco sottile che li congiungeva. C'era uno spazio comune tra di loro, i cui confini non erano ben delineati, dove sembrava non mancare nulla e dove l'aria pareva immobile, imperturbata.

Alice lo precedeva di un passo e la trazione debole di Mattia ne equilibrava la cadenza, annullando le imperfezioni della sua gamba difettosa. Lui si lasciava trasportare e i suoi piedi non facevano rumore sulle piastrelle. Le sue cicatrici erano nascoste e al sicuro dentro la mano di lei.

Si fermarono sulla soglia della cucina, un po' distanti dal gruppetto di ragazze e da Denis. Cercarono di capire quello che stava succedendo. Avevano un'aria trasognata, come se arrivassero da un posto lontano, che conoscevano solo loro.

Denis spinse via Giulia con forza e le loro bocche si separarono con uno schiocco. Guardò Mattia e cercò nella sua espressione le tracce di quello che lo terrorizzava. Pensò che lui e Alice si erano detti qualcosa, qualcosa che non avrebbe mai potuto sapere e il cervello gli si riempì di sangue.

Corse fuori dalla stanza, urtandolo apposta con la spalla, per rovinare quell'equilibrio che odiava. Mattia incontrò per un istante i suoi occhi, rossi e sconvolti. Per qualche motivo si ricordò di quelli indifesi di Michela, in quel pomeriggio al parco. Negli anni quei due sguardi avrebbero finito per fondersi nella sua memoria in un'unica, incancellabile paura.

Lasciò andare la mano di Alice. Era come se le sue terminazioni nervose si fossero concentrate tutte in quel punto e, quando si staccò, gli sembrò che dal suo braccio schizzassero fuori delle scintille, come da un cavo scoperto.

«Scusa» le sussurrò e uscì dalla cucina, per raggiungere Denis.

Alice si avvicinò a Viola, che la fissava con degli occhi di pietra.

«Noi...» fece per dire.

«Non me ne importa niente» l'interruppe lei. Guardando Alice e Mattia aveva ripensato al ragazzo del mare, a quando lui aveva rifiutato la sua mano, mentre lei avrebbe desiderato tornare in spiaggia dagli altri tenendosi proprio così. Era invidiosa, di un'invidia dolorosa e violenta, ed era furiosa, perché la felicità che voleva lei l'aveva appena regalata a un'altra. Si sentiva derubata, come se Alice si fosse presa anche la sua parte.

Alice si sporse per parlarle in un orecchio, ma lei si voltò.

«Che vuoi ancora?» le disse.

«Niente» si ritrasse Alice, spaventata.

In quel momento Giada si piegò in avanti, come se un uomo invisibile le avesse dato un pugno in pancia. Si tenne con una mano al piano della cucina e con l'altra si strinse il ventre.

«Che hai?» le chiese Viola.

«Devo vomitare» pigolò lei.

«Che schifo, vai in bagno» le gridò la padrona di casa.

Ma era già troppo tardi. Con un sussulto Giada si svuotò lo stomaco sul pavimento, di una roba rossiccia e alcolica, che assomigliava a un frullato del dolce di Soledad.

Le altre si tirarono indietro, inorridite, mentre Alice cercò di tenerla su prendendola per i fianchi. L'aria si riempì istantaneamente di un odore rancido.

«Brava idiota» disse Viola, quasi frignando. «Che festa di merda.»

Uscì dalla stanza con i pugni stretti sui fianchi, come trattenendosi dallo spaccare qualcosa. Alice la guardò inquieta e poi tornò a occuparsi di Giada, che piangeva a piccoli singhiozzi.

16

Gli altri invitati erano sparpagliati a gruppetti nel soggiorno. La maggior parte dei maschi faceva ondeggiare la testa avanti e indietro a tempo, mentre le ragazze vagavano con lo sguardo per la stanza. Alcuni di loro tenevano in mano un bicchiere. In sei o sette ballavano sulle note di *A question of time*. Mattia si domandò come facessero a sentirsi a loro agio, ad agitarsi in quel modo sotto gli occhi di tutti. Poi pensò che era la cosa più naturale del mondo e che proprio per questo lui non ne era capace.

Denis era sparito. Mattia attraversò il salotto ed entrò nella stanza di Viola per cercarlo. Guardò anche nella camera di sua sorella e in quella dei suoi genitori. Guardò in tutti e due i bagni e in uno trovò un ragazzo e una ragazza della scuola. Lei era seduta sul water chiuso e lui stava per terra di fronte a lei, a gambe incrociate. I due lo squadrarono con un'espressione triste e interrogativa e Mattia richiuse la porta in fretta.

Tornò nel soggiorno e uscì sul balcone. La collina scendeva scura e sotto c'era tutta la città, fatta di puntini bianchi e rotondi, disposti omogeneamente, a perdita d'occhio. Mattia si sporse dalla ringhiera e cercò tra gli alberi del parco di villa Bai, ma non vide nessuno. Tornò dentro e l'ansia cominciò a tagliargli il respiro a metà.

Una scala a chiocciola portava dal soggiorno a una mansarda buia. Lui salì i primi gradini, poi si fermò.

Dove si è cacciato?, pensò.

Poi proseguì, fino in cima. Il bagliore che filtrava dal piano di sotto gli permise di distinguere l'ombra di Denis, fermo al centro della stanza.

Lo chiamò. In tutta la durata della loro amicizia aveva pronunciato il suo nome sì e no tre volte. Non ne aveva mai bisogno, perché Denis era sempre vicino a lui, come un'estensione naturale dei suoi arti.

«Vattene via» rispose il suo compagno.

Mattia cercò l'interruttore sulla parete e accese la luce. La stanza era enorme, circondata da un'alta libreria. L'unico altro mobile era una grande scrivania in legno, vuota. Mattia ebbe l'impressione che nessuno fosse salito a quel piano della casa da molto tempo.

«Sono quasi le undici. Ce ne dobbiamo andare» disse.

Denis non rispose. Era girato di spalle, in piedi, al centro di un grande tappeto. Mattia si avvicinò al suo amico. Quando gli fu di fronte capì che aveva pianto. Respirava soffiando tra i denti. Teneva lo sguardo fisso davanti a sé e le labbra semiaperte gli tremavano leggermente.

Solo dopo qualche secondo Mattia fece caso alla lampada da scrivania frantumata ai suoi piedi.

«Che hai fatto?» chiese.

Il respiro di Denis si tramutò in un rantolo.

«Denis, che hai fatto?»

Mattia si sforzò di toccare una spalla dell'amico e lui sussultò violentemente. Mattia lo strattonò.

«Che cosa hai fatto?»

«Io...» accennò Denis. Poi si bloccò.

«Tu cosa?»

Denis aprì la mano sinistra e mostrò a Mattia un frammento della lampada, una scheggia di vetro verde, opacizzata dal sudore della sua mano, che si teneva tutta la luce per sé.

«Volevo sentire quello che senti tu» sussurrò.

Mattia non capì. Fece un passo indietro, sconcertato. Un bruciore gli esplose nella pancia e gli riempì le braccia e le gambe.

«Ma poi non ce l'ho fatta» disse Denis.

Teneva i palmi delle mani all'insù, come se stesse aspettando qualcosa.

Mattia stava per chiedergli il perché, ma poi rimase zitto. La musica giungeva ovattata dal piano di sotto. Le frequenze basse attraversavano il pavimento, mentre quelle più alte ci rimanevano intrappolate.

Denis tirò su con il naso. «Andiamocene via» fece

Mattia annuì, ma nessuno dei due si mosse da dov'era. Poi Denis si voltò bruscamente e s'incamminò verso le scale. Mattia lo seguì attraverso il soggiorno e poi fuori, dove l'aria fresca della notte li aspettava, per restituire loro il respiro.

17

Viola decideva se eri dentro o fuori. La domenica mattina il padre di Giada Savarino aveva telefonato a suo padre, svegliando tutti in casa Bai. La telefonata era stata lunga e Viola, ancora in pigiama, si era appiccicata con l'orecchio alla porta della camera da letto dei suoi, ma non era riuscita ad afferrare una sola parola della conversazione.

Quando aveva sentito cigolare il letto era tornata di corsa in camera e si era ficcata sotto le coperte, fingendo di dormire. Suo padre l'aveva svegliata dicendo poi mi spiegherai, per il momento sappi che non ci saranno mai più feste in questa casa e che per un po' ti scordi feste di ogni genere, per un bel po'. A pranzo sua madre le aveva chiesto spiegazioni sulla lampada rotta in mansarda e sua sorella non aveva preso le sue difese, perché si era accorta che Viola aveva messo le mani sulla sua scorta personale.

Era rimasta chiusa in camera per tutto il giorno, avvilita e con il divieto tassativo di telefonare. Non riusciva a togliersi dalla testa Alice e Mattia e quel loro modo di tenersi per mano. Mentre grattava via con le unghie gli ultimi rimasugli di smalto aveva deciso: Alice era fuori.

Il lunedì mattina, chiusa a chiave nel bagno di casa, Alice staccò definitivamente la garza che ricopriva il tatuaggio. L'appallottolò per bene e poi la gettò nello scarico, insieme ai biscotti sbriciolati che non aveva mangiato a colazione.

Guardò la viola del pensiero riflessa nello specchio e pensò che aveva cambiato per sempre il suo corpo, per la seconda volta. Il brivido che la scosse fu una piacevole miscela di pentimento e trepidazione. Pensò che quel corpo era soltanto suo, che se le andava poteva pure distruggerlo, devastarlo con segni indelebili o lasciarlo rinsecchire, come un fiore strappato per capriccio da una bambina e poi lasciato appassire a terra.

Quella mattina avrebbe fatto vedere il tatuaggio a Viola e alle altre, nel bagno delle ragazze. Avrebbe raccontato loro di come lei e Mattia si erano baciati a lungo. Non era necessario inventarsi nulla di più. Se poi le avessero chiesto dei particolari, si sarebbe limitata ad assecondare le loro fantasie.

In classe appoggiò lo zaino sulla sedia e poi si diresse verso il banco di Viola, dove c'erano già le altre. Mentre si avvicinava, sentì Giulia Mirandi dire eccola che arriva. Disse ciao a tutte, raggiante, ma nessuna le rispose. Si chinò su Viola, per darle due baci sulle guance, come lei stessa le aveva insegnato a fare, ma l'amica non si spostò di un millimetro.

Alice si tirò su e guardò a turno quattro paia di occhi severi.

«Ieri siamo state tutte male» esordì Viola.

«Ah sì?» fece Alice, con sincera preoccupazione. «Cosa avete avuto?»

«Un mal di pancia terribile, tutte quante» si intromise Giada, aggressiva.

Alice la rivide che vomitava sul pavimento e le venne da dire ci credo con quello che avete bevuto.

«Io non ho avuto niente» disse.

«Certo» sghignazzò Viola, guardando le altre. «Su questo non c'era dubbio.»

Giada e Federica risero, Giulia abbassò gli occhi.

«Cosa vuoi dire?» domandò, disorientata.

«Lo sai benissimo cosa voglio dire» ribatté Viola, cambiando tono di colpo e piantandole in faccia i suoi meravigliosi occhi affilati.

«No, che non lo so» si difese Alice.

«Ci hai avvelenate» la aggredì Giada.

«Cosa dite? Come avvelenate?»

Giulia si intromise, timidamente.

«Dài, ragazze, non è vero.»

«Sì. Ci ha avvelenate» ripeté Giada. «Chissà che schifezze ha messo dentro quel dolce.»

Poi si rivolse di nuovo ad Alice: «Volevi farci stare tutte male, vero? Brava, ci sei riuscita».

Alice ascoltò quella sequenza di parole, ma ci mise alcuni secondi a ricostruirne il significato. Guardò Giulia, che con i suoi occhioni blu le stava dicendo scusami, non posso farci niente. Poi cercò riparo in quelli di Viola, ma lei le restituì uno sguardo vuoto.

Giada si teneva una mano sulla pancia, manco avesse ancora le convulsioni.

«Ma il dolce l'ho preparato insieme a Soledad. Abbiamo comprato tutto al supermercato.»

Nessuna le rispose. Guardavano in direzioni diverse, come aspettando che l'assassina si levasse di torno.

«Non è stato il dolce di Sol. L'ho mangiato anch'io e non sono stata male» mentì Alice.

«Sei una bugiarda» le saltò addosso Federica Mazzoldi, che fino a quel momento aveva taciuto. «Non ne hai mangiato nemmeno un po'. Lo sanno tutti che...»

Si bloccò di colpo.

«Dài, smettetela» le supplicò Giulia. Sembrava che stesse per piangere.

Alice si portò una mano sul ventre piatto. Dietro la pelle sentì il proprio cuore battere.

«Che cosa?» chiese loro, con voce calma.

Viola Bai scosse il capo lentamente. Alice fissava la sua ex amica, in silenzio, aspettando delle parole che non arrivarono, ma ondeggiarono nell'aria come lingue di fumo trasparenti. Non si mosse neppure quandò suonò la campanella. La Tubaldo, quella di scienze, dovette chiamarla due volte perché finalmente andasse a sedersi al suo posto.

18

Denis non era venuto a scuola. Il sabato, mentre lo riaccompagnavano a casa, lui e Mattia non si erano guardati neanche una volta. Denis aveva risposto a monosillabi alle domande del padre di Mattia e scendendo dalla macchina non aveva detto ciao.

Mattia poggiò una mano sulla sedia vuota di fianco a lui. Di tanto in tanto le parole di Denis in quella stanza buia gli attraversavano la testa. Poi scivolavano via, troppo presto perché lui riuscisse ad andare a fondo del loro significato.

Pensò che non gli importava davvero capirle. Voleva solamente che Denis fosse lì, a fargli da schermo da tutto quanto stava al di là del suo banco.

Il giorno prima i suoi l'avevano fatto sedere sul divano, in salotto. Loro si erano messi su quello di fronte. Suo padre gli aveva detto allora, raccontaci di questa festa. Mattia aveva stretto forte le mani, ma poi le aveva distese per bene sulle ginocchia, perché i suoi potessero vederle. Aveva scrollato le spalle e aveva risposto non c'è niente da raccontare, con quel suo tono dimesso. Sua madre si era alzata nervosamente ed era sparita in cucina. Suo padre, invece, gli si era avvicinato e gli aveva battuto due colpetti sulla spalla, come se sapesse di doverlo consolare per qualcosa. Mattia si era ricordato di quando era bambino e, nelle giornate più calde d'estate, suo padre soffiava sul suo viso e su quello di Michela, a turno, per rinfrescarli. Si era ricordato di come sentiva il sudore evaporare dalla pelle, leggero leggero, e aveva provato una nostalgia lancinante, per una parte di mondo che era annegata nel fiume insieme a Michela.

Si domandò se i suoi compagni sapessero tutto. Se magari lo sapessero anche i professori. Sentì i loro sguardi furtivi intrecciati sopra la testa come una rete da pesca.

Aprì il libro di storia a caso e iniziò a studiare a memoria la sequenza di tutte le date che trovò stampate da quella pagina in poi. Quell'elenco di cifre, messe in fila senza un senso logico, formò una striscia sempre più lunga nella sua testa. Seguendola, Mattia si allontanò lentamente dal pensiero di Denis in piedi nella penombra e si dimenticò del vuoto che adesso stava seduto al suo posto.

19

Durante l'intervallo Alice s'introdusse di nascosto nell'infermeria del primo piano, una stanzetta bianca e stretta, arredata solamente con un lettino da ambulatorio e un pensile a specchio, contenente il necessario per il primo soccorso. C'era finita una volta sola in quella stanza, una volta che era mezzo svenuta durante l'ora di educazione fisica, perché nelle quaranta ore precedenti aveva ingoiato solo due cracker integrali e una barretta ipocalorica. Quel giorno il professore di ginnastica, con la sua tuta Diadora verde e il fischietto appeso al collo, che non usava mai, le aveva detto pensaci bene a quello che stai facendo, pensaci molto bene. Poi era uscito, lasciandola lì da sola sotto la luce al neon, senza niente da fare o da guardare per tutta l'ora successiva.

Alice trovò la cassetta del pronto soccorso aperta. Prese un batuffolo di cotone grande quanto una prugna e il boccettino dell'alcol denaturato. Richiuse lo sportello e cercò un oggetto pesante intorno a sé. C'era solo il cestino dell'immondizia, fatto in plastica dura, di un colore smorto tra il rosso e il marrone. Pregò che nessuno sentisse il rumore da fuori e frantumò lo specchio dell'armadietto con il fondo del cestino.

Poi, facendo attenzione a non tagliarsi, tirò fuori

una grossa scheggia di vetro triangolare. Nel lato riflettente vide passare il proprio occhio destro e si sentì orgogliosa di non avere pianto, nemmeno un po'. Ficcò il tutto nel tascone centrale della felpa abbondante che aveva addosso e tornò in classe.

Trascorse il resto della mattina in uno stato di intorpidimento. Non si voltò mai verso Viola e le altre e non ascoltò una sola parola della lezione sul teatro di Eschilo.

Mentre usciva dall'aula, in coda a tutti i suoi compagni, Giulia Mirandi le prese la mano, di nascosto.

«Mi dispiace» le disse in un orecchio. Poi le diede un bacio sulla guancia e corse verso le altre, che erano già in corridoio.

Alice attese Mattia nell'atrio della scuola, al fondo della gradinata rivestita in linoleum, dalla quale si stava rovesciando un flusso caotico di studenti, tutti proiettati verso l'uscita. Teneva una mano appoggiata alla ringhiera. Il freddo del metallo le comunicava tranquillità.

Mattia scese le scale circondato da quel mezzo metro di vuoto che intorno a lui nessuno osava occupare, a parte Denis. Aveva i capelli neri disordinati in grandi boccoli, che gli coprivano la fronte fin quasi sugli occhi. Guardava dove poggiava i piedi e scendeva leggermente sbilanciato all'indietro. Alice lo chiamò una prima volta, ma lui non si voltò. Gridò Mattia più forte e allora lui sollevò il capo. Disse ciao, imbarazzato, e poi fece per proseguire verso le vetrate dell'ingresso.

Alice si fece largo fra gli altri studenti e lo raggiunse. Lo prese per un braccio e Mattia trasalì.

«Devi venire con me» gli disse.

«Dove?»

«Devi aiutarmi a fare una cosa.»

Mattia si guardò intorno nervosamente, alla ricerca di una qualche minaccia.

«Mio padre mi aspetta fuori» fece.

«Tuo padre aspetterà. Mi devi aiutare. Adesso» disse Alice.

Mattia sbuffò. Poi disse va bene e lì per lì non seppe spiegarsi perché.

«Vieni di là.»

Alice lo prese per mano, come alla festa di Viola, ma questa volta le dita di Mattia si richiusero spontaneamente intorno alle sue.

Uscirono dal mucchio di studenti. Alice camminava veloce, come se stesse scappando da qualcuno. Si infilarono nel corridoio vuoto del primo piano. Le porte aperte sulle aule vuote trasmettevano un senso di abbandono.

Entrarono nel bagno delle ragazze. Mattia esitò. Stava per dire io non posso starci qui, ma poi si lasciò trascinare. Quando Alice lo portò dentro una cabina e chiuse a chiave la porta, si trovarono così vicini che presero a tremargli le gambe. Lo spazio lasciato libero dal gabinetto alla turca era una sottile striscia di piastrelle e i loro quattro piedi ci stavano a malapena. C'erano dei pezzi di carta igienica sparsi a terra e mezzo incollati al suolo.

Adesso mi bacia, pensò lui.

Devi solo baciarla anche tu, pensò. Sarà facile, lo sanno fare tutti.

Alice aprì la zip del giubbotto lucido e poi iniziò a spogliarsi, proprio come aveva fatto a casa di Viola. Si sfilò la maglietta dallo stesso paio di jeans e i jeans li abbassò fino a metà sedere. Non guardava Mattia, era come se lì dentro fosse da sola.

Al posto della garza bianca di sabato sera aveva un fiore tatuato sulla pelle. Mattia stava per dire qualcosa, ma poi tacque e distolse lo sguardo. Qualcosa gli

111

si mosse tra le gambe e lui cercò di distrarsi. Lesse alcune delle scritte sulla parete, senza coglierne il significato. Si accorse di come nessuna fosse parallela alla linea delle piastrelle. Quasi tutte formavano lo stesso angolo con lo spigolo del pavimento e Mattia si convinse che fosse un angolo compreso fra i trenta e i quarantacinque gradi.

«Prendi questo» disse Alice.

Gli mise in mano un pezzo di vetro, riflettente da una parte e nero da quella opposta, appuntito come un pugnale. Mattia non capì. Lei gli sollevò il mento, proprio come aveva immaginato di fare la prima volta che si erano incontrati.

«Devi cancellarlo. Io da sola non ci riesco» gli disse.

Mattia guardò il frammento di specchio e poi la mano destra di Alice, che indicava il tatuaggio sulla pancia.

Lei anticipò la sua protesta.

«So che lo sai fare» disse. «Io non voglio rivederlo mai più. Ti prego, fallo per me.»

Mattia fece ruotare la lama nella mano e un brivido gli percorse il braccio.

«Ma...» disse.

«Fallo per me» lo interruppe Alice, poggiandogli una mano sulle labbra per zittirlo e poi ritraendola subito.

Fallo per me, pensò Mattia. Quelle tre parole gli s'incastrarono nell'orecchio e lo fecero inginocchiare di fronte ad Alice.

Con i talloni toccava la parete alle sue spalle. Non sapeva come sistemarsi. Incerto, sfiorò la pelle vicino al tatuaggio, per distenderla meglio. La sua faccia non si era mai trovata così vicina al corpo di una ragazza. Gli venne naturale inspirare forte, per scoprirne l'odore.

Avvicinò il frammento di specchio alla carne. La

sua mano era ferma quando aprì un piccolo taglio, lungo quanto un polpastrello. Alice tremò e si lasciò sfuggire un grido.

Mattia si ritrasse di scatto e nascose la lama dietro la schiena, come a negare che fosse stato lui.

«Non posso farlo» le disse.

Guardò verso l'alto. Alice piangeva, silenziosamente. Aveva gli occhi chiusi, strizzati in un'espressione di dolore.

«Ma io non voglio più vederlo» piagnucolò.

A lui fu chiaro che il coraggio le era venuto meno e si sentì sollevato. Si alzò in piedi e si chiese se fosse meglio uscire di lì.

Alice pulì con la mano una goccia di sangue che le rotolava giù per la pancia. Si abbottonò i jeans, mentre Mattia cercava qualcosa di rassicurante da dire.

«Ti ci abituerai. Finirai per non vederlo neanche più» fece.

«E come? L'avrò sempre lì, sotto gli occhi.»

«Appunto» disse Mattia. «È proprio per questo che non lo vedrai più.»

L'altra stanza
(1995)

20

Mattia aveva ragione: i giorni, uno dietro l'altro, erano scivolati sulla pelle come un solvente, portandosi via ognuno un sottilissimo strato di pigmento dal tatuaggio di Alice e dai ricordi di tutti e due. I contorni, così come le circostanze, erano ancora lì, neri e ben delineati, ma i colori si erano mescolati l'uno con l'altro, fino a sbiadire in una tonalità smorta e uniforme, in una neutrale assenza di significato.

Gli anni del liceo erano stati una ferita aperta, che a Mattia e Alice era sembrata così profonda da non potersi mai rimarginare. C'erano passati attraverso in apnea, lui rifiutando il mondo e lei sentendosi rifiutata dal mondo, e si erano accorti che non faceva poi una gran differenza. Si erano costruiti un'amicizia difettosa e asimmetrica, fatta di lunghe assenze e di molto silenzio, uno spazio vuoto e pulito in cui entrambi potevano tornare a respirare, quando le pareti della scuola si facevano troppo vicine per ignorare il senso di soffocamento.

Poi, con il tempo, la ferita dell'adolescenza si era rimarginata. I lembi di pelle si erano avvicinati, con movimenti impercettibili ma continui. A ogni nuova abrasione la crosta cedeva, ma poi ostinatamente tornava a formarsi, più scura e spessa. Infine un nuovo strato di pelle, liscio ed elastico, era andato a sostituire quello mancante. Da rossa, la cicatrice era diventata bianca e aveva finito per confondersi con tutte le altre.

Ora se ne stavano sdraiati sul letto di Alice, lei con la testa da un lato e lui da quello opposto, entrambi con le gambe piegate in modo innaturale per non essere a contatto con nessuna parte del corpo. Alice pensò che avrebbe potuto girarsi, finire con la punta del piede sotto la schiena di Mattia e fingere di non accorgersene. Era sicura che lui si sarebbe subito fatto in là e decise di risparmiarsi quella piccola delusione.

Nessuno dei due aveva proposto di mettere su della musica. Non avevano in mente di fare nulla, se non starsene lì, ad aspettare che la domenica pomeriggio si consumasse da sola e fosse di nuovo il momento di fare qualcosa di necessario, come cenare, dormire e ricominciare una settimana. Dalla finestra aperta entrava la luce gialla di settembre e si trascinava dietro il fruscio intermittente della strada.

Alice si mise in piedi sul letto, facendo ondeggiare appena appena il materasso sotto la testa di Mattia. Si portò i due pugni chiusi sui fianchi e lo fissò dall'alto, con i capelli in avanti che le nascondevano l'espressione severa.

«Stai fermo lì» gli disse. «Immobile.»

Poi lo scavalcò, saltando giù dal letto con la gamba buona e trascinandosi dietro l'altra, come qualcosa che le era rimasto attaccato per sbaglio. Mattia piegò il mento sul petto per seguire i movimenti di Alice nella stanza. La vide aprire una scatola cubica che stava al centro della scrivania e che fino a quel momento non aveva notato.

Alice si voltò con un occhio chiuso e uno nascosto dietro una vecchia macchina fotografica. Mattia fece per tirarsi su.

«Giù» gli ordinò lei. «Ti ho detto di stare fermo.»

Poi scattò. La Polaroid sputò fuori una lingua bianca e sottile e Alice la sventolò per far uscire il colore.

«E quella dove l'hai presa?» le chiese Mattia.

«In cantina. Era di mio padre. Se l'è comprata chissà quando e poi non l'ha mai usata.»

Mattia si mise a sedere sul letto. Alice lasciò cadere la fotografia sul tappeto e gliene scattò un'altra.

«Dài, smettila» protestò lui. «Sembro scemo nelle foto.»

«Tu sembri sempre scemo.»

Scattò di nuovo.

«Mi sa che voglio fare la fotografa» disse Alice. «Ho deciso.»

«E l'università?»

Alice scrollò le spalle.

«Di quella frega solo a mio padre» disse. «Che se la faccia lui.»

«Vuoi mollare?»

«Forse.»

«Non puoi svegliarti un giorno, decidere che vuoi fare la fotografa e buttare via un anno di lavoro. Non funziona così» sentenziò Mattia.

«Già, dimenticavo che tu sei come lui» fece Alice ironicamente. «Sapete sempre quello che bisogna fare. Tu lo sapevi già a cinque anni che volevi fare matematica. Siete noiosi. Vecchi e noiosi.»

Poi si voltò verso la finestra e scattò una foto a casaccio. Lasciò cadere anche quella sul tappeto, vicino alle altre due. Ci salì sopra con i piedi e le calpestò, come se stesse pigiando dell'uva.

Mattia pensò a qualcosa da dire per riparare, ma non gli uscì nulla. Si chinò per sfilare da sotto il piede di Alice la prima foto. La sagoma delle sue braccia, incrociate dietro la testa, stava gradualmente emergendo dal bianco. Si interrogò su quale straordinaria reazione stesse avvenendo su quella superficie lucida e si propose di consultare l'enciclopedia appena tornato a casa.

«Voglio farti vedere un'altra cosa» disse Alice.

Buttò la macchina fotografica sul letto, come una bambina che si è stancata di un giocattolo perché ne ha adocchiato un altro più invitante, e uscì dalla stanza.

Sparì per dieci minuti buoni. Mattia si mise a leggere i titoli dei libri, disposti di sbieco sullo scaffale sopra la scrivania. Erano sempre gli stessi. Unì le iniziali di tutti i titoli, ma non ne venne fuori una parola sensata. Pensò che gli sarebbe piaciuto riconoscere un ordine logico in quella sequenza. Probabilmente lui li avrebbe disposti in base al colore del dorso, magari copiando lo spettro elettromagnetico, dal rosso al violetto, oppure in base all'altezza, in ordine decrescente.

«Ta-daaaà» lo distrasse la voce di Alice.

Mattia si voltò e la vide in piedi sulla soglia, aggrappata con le mani agli infissi, come se temesse di cadere. Si era messa un vestito da sposa, un abito che doveva essere stato di un bianco abbagliante e che il tempo aveva ingiallito agli orli, come se una malattia se lo stesse lentamente mangiando. Gli anni trascorsi in una scatola l'avevano fatto seccare e irrigidire. Il corpetto cadeva floscio sul seno inesistente di Alice. La scollatura non era pronunciata, ma sufficiente perché una spallina le scivolasse qualche centimetro sotto la spalla. In quella posizione le clavicole di Alice apparivano più sporgenti, interrompevano la linea morbida del collo e delimitavano una piccola conca vuota, come il bacino di un lago prosciugato. Mattia si chiese come dovesse essere seguirne il contorno con la punta delle dita, a occhi chiusi. Il pizzo in cui terminavano le maniche era stropicciato e sul braccio sinistro rimaneva appena appena sollevato. Il lungo strascico proseguiva nel corridoio, dove Mattia non arrivava a vedere. Ai piedi, Alice aveva ancora le sue ciabatte rosse, che spuntavano dal fondo della gonna ampia, creando una dissonanza curiosa.

«Be'? Dovresti dire qualcosa» fece lei, senza guardarlo. Con una mano lisciò il tulle più esterno della gonna. Al tatto le sembrò scadente, sintetico.

«Di chi è?» domandò Mattia.

«Mio, no?»

«Dài, veramente.»

«Ma di chi vuoi che sia? È di mia madre.»

Mattia annuì e s'immaginò la signora Fernanda dentro quel vestito. La pensò con l'unica espressione che gli rivolgeva, quando prima di andare a casa lui si affacciava nel salotto dove lei guardava la televisione, un'espressione di tenerezza e profonda commiserazione, simile a quella che di solito si dedica ai malati, quando si fa loro visita in ospedale. Un'espressione ridicola, dal momento che la malata era lei, di un male che le si stava sbriciolando lentamente per tutto il corpo.

«Non stare lì imbambolato, su. Fammi una foto.»

Mattia raccolse la Polaroid dal letto. Se la rigirò tra le mani per capire dove bisognava schiacciare. Alice ondeggiava da una parte all'altra dell'uscio, come se una brezza che poteva avvertire solo lei la stesse muovendo. Quando Mattia si portò la macchina davanti agli occhi, lei si raddrizzò con la schiena e atteggiò il viso a un'espressione seria, quasi provocante.

«Ecco» disse Mattia.

«Adesso una insieme.»

Lui fece no con la testa.

«Dài, non fare il solito rompipalle. E per una volta voglio vederti vestito come si deve. Non con quella felpa smangiata che hai su da un mese.»

Mattia guardò in basso. I polsini della sua maglia blu sembravano rosicchiati dalle tarme. Aveva l'abitudine di strofinarli con l'unghia del pollice, per tenere occupate le dita e smetterla di graffiarsi l'incavo tra l'indice e il medio.

«E poi non vorrai mica rovinare il giorno del mio matrimonio, no?» aggiunse Alice, facendo il broncio.

Stava solo giocando, se ne rendeva conto. Quello non era che uno scherzo per ingannare il tempo, una piccola recita, una scemenza come tante. Eppure, quando aprì l'anta dell'armadio e lo specchio che stava all'interno la inquadrò in quel vestito bianco, insieme a Mattia, per un momento il panico le bloccò il respiro.

«Qui non c'è nulla che va bene» disse sbrigativa. «Vieni con me.»

Mattia la seguì rassegnato. Quando Alice faceva così le gambe iniziavano a formicolargli e lo afferrava la voglia di andarsene via. C'era qualcosa nel suo modo di fare, nell'impeto con cui la sua amica assecondava quei suoi capricci infantili, che lui trovava insostenibile. Si sentiva come se lei, dopo averlo legato a una sedia, avesse chiamato decine di persone per mostrarlo loro come qualcosa di suo, tipo un buffo animale domestico. Il più delle volte stava zitto e lasciava che la sua insofferenza emergesse dai gesti, finché Alice non si stancava della sua apatia e lasciava perdere, dicendo mi fai sempre sentire una stupida.

Mattia andò dietro allo strascico dell'amica, fino alla camera dei suoi genitori. Non c'era mai entrato. Le persiane erano abbassate quasi del tutto e la luce entrava a righe parallele, così nette da sembrargli disegnate sul pavimento in legno. L'aria era più densa e stanca che nel resto della casa. Addossati alla parete c'erano un letto matrimoniale, molto più alto di quello dei genitori di Mattia, e due comodini identici.

Alice aprì l'armadio e passò il dito su tutti i completi di suo padre, appesi con ordine, ognuno protetto dalla sua custodia di cellophane. Ne tirò fuori uno nero e lo lanciò sul letto.

«Mettiti quello» ordinò a Mattia.

«Ma sei matta? Guarda che tuo padre se ne accorge.»

«Mio padre non si accorge di nulla.»

Per un attimo Alice rimase assorta, come se stesse riflettendo sulle parole appena pronunciate, oppure stesse guardando qualcosa attraverso quel muro di abiti scuri.

«Adesso ti cerco anche camicia e cravatta» aggiunse.

Mattia rimase fermo dov'era, incerto sul da farsi.

Lei se ne accorse.

«Be', ti muovi? Non ti vergognerai mica a cambiarti qui!»

Mentre lo diceva il suo stomaco vuoto si avvitò su se stesso. Per un attimo si sentì disonesta. Le sue parole erano state un ricatto sottile.

Mattia sbuffò. Poi si sedette sul letto e cominciò a slacciarsi le scarpe.

Alice rimase girata, fingendo di scegliere una camicia che aveva già scelto. Quando udì il tintinnio metallico della cintura contò fino a tre e poi si voltò. Mattia si stava sfilando i jeans. Sotto aveva un paio di boxer grigi e molli, non di quelli attillati che lei aveva immaginato.

Alice pensò che l'aveva già visto in pantaloncini decine di volte, che in mutande non faceva questa gran differenza, eppure si sentiva lo stesso tremare leggermente, sotto i quattro strati bianchi dell'abito da sposa. Lui tirò il bordo della maglia per coprirsi e poi s'infilò in fretta i pantaloni eleganti. Il tessuto era morbido e leggero. Passando sui peli delle gambe li caricava elettricamente, facendoli stare dritti come quelli dei gatti.

Alice si avvicinò e gli porse la camicia. Lui la prese senza alzare gli occhi. Era scocciato e stufo di quella recita inutile. Si vergognava a mostrare le sue braccia sottili, i peli radi sul petto e intorno all'ombelico. Alice pensò che stava facendo di tutto per rendere la scena imbarazzante, come al solito. Poi pensò che per lui, di certo, la colpa era sua e si sentì stringere la gola. Non le andava, ma si voltò e lasciò che Mattia si levasse la maglia senza che lei guardasse.

«E adesso?» la chiamò Mattia.

Lei si girò. Le mancò il fiato, quando lo vide nei vestiti di suo padre. La giacca gli stava un po' larga, le spalle non la riempivano del tutto, ma non poté fare a meno di pensare che era bellissimo.

«Manca la cravatta» gli disse dopo un attimo.

Mattia prese la cravatta bordeaux dalle mani di Alice e d'istinto passò un pollice sopra quel tessuto lucido. Un brivido gli attraversò il braccio e gli scese lungo la schiena. Sentì il palmo della mano asciutto come sabbia. Immediatamente lo avvicinò alla bocca e ci alitò sopra, per inumidirlo con la condensa del fiato. Non resistette alla tentazione di mordersi una falange, cercando di non farsi scoprire da Alice, che tanto se ne accorse.

«Non so fare il nodo» disse, strascicando le parole.

«Mmm, sei proprio imbranato.»

La verità è che Alice lo sapeva già. Non vedeva l'ora di mostrargli che invece lei era capace. Suo padre gliel'aveva insegnato quando era piccola. Al mattino le lasciava la cravatta sul letto e poi, prima di uscire, passava davanti alla sua camera e chiedeva è pronta la mia cravatta? Alice gli andava incontro di corsa, con il nodo già fatto. Suo padre abbassava la testa, tenendo le mani giunte dietro la schiena, come se si stesse inchinando di fronte a una regina. Lei gli metteva la cravatta al collo, lui la stringeva e l'aggiustava un po'. *Parfait*, diceva alla fine. Un mattino qualunque dopo l'incidente, il padre di Alice aveva trovato la cravatta ancora sul letto, così come l'aveva lasciata. Da quella volta si era sempre fatto il nodo da sé e anche quel piccolo rito si era estinto, come tante altre cose.

Alice preparò il nodo, sventolando le dita scheletriche più del necessario. Mattia seguì i suoi gesti e gli sembrarono complicati. Lasciò che lei gliela aggiustasse intorno al collo.

«Uao, sembri quasi rispettabile. Vuoi vederti allo specchio?»

«No» fece Mattia. Voleva solo uscire di lì, con i suoi vestiti addosso.

«Foto» disse Alice, battendo le mani una volta.

Mattia la seguì di nuovo nella sua stanza. Lei prese in mano la macchina fotografica.

«Non ha l'autoscatto» disse. «Dobbiamo farla alla cieca.»

Tirò Mattia verso di sé, dalla vita. Lui si irrigidì e lei scattò. La fotografia scivolò fuori con un sibilo.

Alice si lasciò cadere sul letto, proprio come una sposa dopo i lunghi festeggiamenti, e si fece aria con la foto.

Lui rimase fermo dov'era, a sentirsi addosso quei vestiti non suoi, con la sensazione piacevole di sparirci dentro. La luce nella stanza cambiò di colpo. Da gialla, si fece azzurra e uniforme, perché anche l'ultima unghia di sole era sprofondata dietro il palazzo di fronte.

«Ora posso cambiarmi?»

Lo disse apposta, per farle capire che aveva assecondato a sufficienza quel giochetto. Alice sembrava assorta in un pensiero profondo. Inarcò appena le sopracciglia.

«C'è un'ultima cosa» disse. Si alzò nuovamente. «Lo sposo porta la sposa in braccio, oltre la soglia.»

«Cioè?»

«Devi prendermi in braccio. E portarmi lì.» Alice indicò il corridoio. «Poi sei libero.»

Mattia scosse la testa. Lei si avvicinò e gli tese le braccia, come una bambina.

«Coraggio, mio eroe» disse, prendendolo in giro.

Mattia buttò ancora più giù le spalle, sconfitto. Si piegò goffamente per sollevarla. Non aveva mai portato così nessuno. Le mise un braccio dietro le ginocchia e uno dietro la schiena e, quando la tirò su, si stupì di quanto fosse leggera.

Incespicò verso il corridoio. Sentiva il respiro di Alice passare attraverso la trama finissima della camicia, decisamente troppo vicino, e lo strascico frusciare sul pavimento. Quando attraversarono la soglia, il rumore di uno strappo secco e prolungato lo fece inchiodare dov'era.

«Accidenti» disse.

Mise giù Alice in fretta. La gonna era rimasta impigliata alla cerniera della porta. Lo squarcio era lungo una spanna e sembrava una bocca aperta in un ghigno. Entrambi rimasero a guardarlo, un po' inebetiti.

Mattia aspettò che Alice dicesse qualcosa, che si disperasse e se la prendesse con lui. Sentiva che doveva scusarsi, ma in fondo era lei che aveva insistito tanto per quella scemenza. Se l'era cercata.

Alice fissò lo strappo senza espressione.

«Chissenefrega» disse infine. «Tanto non serve più a nessuno.»

Dentro e fuori dall'acqua
(1998)

21

I numeri primi sono divisibili soltanto per 1 e per se stessi. Se ne stanno al loro posto nell'infinita serie dei numeri naturali, schiacciati come tutti fra due, ma un passo in là rispetto agli altri. Sono numeri sospettosi e solitari e per questo Mattia li trovava meravigliosi. Certe volte pensava che in quella sequenza ci fossero finiti per sbaglio, che vi fossero rimasti intrappolati come perline infilate in una collana. Altre volte, invece, sospettava che anche a loro sarebbe piaciuto essere come tutti, solo dei numeri qualunque, ma che per qualche motivo non ne fossero capaci. Il secondo pensiero lo sfiorava soprattutto di sera, nell'intrecciarsi caotico di immagini che precede il sonno, quando la mente è troppo debole per raccontarsi delle bugie.

In un corso del primo anno Mattia aveva studiato che tra i numeri primi ce ne sono alcuni ancora più speciali. I matematici li chiamano *primi gemelli*: sono coppie di numeri primi che se ne stanno vicini, anzi quasi vicini, perché fra di loro vi è sempre un numero pari che gli impedisce di toccarsi per davvero. Numeri come l'11 e il 13, come il 17 e il 19, il 41 e il 43. Se si ha la pazienza di andare avanti a contare, si scopre che queste coppie via via si diradano. Ci si imbatte in numeri primi sempre più isolati, smarriti in quello spazio silenzioso e cadenzato fatto solo di cifre e si avverte il presentimento angosciante che le coppie incontrate fino a lì fossero un fatto accidentale, che il vero destino sia quello di rimanere soli. Poi, proprio quando ci si sta per arrendere, quando non si ha più voglia di contare, ecco che ci si imbatte in altri due gemelli, avvinghiati stretti l'uno all'altro. Tra i matematici è convinzione comune che per quanto si possa andare avanti, ve ne saranno sempre altri due, anche se nessuno può dire dove, finché non li si scopre.

Mattia pensava che lui e Alice erano così, due primi gemelli, soli e perduti, vicini ma non abbastanza per sfiorarsi davvero. A lei non l'aveva mai detto. Quando immaginava di confessarle queste cose, il sottile strato di sudore sulle sue mani evaporava del tutto e per dieci minuti buoni non era più in grado di toccare nessun oggetto.

Un giorno d'inverno era tornato a casa dopo aver trascorso il pomeriggio da lei, che per tutto il tempo non aveva fatto altro che cambiare da un canale all'altro della televisione. Mattia non aveva fatto caso alle parole né alle immagini. Il piede destro di Alice, appoggiato al tavolino del salotto, invadeva il suo campo visivo, penetrandolo da sinistra come la testa di un serpente. Alice piegava e fletteva le dita con una regolarità ipnotica. Quel movimento ripetuto gli aveva fatto crescere qualcosa di solido e inquietante nello stomaco e lui si era sforzato di tenere lo sguardo fisso il più a lungo possibile, perché nulla cambiasse in quell'inquadratura.

A casa aveva preso un mazzetto di fogli puliti dal quaderno ad anelli, uno spessore sufficiente perché la penna potesse scorrerci sopra morbidamente, senza raschiare sulla superficie rigida del tavolo. Ne aveva pareggiato i bordi con le mani, prima sopra e sotto e poi ai lati. Aveva scelto la penna più carica tra quelle sulla scrivania, le aveva tolto il cappuccio e l'aveva infilato in cima per non perderlo. Poi aveva cominciato a scrivere al centro esatto del foglio, senza bisogno di contare i quadretti.

2760889966649. Aveva richiuso la penna e l'aveva posata a fianco del foglio. Duemilasettecentosessantamiliardiottocentottantanovemilioninovecentosessantaseimilaseicentoquarantanove, aveva letto ad alta voce. Poi di nuovo, sottovoce, come per appropriarsi di quello scioglilingua. Decise che quel numero sarebbe stato il suo. Era sicuro che nessun altro al mondo, nessun altro in tutta la storia del mondo, si fosse mai fermato a considerare quel numero. Probabilmente, fino ad allora, nessuno l'aveva neppure mai scritto su un foglio e men che meno pronunciato ad alta voce.

Dopo un attimo di esitazione era andato due righe sotto e aveva scritto 2760889966651. Questo è suo, aveva pensato. Nella sua testa le cifre avevano assunto il colore livido del piede di Alice, stagliato sui bagliori azzurrati del televisore.

Potrebbero anche essere due primi gemelli, aveva pensato Mattia. Se lo sono...

Si era arrestato di colpo a quel pensiero e aveva iniziato a cercare dei divisori per i due numeri. Con il 3 era facile: bastava fare la somma delle cifre e vedere se era un multiplo di 3. Il 5 era fuori in partenza. Forse c'era una regola anche per il 7, ma Mattia non la ricordava più e così si era messo a fare la divisione in colonna. L'11, il 13 e così via, in calcoli sempre più complicati. Mentre provava con il 37 il sonno l'aveva catturato la prima volta e la penna gli era scivolata giù per la pagina. Arrivato al 47 aveva smesso. Il vortice che gli aveva riempito lo stomaco a casa di Alice si era disperso, si era diluito nei suoi muscoli come gli odori nell'aria e lui non era stato più in grado di avvertirlo. Nella stanza c'erano soltanto lui e una quantità di fogli disordinati, pieni di inutili divisioni. L'orologio segnava le tre e un quarto del mattino.

Mattia aveva ripreso in mano il primo dei fogli, con i due numeri scritti al centro, e si era sentito un imbecille. L'aveva strappato a metà e poi ancora a metà, finché i bordi non erano stati abbastanza tesi da poterli passare come una lama sotto l'unghia dell'anulare sinistro.

Durante i quattro anni di università la matematica l'aveva condotto negli angoli più remoti e affascinanti del ragionamento umano. Mattia ricopiava le dimostrazioni di tutti i teoremi che incontrava nel suo studio con una ritualità meticolosa. Anche nei pomeriggi d'estate teneva le persiane abbassate e lavorava sotto la luce artificiale. Toglieva dalla scrivania tutto quello che poteva distrarre il suo sguardo, per sentirsi davvero solo con il foglio. Scriveva senza fermarsi. Se si trovava a esitare troppo a lungo su un passaggio o sbagliava ad allineare un'espressione dopo il segno di uguale, spingeva il foglio a terra e ricominciava da capo. Giunto al fondo di quelle pagine fitte di simboli, di lettere e numeri, scriveva la sigla *c.v.d.* e per un istante gli sembrava di aver messo in ordine un piccolo pezzo di mondo. Allora si appoggiava allo schienale della sedia e intrecciava le mani senza farle strisciare una sull'altra.

Lentamente perdeva contatto con la pagina, i simboli che fino a un istante prima fluivano dal movimento del suo polso, ora gli apparivano distanti, congelati in un luogo a cui gli era negato l'accesso. La sua testa, immersa nel buio della stanza, tornava ad affollarsi di pensieri cupi e chiassosi e il più delle vol-

te Mattia sceglieva un libro, lo apriva a caso e riprendeva a studiare.

L'analisi complessa, la geometria proiettiva e il
calcolo tensoriale non erano riusciti ad allontanarlo
dalla sua passione iniziale per i numeri. A Mattia
piaceva contare, partire da 1 e proseguire secondo
progressioni complicate, che spesso inventava sul
momento. Si lasciava condurre dai numeri e gli sembrava di conoscerli, uno per uno. Per questo, quando
fu il momento di scegliere la tesi di laurea, si recò
senza alcun dubbio nell'ufficio del professor Niccoli,
ordinario di calcolo discreto, con il quale non aveva
dato nemmeno un esame e del quale non conosceva
che il nome.

Lo studio di Francesco Niccoli stava al terzo piano
dell'edificio ottocentesco che ospitava il dipartimento di Matematica. Era una stanza piccola, ordinata e
inodore, dominata dal colore bianco delle pareti, degli scaffali, della scrivania di plastica e del computer
ingombrante poggiatovi sopra. Mattia tamburellò
piano sulla porta e dall'interno Niccoli non fu sicuro
se stessero bussando a lui o all'ufficio accanto. Disse
avanti, sperando di non fare una figuraccia.

Mattia aprì e mosse un passo dentro l'ufficio.

«Buongiorno» disse.

«Buongiorno» gli rispose Niccoli.

Lo sguardo di Mattia venne catturato da una fotografia appesa dietro al professore, che lo ritraeva,
molto più giovane e senza barba, con in mano una
targhetta d'argento, mentre stringeva la mano a uno
sconosciuto dall'aria importante. Mattia strizzò gli
occhi, ma non riuscì a leggere la scritta sulla targhetta.

«Allora?» lo esortò Niccoli, osservandolo accigliato.

«Vorrei fare una tesi sugli zeri della zeta di Riemann» disse Mattia, puntando lo sguardo sulla spal-

la destra del professore, dove una spolverata di forfora sembrava un piccolo cielo stellato.

Niccoli fece una smorfia, simile a un sorriso ironico.

«Mi scusi, ma lei chi è?» chiese senza nascondere l'ironia e portandosi le mani dietro la testa, come se volesse godersi un attimo di divertimento.

«Mi chiamo Mattia Balossino. Ho finito gli esami e vorrei laurearmi entro l'anno.»

«Ha con sé il libretto?»

Mattia fece sì con la testa. Lasciò cadere lo zaino dalle spalle, si accovacciò per terra e vi frugò dentro. Niccoli allungò la mano per prendere il libretto, ma Mattia preferì posarlo sul bordo della scrivania.

Da alcuni mesi il professore era obbligato ad allontanare gli oggetti per metterli bene a fuoco. Scorse velocemente la sfilza di trenta e trenta e lode. Non una sbavatura, non un'esitazione o una prova andata storta, magari per una storia d'amore finita male.

Richiuse il libretto e guardò più attentamente Mattia. Era vestito in modo anonimo e aveva la postura di chi non sa occupare lo spazio del proprio corpo. Il professore pensò che era un altro di quelli che nello studio riescono bene perché nella vita sono dei fessi. Quelli così, non appena finiscono fuori dal solco ben tracciato dell'università, si rivelano sempre dei buoni a nulla, commentò fra sé.

«Non pensa che dovrei essere io a proporle un argomento?» domandò, parlando lentamente.

Mattia scrollò le spalle. I suoi occhi neri si muovevano a destra e a sinistra, seguendo lo spigolo della scrivania.

«A me interessano i numeri primi. Voglio lavorare sulla zeta di Riemann» ribadì.

Niccoli sospirò. Poi si alzò e si avvicinò all'armadio bianco. Mentre scorreva con l'indice i titoli dei li-

bri sbuffava ritmicamente. Prese alcuni fogli stampa-
ti a macchina e pinzati in un angolo.

«Bene bene» disse passandoli a Mattia. «Può tornare quando ha rifatto i conti di questo articolo. Tutti.»

Mattia prese il plico e, senza leggerne il titolo, lo
infilò nello zaino che se ne stava addossato alla sua
gamba, aperto e floscio. Biascicò un grazie e uscì dal-
l'ufficio tirandosi dietro la porta.

Niccoli tornò a sedersi al suo posto e pensò a come
a cena si sarebbe lamentato con sua moglie per questa nuova e inattesa seccatura.

22

Il padre di Alice aveva preso la storia della fotografia come il capriccio di una ragazzina annoiata. Tuttavia, per il ventitreesimo compleanno della figlia, le aveva regalato una reflex Canon, con tanto di borsa e cavalletto, e lei l'aveva ringraziato con un sorriso bello e inafferrabile come una raffica di vento ghiacciato. Le aveva anche pagato un corso del Comune, della durata di sei mesi e di cui Alice non aveva mancato una sola lezione. L'accordo era chiaro benché del tutto implicito: l'università veniva prima di tutto.

Poi, in un istante preciso come la linea che separa luce e ombra, la malattia di Fernanda si era aggravata, trascinandoli tutti e tre in una spirale sempre più stretta di incombenze nuove, verso un traguardo ineluttabile di apatia e indifferenza reciproca. Alice non aveva più messo piede all'università e suo padre aveva finto di non accorgersene. Un rimorso, il cui segno iniziale apparteneva ormai a un altro tempo, gli impediva di imporsi in maniera decisa con sua figlia, gli impediva quasi di parlarle del tutto. A volte pensava che sarebbe bastato poco, sarebbe bastato entrare nella sua stanza in una sera qualunque e dirle... Dirle cosa? Sua moglie stava scomparendo dalla vita come un alone bagnato che si asciuga su una maglia e, insieme a lei, il filo che ancora lo connetteva a sua figlia si stava allentando, già raschiava per terra, lasciandola libera di decidere per sé.

Della fotografia Alice amava il gesto più del risultato. Amava aprire il vano posteriore della macchina e srotolare il nuovo rullino di qualche centimetro, quel tanto che bastava per pinzarlo nella guida, pensare che quella pellicola vuota sarebbe presto diventata qualcosa e non sapere ancora cosa, fare i primi scatti a vuoto, mirare, mettere a fuoco, sbilanciarsi avanti e indietro con il busto, decidere di includere o escludere pezzi di realtà come le pareva, ingrandire, deformare.

Ogni volta che udiva il clic dello scatto, seguito da quel leggero fruscio, si ricordava di quando da piccola catturava le cavallette nel giardino della casa in montagna, intrappolandole tra le mani chiuse a coppa. Pensava che con le foto era lo stesso, che ora lei catturava il tempo e lo inchiodava sulla celluloide, cogliendolo a metà del suo salto verso l'istante successivo.

Al corso le avevano insegnato che la tracolla della macchina va arrotolata due volte intorno al polso. In questo modo, se qualcuno vuole rubartela, è costretto a strapparla via insieme a tutto il braccio. Nel corridoio del Maria Ausiliatrice, dove sua madre era ricoverata, Alice non correva nessun rischio del genere, ma si era abituata a portare la sua Canon in quella maniera.

Camminava radente alla parete bicolore, sfiorandola di tanto in tanto con la spalla destra, per non scontrarsi con nessuno. L'orario di visita del pranzo era appena cominciato e la gente si riversava nei corridoi dell'ospedale come una massa fluida.

Le porte di alluminio e compensato erano aperte sulle stanze. Ogni reparto aveva il suo particolare odore. Oncologia sapeva di disinfettante e di garze imbevute d'alcol.

La stanza di sua madre era la penultima e lei vi entrò. Dormiva di un sonno che non era suo e gli aggeggi a cui era collegata non producevano alcun rumore. La luce era poca e sonnacchiosa. Sopra il davanzale c'erano dei fiori rossi sistemati in un vaso: Soledad li aveva portati il giorno prima.

Alice appoggiò le mani e la macchina sul bordo del letto, lì dove le lenzuola, sollevate al centro dalla sagoma di sua madre, si appiattivano di nuovo. Veniva ogni giorno a non fare nulla. Le infermiere si occupavano già di tutto. Il suo ruolo era quello di parlare a sua madre, immaginava. In molti lo fanno, si comportano come se i malati fossero in grado di ascoltare il pensiero, in grado di capire chi sta in piedi di fianco a loro e dialoga nella propria testa, come se la malattia potesse aprire tra le persone un diverso canale di percezione.

Alice non ci credeva e in quella stanza si sentiva sola e basta. Di solito restava seduta, aspettava che passasse mezz'ora e poi usciva. Se incontrava un medico chiedeva notizie, che tanto erano sempre le stesse. Le loro parole e le alzate di sopracciglia volevano dire soltanto aspettiamo che qualcosa vada storto.

Quel mattino, però, si era portata una spazzola. La prese dalla borsa e delicatamente, senza graffiarle il viso, pettinò i capelli di sua madre, almeno quelli che non erano schiacciati sul cuscino. Lei era inerte e remissiva come una bambola.

Le sistemò le braccia fuori dal lenzuolo, distese e parallele, in una posa rilassata. Un'altra goccia della soluzione salina nella flebo percorse la cannuccia e sparì nelle vene di Fernanda.

Alice si mise al fondo del letto, con la Canon appoggiata alla sbarra di alluminio. Chiuse l'occhio sinistro e l'altro lo premette contro il mirino. Non aveva mai fotografato sua madre prima di quella volta.

138

Scattò e poi si sporse un po' più avanti, senza mollare l'inquadratura.

Un fruscio la spaventò quasi e la stanza si riempì improvvisamente di luce.

«Meglio?» disse una voce maschile alle sue spalle. Alice si voltò. Accanto alla finestra c'era un medico che armeggiava con il cordino delle veneziane. Era giovane.

«Sì, grazie» fece Alice, un po' intimidita.

Il medico cacciò le mani nelle tasche del camice bianco e rimase a guardarla, come aspettando che continuasse. Lei si chinò a scattare di nuovo, un po' a casaccio, quasi per accontentarlo.

Starà pensando che sono pazza, si disse.

Invece il medico si avvicinò al letto di sua madre, con disinvoltura. Diede un'occhiata alla cartella e, mentre leggeva, strinse le palpebre, riducendo gli occhi a una fessura. Si avvicinò alla flebo e mosse una rotella con il pollice. Le gocce presero a scendere più velocemente e lui le guardò soddisfatto. Alice pensò che i suoi movimenti avevano qualcosa di rassicurante.

Il dottore le si avvicinò e si ancorò con tutte e due le braccia alla struttura del letto.

«Le infermiere sono fissate» commentò fra sé. «Vogliono buio dappertutto. Manco qui dentro non fosse già così difficile distinguere il giorno dalla notte.»

Si girò e le sorrise.

«Sei la figlia?»

«Sì.»

Lui annuì, senza compatimento.

«Sono il dottor Rovelli» disse.

«Fabio» aggiunse poi, come se ci avesse ragionato su.

Alice gli strinse la mano e si presentò. Per una manciata di secondi fissarono Fernanda che dormiva, senza dirsi nulla.

Poi il dottore batté due volte contro il metallo del letto, che suonò cavo, e si allontanò. Passando accanto ad Alice si sporse un po' verso il suo orecchio.

«Non dire che sono stato io» le sussurrò, strizzandole l'occhio e indicando le finestre piene di luce.

Alla fine dell'orario di visita Alice scese le scale, due piani, poi attraversò l'atrio e uscì, superando le porte a vetri, che si spalancarono automaticamente al suo passaggio.

Attraversò il cortile e si fermò al chiosco a lato dell'ingresso. Al signore anziano e sudato che serviva chiese una bottiglia d'acqua frizzante. Aveva fame, ma era abituata a controllare lo stimolo fino a cancellarlo quasi del tutto. Le bevande gassate erano uno dei suoi trucchi e bastavano a riempirle lo stomaco, almeno per un tempo sufficiente a superare il momento critico del pranzo.

Cercò il portafoglio nella piccola borsa a tracolla, un po' impacciata dalla macchina fotografica che le pendeva dal polso.

«Faccio io» disse qualcuno alle sue spalle.

Fabio, il medico che aveva conosciuto appena mezz'ora prima, si allungò verso il signore del chiosco e gli porse una banconota. Poi sorrise ad Alice, in un modo che a lei tolse il coraggio di protestare. Al posto del camice indossava una maglietta azzurra a mezze maniche e aveva addosso un profumo forte che lei non aveva notato prima.

«E anche una Coca» aggiunse, rivolto al signore.

«Grazie» disse Alice.

Provò a svitare il tappo della bottiglietta, ma quello le scivolò sotto le dita senza muoversi.

«Posso?» fece Fabio.

Le prese la bottiglietta dalla mano e l'aprì usando solo il pollice e l'indice. Alice pensò che non c'era

140

nulla di speciale in quel gesto, che ce l'avrebbe fatta anche lei, come chiunque, se solo non avesse avuto le mani così sudate. Tuttavia lo trovò stranamente affascinante, come una piccola impresa eroica compiuta per lei.

Fabio le rese l'acqua e lei disse di nuovo grazie. Bevvero, ognuno dalla sua bottiglietta e guardandosi di nascosto, come se studiassero cosa dirsi dopo. Fabio aveva i capelli corti e arrotolati in piccoli ricci. Là dove i raggi del sole li colpivano direttamente, da castani sfumavano nel rossiccio. Alice aveva l'impressione che lui fosse consapevole di quei giochi di luce, che in qualche modo fosse consapevole di tutto ciò che era e che aveva intorno.

Si staccarono di qualche passo dal chiosco, insieme, come se l'avessero deciso di comune accordo. Alice non sapeva come congedarsi. Si sentiva in debito, un po' perché lui le aveva offerto l'acqua e un po' perché l'aveva aiutata ad aprirla. A dire il vero, non era neppure sicura di volersene andare così presto.

Fabio lo capì.

«Posso accompagnarti dove stai andando?» le chiese, sfacciatamente.

Alice arrossì.

«Vado alla macchina.»

«Allora alla macchina.»

Lei non gli disse né sì né no, ma sorrise guardando da un'altra parte. Fabio le fece un gesto ossequioso con la mano che voleva dire dopo di te.

Attraversarono il corso e imboccarono una via più piccola, dove il marciapiede non era più protetto dagli alberi.

Fu dall'ombra di Alice, mentre camminavano uno accanto all'altra, che il medico notò l'asimmetria del suo passo. La spalla destra, piegata dal peso della macchina fotografica, faceva da contrappunto alla linea della gamba sinistra dura come un bastone. La gracilità preoccupante di Alice era esasperata nella sua ombra oblunga, al punto da farla apparire unidimensionale, un segmento scuro che si diramava in due arti proporzionati e altrettante protesi meccaniche.

«Ti sei fatta male a una gamba?» le chiese.

«Eh?» fece Alice, allarmata.

«Ti ho chiesto se ti sei fatta male» ripeté lui. «Ho visto che zoppichi.»

Alice sentì anche la gamba buona contrarsi. Cercò di correggere la propria andatura, piegando quella difettosa quanto più poteva, fino a quando sentì davvero male. Pensò alla crudeltà e alla precisione del verbo zoppicare.

«Ho avuto un incidente» disse. Poi, come per scusarsi, aggiunse: «Tanto tempo fa».

«Macchina?»

«No, sci.»

«Io adoro sciare» disse Fabio entusiasta, sicuro di aver trovato un pretesto di discussione.

«Io lo detesto» ribatté Alice seccamente.

«Peccato.»

«Già, peccato.»

Camminarono fianco a fianco senza più parlare. Il giovane medico era circondato da un alone di tranquillità, da una sfera solida e trasparente di sicurezza. Aveva le labbra piegate in un sorriso anche quando non sorrideva. Sembrava a suo agio, come se gli capitasse tutti i giorni di incontrare una ragazza in una stanza dell'ospedale e di farci poi quattro chiacchiere, riaccompagnandola alla macchina. Alice, invece, si sentiva tutta un legno. I suoi tendini erano all'erta, avvertiva le giunture scricchiolare, i muscoli rigidi appiccicati alle ossa.

Indicò una Seicento blu parcheggiata, come a dire è questa, e Fabio allargò le braccia. Una macchina passò lungo la via, alle loro spalle. Dal nulla il suo rumore crebbe e poi si assottigliò di nuovo, fino a sparire.

«E così, sei una fotografa?» disse il medico, tanto per guadagnare tempo.

«Sì» rispose Alice d'istinto. Se ne pentì subito. Per il momento era una ragazza che aveva mollato l'università e che gironzolava per le strade scattando foto un po' a casaccio. Si domandò se questo bastasse a fare di lei una fotografa, quale fosse il confine esatto tra essere e non essere qualcuno.

Si morse il labbro sottile. «Più o meno» aggiunse.

«Posso?» le fece il dottore, aprendo la mano, per farsi dare la macchina.

«Certo.»

Alice srotolò la tracolla dal polso e gliela porse. Lui se la rigirò tra le mani. Tolse la protezione e puntò l'obiettivo prima di fronte a sé e poi in alto, verso il cielo.

«Uao» commentò. «Sembra professionale.»

Lei arrossì e il dottore fece per ridarle la macchina.

«Puoi scattare se vuoi» disse Alice.

«No no, per carità. Non sono capace. Scatta tu.»

«A cosa?»

Fabio si guardò intorno. Volse la testa da una parte e dall'altra, dubbioso. Poi scrollò le spalle.

«A me» rispose.

Alice lo guardò con sospetto.

«E perché dovrei?» gli chiese, con un'inflessione leggermente maliziosa, che le uscì involontariamente.

«Perché così sarai costretta a rivedermi, almeno per mostrarmela.»

Alice esitò un momento. Guardò gli occhi di Fabio, per la prima volta con attenzione, e non riuscì a sostenerli per più di un secondo. Erano azzurri e privi

143

di ombre, puliti come il cielo alle sue spalle e lei ci si trovò dentro spaesata, come se fosse rimasta nuda in una gigantesca stanza vuota.

È bello, pensò Alice. È bello nel modo in cui un ragazzo dev'essere bello.

Puntò il mirino al centro del suo viso. Lui sorrise, per nulla imbarazzato. Non reclinò neppure la testa, come spesso fa la gente di fronte all'obiettivo. Alice aggiustò la messa a fuoco e poi esercitò una pressione con l'indice. L'aria fu spezzata da un clic.

23

Mattia si presentò nell'ufficio di Niccoli una settimana dopo il loro primo incontro. Il professore lo riconobbe dal modo di bussare e questo fatto lo turbò in maniera singolare. Vedendo entrare Mattia, respirò profondamente, pronto a sfuriare non appena il ragazzo gli avesse detto qualche frase del tipo ci sono delle cose che non capisco o volevo chiederle se può spiegarmi alcuni passaggi. Se sono abbastanza incisivo, pensò Niccoli, capace ancora che riesco a levarmelo dai piedi.

Mattia chiese permesso e, senza guardare in faccia il professore, poggiò sul bordo del tavolo l'articolo che lui gli aveva lasciato da studiare. Niccoli lo sollevò e dalle mani gli sfuggì un mazzetto di fogli numerati e scritti in bella grafia, allegati a quelli pinzati. Li rimise insieme e vi trovò i conti dell'articolo svolti per bene, ognuno con il proprio riferimento al testo. Li sfogliò in fretta e non ebbe bisogno di esaminarli a fondo per capire che erano corretti: l'ordine delle pagine era sufficiente a rivelarne l'esattezza.

Rimase un po' deluso, perché sentiva la sfuriata già pronta bloccata a metà della gola, come uno starnuto che si rifiuta di arrivare. Annuì a lungo, mentre osservava assorto il lavoro di Mattia. Invano cercò di reprimere una sferzata di invidia per quell'individuo, che sembrava così inadatto all'esistenza ma senza dubbio era dotato per quella materia, come lui stesso non si era mai davvero sentito.

«Molto bene» disse infine, ma tra sé e sé, senza l'intenzione di fare un vero complimento. Poi, enfatizzando la noia nella propria voce: «C'è un problema che viene sollevato negli ultimi paragrafi. Riguarda i momenti della zeta per...».

«L'ho fatto» lo interruppe Mattia. «Credo di averlo risolto.»

Niccoli lo guardò con diffidenza e poi con deliberato disprezzo.

«Ah sì?»

«Nell'ultima pagina dei miei appunti.»

Il professore s'inumidì l'indice con la lingua e sfogliò le pagine fino al fondo. Con la fronte aggrottata lesse velocemente la dimostrazione di Mattia, senza capirci molto, ma neppure trovando qualcosa da obiettare. Poi la riprese da capo, più lentamente, e questa volta il ragionamento gli apparve chiaro, addirittura rigoroso, benché macchiato qua e là di qualche pedanteria da dilettante. Mentre seguiva i passaggi la sua fronte si distese e lui prese ad accarezzarsi il labbro inferiore, inconsapevolmente. Si dimenticò di Mattia, che era rimasto inchiodato nella stessa posizione dall'inizio, a guardarsi i piedi e a ripetersi nella testa fa che sia giusto, fa che sia giusto, come se dal verdetto del professore dipendesse il resto della sua vita. Mentre se lo diceva non immaginava, tuttavia, che sarebbe stato davvero così.

Niccoli appoggiò nuovamente i fogli sul tavolo, con cautela, e si lasciò andare sullo schienale della sedia, di nuovo con le mani incrociate dietro la testa, nella sua posizione preferita.

«Be', direi che lei è a posto» disse.

La laurea venne fissata per la fine di maggio e Mattia chiese ai suoi di non assistervi. Ma come?, riuscì solamente a domandargli sua madre. Lui scosse la testa, guardando verso la finestra. Il vetro era appoggiato a un muro di oscurità e rifletteva l'immagine di loro tre intorno a un tavolo con quattro lati. Mattia vide il riflesso di suo padre che prendeva il braccio della mamma e con l'altra mano le faceva segno di lasciar perdere. Poi vide il riflesso di lei che si alzava dal tavolo coprendosi la bocca e apriva il rubinetto dell'acqua per lavare i piatti, anche se di cenare non avevano finito.

Il giorno della laurea arrivò come tutti i giorni e Mattia si alzò prima di sentire la sveglia. I fantasmi, che nella notte gli avevano riempito gli occhi come fogli di carta scarabocchiati, ci misero alcuni minuti prima di dissolversi. In soggiorno non trovò nessuno, solamente un vestito blu, elegante e nuovo, disteso a fianco di una camicia rosa chiaro perfettamente stirata. Sopra la camicia c'era un biglietto con scritto *Al nostro dottore* e firmato mamma e papà, ma con la sola calligrafia del papà. Mattia lo indossò e uscì di casa senza guardarsi allo specchio.

Discusse la tesi fissando i membri della commissione dritto negli occhi, dedicando un tempo uguale a ognuno e senza increspature nella voce. Niccoli, seduto tra gli altri in prima fila, annuiva corrucciato e sbirciava lo stupore crescente sui volti dei colleghi.

Quando fu il momento della proclamazione, Mattia si dispose in fila con gli altri candidati. Erano gli unici in piedi nello spazio sovradimensionato dell'aula magna. Mattia avvertiva gli sguardi del pubblico come un formicolio sulla schiena. Cercò di distrarsi, valutò il volume della stanza utilizzando come calibro la statura del presidente, ma il formicolio gli si arrampicò su per il collo e lì si biforcò, afferrandogli le tempie. Immaginò migliaia di piccoli insetti rovesciarglisi dentro le orecchie, migliaia di tarme affamate scavare gallerie nel suo cervello.

La formula che il presidente ripeté uguale per ognuno dei candidati gli sembrò ogni volta più lunga e venne coperta da un rumore crescente nella sua testa, al punto che non riuscì a distinguere il proprio nome quando fu il momento. Qualcosa di solido, simile a un cubetto di ghiaccio, gli andò a ostruire la gola. Strinse la mano del presidente e la sentì così secca che d'istinto cercò la fibbia metallica della cintura che non aveva. Tutto il pubblico si alzò in piedi con un rumore di marea. Niccoli si avvicinò e gli diede due colpetti sulla spalla, dicendo congratulazioni. Prima della fine degli applausi Mattia era fuori dall'aula e camminava in fretta nel corridoio, dimenticandosi di appoggiare prima le punte per non far rimbombare i passi verso l'uscita.

Ce l'ho fatta, ce l'ho fatta, si ripeteva in silenzio. Ma più si avvicinava al portone più avvertiva una voragine allargarsi nello stomaco. Fuori, la luce del sole lo investì insieme al calore e al frastuono del traffico. Vacillò sulla soglia, come per paura di cadere dal gradino di cemento. Sul marciapiede c'era un gruppetto di persone, Mattia ne contò sedici con una sola occhiata. Molte tenevano in mano dei fiori, di sicuro aspettavano i suoi colleghi. Per un attimo Mattia desiderò che qualcuno fosse lì per lui. Sentiva il bisogno di abbandonare il proprio peso sul corpo di qualcun altro, come se il contenuto della testa fosse improvvisamente diventato insostenibile per le sue gambe da sole. Cercò i suoi genitori, cercò Alice e Denis, ma non c'erano che sconosciuti che guardavano nervosamente l'orologio, che si sventagliavano con fogli raccattati chissà dove, che fumavano, parlavano ad alta voce e non si accorgevano di nulla.

Guardò il papiro che teneva arrotolato nella mano, dove in un bel corsivo c'era scritto che Mattia Balossino era un dottore, un professionista, un adulto, che era tempo che il dottor Balossino se la vedesse con la vita, e che lì si interrompeva il binario che l'aveva condotto dalla prima elementare fino alla laurea, a occhi chiusi e con le orecchie tappate. Un respiro gli rimase tagliato a metà, come se l'aria non avesse abbastanza spinta per compiere il giro completo.

E adesso?, si domandò.

Una signora bassa e accaldata gli disse scusi tanto e lui si scostò per farla entrare. La seguì dentro l'edificio, neanche lei potesse condurlo verso la risposta. Percorse il corridoio a ritroso e salì al primo piano. Entrò in biblioteca e si andò a sedere al solito posto, di fianco alla finestra. Poggiò il papiro sulla sedia vuota di fianco e distese per bene le mani sul tavolo. Si concentrò sul proprio respiro, che continuava a incagliarsi in qualche risacca tra la gola e il fondo dei polmoni. Gli era successo altre volte, ma mai così a lungo.

Non puoi dimenticarti come si fa, si disse. È una cosa che non si può dimenticare e basta.

Buttò fuori tutta l'aria e rimase in apnea per qualche secondo. Poi spalancò la bocca e inspirò più forte che poté, al punto che sentì male ai muscoli del petto. Questa volta il respiro scese fino in fondo e a Mattia parve di vedere le molecole di ossigeno, bianche e rotonde, che si sparpagliavano per le arterie e riprendevano a vorticare nel cuore.

Rimase fermo nella stessa posizione per un tempo indefinito, senza pensare, senza accorgersi degli studenti che entravano e uscivano, in uno stato assente di torpore e irrequietezza.

Poi, d'improvviso, qualcosa comparve di fronte ai

suoi occhi, una macchia rossa, e Mattia sobbalzò. Mise a fuoco una rosa incartata nel cellophane, che qualcuno aveva sbattuto malamente sul banco, con il rumore di uno schiaffo. Ne seguì il gambo e riconobbe la mano di Alice dalle nocche sporgenti, un po' arrossate rispetto alle dita bianche, e dalle unghie arrotondate, tagliate a filo del polpastrello.

«Sei proprio uno stronzo.»

Mattia la guardò come si guarda un'allucinazione. Gli sembrò di avvicinarsi a quella scena da lontano, da un posto sfocato che già non ricordava bene. Quando fu abbastanza vicino, distinse sul volto di Alice una tristezza inedita, profonda.

«Perché non me l'hai detto?» continuò lei. «Dovevi avvisarmi. Dovevi.»

Alice scivolò nella sedia di fronte a Mattia, esausta. Guardò fuori, verso la strada, scuotendo la testa.

«Come l'hai...» iniziò Mattia.

«Dai tuoi. L'ho saputo dai tuoi.» Alice si girò di scatto e lo fissò, con una rabbia gorgogliante nell'iride azzurra. «A te sembra giusto?»

Mattia esitò. Poi fece no con la testa e una sagoma offuscata e distorta si mosse insieme a lui sulla superficie accartocciata del cellophane.

«Io avevo sempre immaginato di esserci. L'avevo immaginato tante di quelle volte. Mentre tu...»

Alice fece una pausa, perché il resto della frase le si era incastrato tra i denti. Mattia rifletteva ancora su come quel momento fosse diventato di colpo così reale. Cercò di ricordarsi dove si trovava fino a qualche secondo prima, ma non ci riuscì.

«Niente» finì Alice. «Tu niente. Da sempre.»

Lui sentì la testa sprofondare dentro le spalle e di nuovo le tarme, brulicanti nel cranio.

«Non era importante» sussurrò. «Non volevo che...»

«Stai zitto» lo interruppe lei bruscamente. Dagli altri banchi qualcuno fece shhh e il silenzio dei secondi successivi conservò la memoria di quel sibilo.

«Sei pallido» fece Alice. Guardò Mattia con sospetto. «Stai bene?»

«Non lo so. Mi gira un po' la testa.»

Alice si alzò. Si scostò i capelli dalla fronte, insieme a un groviglio di brutti pensieri. Poi si chinò su Mattia e gli diede un bacio sulla guancia, leggero e silenzioso, che in un soffio spazzò via tutti gli insetti.

«Di sicuro sei stato bravissimo» gli disse in un orecchio. «Lo so.»

Mattia sentì i capelli di lei solleticargli il collo. Sentì la sottile intercapedine d'aria che li separava riempirsi del suo calore e premere leggermente sulla pelle, come cotone. Avvertì l'istinto di trattenerla a sé, ma le mani rimasero immobili, come addormentate.

Alice si tirò su. Prese dalla sedia il certificato di laurea, lo srotolò e sorrise, leggendolo a mezza voce.

«Uao» disse infine. La sua voce si colorò di una tonalità raggiante. «Dobbiamo festeggiare. Su dottore, in piedi» ordinò.

Tese la mano a Mattia. Lui la prese, all'inizio un po' incerto. Si lasciò condurre fuori dalla biblioteca, con la stessa fiducia disarmata con cui anni prima si era fatto trascinare nel bagno delle ragazze. Nel tempo le proporzioni tra le loro mani erano cambiate. Ora le sue dita avvolgevano completamente quelle di Alice, come le valve ruvide di una conchiglia.

«Dove andiamo?» le chiese.

«In giro. C'è il sole. E tu hai bisogno di prenderne un po'.»

Uscirono dall'edificio e questa volta Mattia non ebbe paura della luce, del traffico e delle persone radunate davanti al portone.

In macchina tennero i finestrini abbassati. Alice guidava con tutte e due le mani sul volante e cantava sopra *Pictures of you*, imitando il suono delle parole che non conosceva. Mattia sentì i muscoli rilassarsi gradualmente, adattarsi alla forma del sedile. Gli sembrava che l'automobile lasciasse dietro di sé una scia scura e collosa, fatta del suo passato e delle sue preoccupazioni. Si sentiva via via più leggero, come un barattolo che si sta svuotando. Chiuse gli occhi e per alcuni secondi riuscì a galleggiare sull'aria che gli sventagliava il viso e sulla voce di Alice.

Quando li riaprì erano sulla strada che portava a casa sua. Si domandò se gli avessero organizzato una festa a sorpresa e pregò che non fosse vero.

«Dài, dove stiamo andando?» chiese di nuovo.

«Mmm» mormorò Alice. «Tu non ti preoccupare. Se un giorno sarai tu a portarmi in giro, avrai il diritto di scegliere.»

Per la prima volta Mattia si vergognò di avere ventidue anni ed essere ancora senza patente. Era un'altra delle cose che si era lasciato indietro, un altro passo ovvio nella vita di un ragazzo che lui aveva scelto di non compiere, per tenersi il più possibile al di fuori dell'ingranaggio della vita. Come mangiare i popcorn al cinema, come sedersi sullo schienale di una panchina, come non rispettare il coprifuoco dei genitori, come giocare a calcio con una pallina di stagnola arrotolata o stare in piedi, nudo, di fronte a una ragazza. Pensò che da quel preciso istante sarebbe stato diverso. Decise che avrebbe preso la patente al più presto. L'avrebbe fatto per lei, per portarla in giro. Perché aveva paura ad ammetterlo, ma quando era con lei sembrava che valesse la pena di fare tutte le cose normali che le persone normali fanno.

Ormai nei pressi della casa di Mattia, Alice svoltò in un'altra direzione. Imboccò il corso principale e parcheggiò dopo un centinaio di metri, di fronte al parco.

«*Voilà*» disse. Si slacciò la cintura e scese dalla macchina.

Mattia rimase inchiodato al sedile, con gli occhi fissi sul parco.

«Be'? Scendi?»

«Qui no» fece lui.

«Dài, non fare lo scemo.»

Mattia scosse la testa.

«Andiamo da un'altra parte» disse.

Alice si guardò intorno.

«Qual è il problema?» insistette. «Facciamo solo una passeggiata.»

Si avvicinò al finestrino, dalla parte di Mattia. Lui era rigido, come se qualcuno gli stesse puntando un coltello alla schiena. Teneva la mano aggrappata alla maniglia della portiera, aperta tipo ragno. Fissava gli alberi, un centinaio di metri più in là. Le foglie verdi e larghe ne ricoprivano lo scheletro nodoso, la struttura frattale dei rami. Occultavano il loro orribile segreto.

Non era mai più stato lì. L'ultima volta c'era andato con la polizia, quel giorno che suo padre gli aveva detto dai la mano alla mamma e lei l'aveva ritirata in tasca. Quel giorno aveva ancora tutte e due le braccia fasciate, dalle falangi fino al gomito, con una benda spessa e arrotolata in più strati che ci voleva una lama con il seghetto per bucarla fino alla pelle. Aveva indicato ai poliziotti dov'era seduta Michela. Loro avevano voluto sapere il punto esatto e avevano scattato delle foto, prima da lontano e poi da vicino.

Dalla macchina, mentre tornavano verso casa, aveva visto le scavatrici ficcare i loro bracci meccanici nel fiume per cavarne via grosse manciate di terra fradicia e scura e lasciarle ricadere sulla riva, pesantemente. Mattia si era accorto che sua madre tratteneva il respiro ogni volta, fino a che ogni mucchio non si disfaceva al suolo. Doveva esserci Michela in quella poltiglia e invece non l'avevano trovata. Non l'avevano mai trovata.

«Andiamo via. Per favore» ripeté Mattia. Il suo tono non era supplichevole. Piuttosto sembrava assorto, contrariato.

Alice risalì in macchina.

«A volte non capisco se...»

«Lì ho abbandonato la mia gemella» la interruppe lui con una voce piatta, quasi inumana. Sollevò il braccio e con l'indice destro indicò gli alberi nel parco. Poi lo lasciò lì a mezz'aria, come se l'avesse dimenticato.

«Gemella? Che stai dicendo? Tu non hai una gemella...»

Mattia annuì lentamente, sempre fissando gli alberi. «Era identica a me. Uguale identica a me» disse.

Poi, senza che Alice avesse il tempo di chiederglielo, le raccontò tutto. Rovesciò tutta la storia, come un argine in frantumi. Il verme, la festa, i Lego, il fiume, i pezzi di vetro, la stanza d'ospedale, il giudice Berardino, l'appello in televisione, lo strizzacervelli, tutto quanto, come non aveva mai fatto con nessuno. Parlò senza guardarla, senza emozionarsi. Poi rimase in silenzio. Con la mano destra tastò sotto il sedile, ma vi trovò solo forme arrotondate. Si era calmato. Si sentiva di nuovo lontano, estraneo al proprio corpo.

Alice gli sfiorò il mento con una mano e con delicatezza gli fece ruotare la testa. Fu solo un'ombra quella che Mattia vide protendersi verso di sé. D'istinto chiuse gli occhi e poi sentì la bocca calda di Alice sopra la sua, le sue lacrime sulle guance, o forse non erano le sue, e infine le mani, così leggere, che gli tenevano ferma la testa e riafferravano i suoi pensieri imprigionandoli tutti lì, nello spazio che ora mancava tra di loro.

24

Nell'ultimo mese si erano visti spesso, senza mai darsi un vero appuntamento e mai veramente per caso. Dopo l'orario di visita Alice finiva sempre a gironzolare intorno al reparto di Fabio e lui faceva in modo di farsi trovare. Passeggiavano per il cortile in un percorso quasi sempre uguale che avevano deciso di comune accordo, senza parlarne. La recinzione esterna delimitava il luogo della loro storia, ritagliava una regione a parte, dove non c'era bisogno di dare un nome a quella cosa misteriosa e pulita che ondeggiava tra di loro.

Fabio sembrava conoscere con precisione le dinamiche del corteggiamento, sapeva rispettare i tempi e moderare le frasi, come se seguisse un protocollo. Intuiva la sofferenza profonda di Alice, ma ne restava fuori, come sul bordo. Gli eccessi del mondo, di qualunque forma essi fossero, non lo riguardavano davvero, cozzavano contro il suo equilibrio e il suo raziocinio e lui preferiva ignorarli, fingere semplicemente che non esistessero. Se un ostacolo si metteva di traverso a bloccargli il passaggio, lo schivava aggirandolo, senza modificare il proprio passo di una virgola, e se ne dimenticava presto. Non aveva dubbi, quasi mai.

Sapeva, tuttavia, come raggiungere un obiettivo, quindi era attento agli umori di Alice, in un modo rispettoso e un po' pedante. Se lei non parlava, le domandava c'è qualcosa che non va, ma mai due volte di seguito. Si interessava alle sue fotografie, alle condizioni di sua madre e riempiva i silenzi con i racconti della propria giornata, con aneddoti divertenti pescati in giro per il reparto.

Alice si lasciava trasportare dalla sua sicurezza, ci si abbandonava a poco a poco, come si abbandonava al sostegno dell'acqua quando da piccola faceva il morto in piscina.

Vivevano la lenta e invisibile compenetrazione dei loro universi, come due astri che gravitano intorno a un asse comune, in orbite sempre più strette, il cui destino chiaro è quello di coalescere in qualche punto dello spazio e del tempo.

Alla madre di Alice avevano sospeso le terapie. Con un cenno del capo, suo marito aveva dato il consenso a lasciarla finalmente sprofondare in un sonno indolore, sotto il coperchio pesante della morfina. Alice aspettava soltanto che finisse e non riusciva a sentirsi in colpa per questo. Sua madre viveva in lei già come un ricordo, si era posata come un batuffolo di polline in un angolo, da qualche parte nella sua testa, dove sarebbe rimasta per il resto della sua vita, congelata nella stessa manciata di immagini prive di sonoro.

Fabio non aveva previsto di chiederglielo e non era il tipo da gesti impulsivi, ma quel pomeriggio Alice aveva qualcosa di diverso, come una specie di trepidazione, che emergeva dal suo modo di intrecciare le dita e di muovere gli occhi da una parte all'altra, sempre evitando di incontrare i suoi. Per la prima volta da che la conosceva fu frettoloso, incauto.

«Questo weekend i miei vanno al mare» tirò fuori dal nulla.

Alice parve non aver sentito o comunque lasciò cadere la frase. Da qualche giorno la sua testa era un vespaio. Mattia non l'aveva chiamata dal giorno della laurea, più di una settimana prima. Eppure era chiaro che toccava a lui, adesso.

«Pensavo che sabato potresti venire a cena da me» buttò lì Fabio.

La sua fiducia vacillò per un attimo in mezzo a quelle parole, ma subito si scrollò di dosso l'incertezza. Cacciò entrambe le mani nelle tasche del camice e si preparò ad accettare qualunque risposta con la stessa leggerezza. Sapeva come prepararsi un riparo ancora prima di averne bisogno.

Alice accennò un sorriso, appena sporcato da qualcosa di sofferente.

«Non lo so» disse piano. «Forse non è...»

«Hai ragione» la interruppe Fabio. «Non dovevo chiedertelo. Scusami.»

Terminarono la loro ronda in silenzio e quando furono di nuovo di fronte al reparto di Fabio, lui disse un okay prolungato, tra sé e sé.

Nessuno dei due si mosse. Si scambiarono un'occhiata veloce e subito abbassarono gli occhi. A Fabio venne da ridere.

«Non sappiamo mai come salutarci, io e te» fece.

«Già» gli sorrise Alice. Si portò una mano ai capelli, agganciò una ciocca con l'indice e la tirò leggermente.

Fabio fece un passo deciso verso di lei e la ghiaia del vialetto scricchiolò, assestandosi sotto il suo piede. Le diede un bacio sulla guancia sinistra, con una prepotenza affettuosa, e poi si fece indietro.

«Be', almeno pensaci su» disse.

Le rivolse un sorriso aperto, con tutta la bocca, gli occhi e le guance. Poi si voltò e, camminando bello dritto, si diresse verso l'ingresso.

Ora si volta, pensò Alice quando lui fu oltre la porta di vetro.

Invece Fabio girò l'angolo e sparì nel corridoio.

25

La lettera era indirizzata al dottor Mattia Balossino e
al tatto era così leggera e inconsistente da non poter-
ci credere che dentro vi fosse tutto il futuro di Mattia. Sua madre non gliel'aveva mostrata fino a cena,
forse per l'imbarazzo di averla aperta senza permesso. Non l'aveva fatto apposta, non aveva nemmeno
guardato il nome del destinatario: Mattia non riceve-
va mai posta.

«È arrivata questa» disse allungando la lettera sopra i piatti.

Mattia lanciò un'occhiata interrogativa a suo padre,
che annuì a qualcosa di impreciso. Prima di prendere
la lettera si passò il tovagliolo di carta sul labbro superiore, che era già pulito. Osservando il logo circolare e
complicato, impresso in blu a fianco dell'indirizzo,
non si fece alcuna idea riguardo al contenuto. Premette sui due bordi della busta per estrarne il foglio piegato all'interno. Lo aprì e iniziò a leggere, un po' im-
pressionato al pensiero che quella lettera fosse proprio
per lui, per il dottor Mattia Balossino.

I suoi facevano più rumore del necessario con le
posate e suo padre si schiarì la gola ripetutamente.
Dopo aver letto, Mattia ripiegò il foglio con la sequenza inversa di gesti con cui l'aveva aperto, in modo da ricomporne la forma iniziale, e lo infilò nuova-

mente nella sua busta, che appoggiò sulla sedia di Michela.

Riprese in mano la forchetta, ma ebbe un attimo di smarrimento di fronte alle zucchine tagliate a rondelle dentro il piatto, come se qualcuno le avesse fatte comparire lì di sorpresa.

«Sembra una bella occasione» disse Adele.

«Già.»

«Tu vuoi andarci?»

Mentre lo diceva, la madre di Mattia sentì un calore avvampare alla faccia. Si accorse che non aveva a che fare con il timore di perderlo. Al contrario, desiderava con tutte le sue forze che lui accettasse, che sparisse da quella casa, dal posto che ogni sera a cena occupava di fronte a lei, con la sua testa nera crollata verso il piatto e quell'alone contagioso di tragedia che lo circondava.

«Non so» rispose Mattia alle zucchine.

«È una bella occasione» ripeté sua madre.

«Già.»

Il padre di Mattia spezzò il silenzio che seguì con delle considerazioni a casaccio sull'efficienza dei popoli nordeuropei, sulla pulizia delle loro strade, attribuendone tutto il merito al clima rigido e alla mancanza di luce in buona parte dell'anno, che di certo limitava le distrazioni. Non era mai stato in nessun posto del genere, ma da quanto si sentiva in giro era chiaro che fosse così.

Quando, alla fine della cena, Mattia iniziò a impilare i piatti, raccogliendoli nello stesso ordine di tutte le sere, suo padre gli posò una mano sulla spalla e sottovoce gli disse vai pure, finisco io. Mattia raccolse la busta dalla sedia e se ne andò in camera sua.

Si sedette sul letto e prese a rigirarsi la lettera tra le mani. La piegò avanti e indietro alcune volte facendo schioccare la carta spessa dell'involucro. Poi esaminò più attentamente il logo a fianco dell'indirizzo. Un rapace, probabilmente un'aquila, teneva le ali aperte e la testa girata da una parte, in modo da mostrare il becco appuntito di profilo. La punta delle ali e le zampe erano inscritte in un cerchio, che un difetto della stampa aveva reso leggermente ovale. Un altro cerchio, più grande e concentrico al precedente, conteneva il nome dell'università che stava offrendo un posto a Mattia. I caratteri gotici, tutte quelle k e h nel nome e le o con un taglio in diagonale, che in matematica indicavano un insieme vuoto, fecero immaginare a Mattia un edificio alto e scuro, con corridoi pieni di eco e soffitti altissimi, circondato da prati con l'erba tagliata a pochi millimetri, silenzioso e spopolato come una cattedrale alla fine della terra.

In quel luogo sconosciuto e distante c'era il suo futuro da matematico, c'era una promessa di salvezza, uno spazio incontaminato, dove nulla era stato ancora compromesso. Qui, invece, c'era Alice, semplicemente lei, e una palude tutto intorno.

Gli successe come il giorno della sua laurea. Di nuovo un respiro gli rimase incastrato a metà della gola e lì formò un tappo. Boccheggiava, come se l'aria della sua stanza si fosse di colpo liquefatta. Le giornate si erano già allungate parecchio e il crepuscolo era azzurro ed estenuante. Mattia attese che anche l'ultimo residuo di luce esterna si spegnesse, mentre con la mente camminava già in quei corridoi che ancora non aveva visto, di tanto in tanto imbattendosi in Alice, che lo guardava senza parlare e non gli sorrideva.

Devi solo decidere, pensò. Vai o non vai. 1 o 0, come un codice binario.

Ma più provava a semplificare, più gli sembrava di ingarbugliarsi. Si sentiva un insetto in una ragnatela appiccicosa, che divincolandosi non fa che rimanerci più avviluppato.

Qualcuno bussò alla porta della sua stanza e il suono lo raggiunse come dal fondo di un pozzo.

«Sì?» disse.

La porta si aprì lentamente e suo padre infilò la testa dentro.

«Posso entrare?» domandò.

«Mm-mm.»

«Perché stai al buio?»

Senza attendere una risposta, Pietro premette l'interruttore e i cento watt della lampadina esplosero nelle pupille dilatate di Mattia, che si contrassero con un dolore piacevole.

Suo padre si sedette sul letto, di fianco a lui. Avevano lo stesso modo di accavallare i piedi, con la caviglia sinistra in equilibrio sul tallone destro, ma nessuno dei due l'aveva mai notato.

«Come si chiama quella cosa che hai studiato tu?» chiese Pietro dopo un po'.

«Quale cosa?»

«Quella della tesi. Non mi ricordo mai il nome.»

«La zeta di Riemann.»

«Ah già. La zeta di Riemann.»

Mattia sfregò con l'unghia del pollice sotto quella del mignolo, ma lì la pelle era diventata così dura e callosa che non sentì niente. Le unghie scivolarono una sull'altra facendo rumore.

«Avrei voluto averla io, la testa che hai tu» continuò Pietro. «Invece di matematica non ci capivo niente. Non faceva proprio per me. Bisogna avere una mente speciale per certe cose.»

Mattia pensò che non c'era niente di bello nell'avere la sua testa. Che l'avrebbe volentieri svitata e sostituita con un'altra, o anche con una scatola di biscotti, purché vuota e leggera. Aprì la bocca per rispondere che sentirsı speciali è la peggiore delle gabbie che uno possa costruirsi, ma poi non disse nulla. Pensò a quando la maestra l'aveva messo al centro della classe, con tutti gli altri intorno a guardarlo come una bestia rara, e gli venne in mente che era come se in tutti quegli anni non si fosse mai mosso di lì.

«Ti ha detto la mamma di venire?» chiese a suo padre.

A Pietro s'irrigidirono i muscoli del collo. Piegò le labbra in dentro e poi annuì con la testa.

«Il tuo futuro è la cosa più importante» disse, con voce vagamente imbarazzata. «È giusto che ora pensi a te. Se decidi di andare noi ti sosteniamo. Di soldi non ce ne sono tanti, ma sono comunque abbastanza, se ne avrai bisogno.»

Ci fu un altro silenzio prolungato, in cui Mattia pensò ad Alice e alla parte dei soldi che aveva rubato a Michela.

«Papà?» fece infine.

«Sì?»

«Potresti uscire, per favore? Devo fare una telefonata.»

Pietro fece un lungo sospiro in cui c'era anche del sollievo.

«Certo» disse.

Si alzò e prima di voltarsi allungò una mano verso il volto di Mattia. Stava per toccargli una guancia, ma si fermò a qualche centimetro dai ciuffetti disordinati della barba di suo figlio. Deviò la carezza verso i capelli, che sfiorò appena. A quelle cose, in fondo, non erano più abituati da tempo.

26

L'amore di Denis per Mattia si era consumato da solo, come una candela dimenticata accesa in una stanza vuota, e aveva lasciato il posto a un'insoddisfazio-
ne famelica. A diciannove anni, nell'ultima pagina di
un giornale della zona, Denis aveva trovato la pub-
blicità di un locale gay, l'aveva strappata e aveva conservato il brandello di carta nel portafoglio, per due
mesi interi. Di tanto in tanto lo srotolava e rileggeva
l'indirizzo che conosceva già a memoria.

Intorno a lui, i suoi coetanei uscivano con le ragazze e si erano ormai abituati al sesso, al punto di smettere di parlarne in continuazione. Denis sentiva che
la sua unica via di scampo era in quel pezzo di giornale, in quell'indirizzo che il sudore dei polpastrelli
aveva sbiadito leggermente.

Una sera che pioveva c'era andato, senza neppure
deciderlo sul serio. Semplicemente si era vestito con
le prime cose pescate dall'armadio ed era uscito, dando un urlo ai suoi nell'altra stanza. Me ne vado al cinema, aveva detto.

Era passato due o tre volte di fronte al locale, ogni
volta facendo il giro completo dell'isolato. Poi era entrato, con le mani in tasca e rivolgendo un cenno con-
fidenziale al buttafuori. Si era seduto al bancone, aveva ordinato una birra chiara e l'aveva sorseggiata

piano, continuando a fissare le bottiglie in fila contro la parete, aspettando. Un tizio si era avvicinato dopo non molto e Denis aveva deciso che ci sarebbe andato, ancora prima di guardarlo bene in faccia. Quello si era messo a parlare di sé, o forse di qualche film che Denis non aveva visto. Gli gridava nell'orecchio e lui non ascoltava una parola. L'aveva interrotto bruscamente dicendo andiamo in bagno. L'altro era ammutolito e poi aveva sorriso con dei brutti denti. Denis aveva pensato che era orribile, che aveva le sopracciglia quasi attaccate ed era vecchio, troppo vecchio, ma non importava.

Dentro il bagno il tizio gli aveva sollevato la maglietta sulla pancia e si era piegato in avanti per baciarlo, ma Denis l'aveva scansato. Si era inginocchiato e gli aveva sbottonato i pantaloni. L'altro aveva detto accidenti quanto corri, ma poi l'aveva lasciato fare. Denis aveva chiuso gli occhi e aveva cercato di finire in fretta.

Con la bocca non aveva ottenuto nulla e si era sentito un imbranato. Allora aveva usato le mani, tutte e due, con insistenza. Mentre quello veniva era venuto anche lui, dentro i vestiti. Era uscito dal bagno quasi di corsa, senza lasciare allo sconosciuto il tempo di rivestirsi. Il senso di colpa, lo stesso di sempre, l'aveva atteso appena dietro la porta del cesso e l'aveva investito come una secchiata d'acqua gelida.

Fuori dal locale aveva vagato per mezz'ora alla ricerca di una fontana, per levarsi di dosso quell'odore.

C'era tornato altre volte, nel locale. Ogni sera parlava con uno diverso e trovava sempre una scusa per non dire il proprio nome. Non era più andato con nessuno. Collezionava le storie di altri come lui, per lo più stava zitto e ascoltava. Lentamente aveva scoperto che le storie erano simili, che c'era un percorso comune da seguire e che il percorso prevedeva di immergersi, di andare sotto con tutta la testa fino a toccare il fondo e solo dopo di tornare su, a riprendere aria.

Ognuna di quelle persone aveva un amore marcito da solo nel cuore, come il suo per Mattia. Ognuno aveva avuto paura e molti ne avevano ancora, ma non quando erano lì, in mezzo ad altri che potevano capire, protetti dall'*ambiente*, come dicevano loro. Parlando con quegli sconosciuti Denis si sentiva meno solo e si domandava quando sarebbe arrivato il suo momento, il giorno in cui avrebbe toccato il fondo e quello in cui avrebbe finalmente tirato il fiato.

Una sera qualcuno gli aveva parlato dei lumini. Nell'ambiente chiamavano così la stradina dietro al cimitero monumentale, dove le uniche luci che arrivavano, fioche e tremolanti, erano quelle delle lapidi, che filtravano tra le sbarre del grande cancello del cimitero. Lì si andava a tentoni, era il posto adatto per svuotarsi del desiderio come di un peso, senza vedere o farsi vedere, solamente mettendo il proprio corpo a disposizione del buio.

Era stato ai lumini che Denis aveva toccato il suo fondo, c'aveva sbattuto contro con faccia, petto e ginocchia, come in un tuffo nell'acqua troppo bassa. Dopo quella volta non era più tornato al locale e si era rinchiuso, più ostinato di prima, nella propria negazione.

Poi, al terzo anno di università, era andato a studiare in Spagna. Lì, lontano dagli occhi appiccicosi della sua famiglia e dei suoi amici e da tutte le strade di cui conosceva i nomi, l'amore lo aveva trovato. Si chiamava Valerio ed era italiano come lui, giovane e spaventato a morte come lui. I mesi trascorsi insieme, in un piccolo appartamento a pochi isolati dalla Rambla, erano stati veloci e intensi e si erano portati via tutta quell'inutile cappa di sofferenza, come la prima serata limpida dopo giorni di pioggia battente.

Tornati in Italia si erano persi di vista, ma Denis non ne aveva sofferto. Con una fiducia tutta nuova, che mai più l'avrebbe abbandonato, si era lasciato andare ad altre storie, che sembravano averlo atteso per tutto quel tempo in fila e in ordine appena dietro l'angolo. Delle vecchie amicizie aveva conservato soltanto quella con Mattia. Si sentivano di rado, soprattutto per telefono, ed erano capaci di stare in silenzio per minuti interi, ognuno perso nei suoi pensieri, scanditi dal respiro ritmico e rassicurante dell'altro all'estremità opposta del filo.

Quando arrivò la telefonata, Denis si stava lavando i denti. A casa sua si rispondeva sempre dopo due squilli, il tempo necessario per raggiungere il telefono più vicino, da qualunque punto dell'appartamento ci si trovasse.

Sua madre gridò Denis è per te e lui se la prese comoda prima di andare a rispondere. Si sciacquò per bene la bocca, ci passò sopra l'asciugamano e diede ancora un'occhiata ai due incisivi superiori. Negli ultimi giorni aveva l'impressione che si stessero accavallando, per via dei denti del giudizio che spingevano sui lati.

«Pronto?»

«Ciao.»

Mattia non si presentava mai. Lo sapeva che la sua voce era inconfondibile per l'amico e pronunciare il suo nome lo infastidiva.

«Allora dottore, come va?» fece Denis, allegro. Non se l'era presa per la storia della laurea. Aveva imparato a rispettare il baratro che Mattia aveva scavato tutto intorno a sé. Anni prima aveva provato a saltarlo, quel baratro, e c'era cascato dentro. Ora si accontentava di sedersi sul ciglio, con le gambe a penzoloni nel vuoto. La voce di Mattia non smuoveva più nulla nel suo stomaco, ma l'idea di lui era presente e lo sarebbe stata sempre, come l'unico vero termine di paragone per tutto quello che era venuto dopo.

«Ti ho disturbato?» chiese Mattia.

«No. Io ti ho disturbato?» lo prese in giro Denis. «Ti ho chiamato io.»

«Appunto, allora dimmi: dalla voce direi che c'è qualcosa.»

Mattia rimase in silenzio. Qualcosa c'era, ce l'aveva lì, appiccicato alla lingua.

«Be'?» lo esortò Denis. «Questo qualcosa?»

Mattia espirò forte dentro la cornetta e Denis si accorse che faceva fatica a prendere fiato. Afferrò una penna che stava accanto al telefono e iniziò a giocherellarci, passandosela tra le dita della mano destra. Poi gli cadde e lui non si chinò per raccoglierla. Mattia ancora non parlava.

«Devo partire con le domande?» disse Denis. «Possiamo fare che tu...»

«Mi hanno offerto un posto all'estero» lo interruppe Mattia. «All'università. Una importante.»

«Uao» commentò Denis, per nulla stupito. «Sembra figo. E tu ci vai?»

«Non lo so. Dovrei andarci?»

Denis simulò una risata.

«Lo chiedi a me che l'università non l'ho neppure finita? Io c'andrei senz'altro. Cambiare aria fa sempre bene.»

Pensò di aggiungere "e poi cos'hai qui che ti trattiene?" ma non lo disse.

«È che l'altro giorno è successa una cosa» azzardò Mattia. «Il giorno che mi sono laureato.»

«Mmm.»

«C'era Alice e...»

«E?»

Mattia esitò un momento.

«Insomma, ci siamo baciati» buttò fuori alla fine.
Denis contrasse le dita attorno alla cornetta. Quella
reazione lo sorprese. Non era più geloso di Mattia,
non aveva senso, ma in quel momento fu come se un
rigurgito di passato gli fosse salito alla gola. Per un
attimo rivide Mattia e Alice entrare mano nella mano
nella cucina di Viola e sentì la lingua invadente di
Giulia Mirandi cacciata dentro la sua bocca come un
asciugamano arrotolato.

«Alleluja» commentò poi, cercando di apparire
contento. «Ce l'avete fatta.»

«Già.»

Nella pausa che seguì tutti e due ebbero voglia di
riagganciare.

«E quindi non sai che fare» disse Denis a fatica.

«Già.»

«Ma tu e lei adesso siete, come dire...»

«Non lo so. Non l'ho più vista.»

«Ah.»

Denis fece scorrere l'unghia dell'indice sul filo arrotolato del telefono. Dall'altra parte Mattia fece lo
stesso e come ogni volta gli venne in mente un'elica
di DNA, a cui mancava la gemella.

«Però i numeri ci sono dappertutto» disse Denis.
«Sono sempre gli stessi, no?»

«Sì.»

«Alice invece è solo qua.»

«Sì.»

«Allora hai già deciso.»

Denis sentì il respiro del suo amico farsi più lieve e
regolare.

«Grazie» disse Mattia.

«E di che?»

Mattia riagganciò. Denis rimase ancora qualche secondo con la cornetta attaccata all'orecchio, ad ascoltare il silenzio che c'era dentro. Qualcosa si spense

dentro di lui, come un ultimo tizzone rimasto vivo troppo a lungo sotto la cenere.

Ho detto la cosa giusta, pensò.

Poi partì il tu-tu del segnale di occupato. Denis riagganciò e tornò in bagno a controllare quei maledetti denti del giudizio.

27

«*¿Qué pasa, mi amorcito?*» domandò Soledad ad Alice, piegando appena la testa per catturare il suo sguardo. Da quando Fernanda era in ospedale mangiava seduta a tavola con loro, perché stare soli, padre e figlia uno di fronte all'altra, era insostenibile per entrambi.

Il padre di Alice aveva preso l'abitudine di non cambiarsi quando tornava dal lavoro. Cenava con addosso la giacca e la cravatta, appena un po' allentata, come se fosse sempre di passaggio. Teneva un giornale aperto sul tavolo e solo di tanto in tanto sollevava gli occhi, per assicurarsi che sua figlia stesse buttando giù almeno qualche boccone.

Il silenzio era diventato parte del pasto e disturbava soltanto Sol, che spesso ripensava ai pranzi chiassosi a casa di sua madre, quando era ancora piccolina e non si immaginava di finire così.

Alice non aveva nemmeno considerato la cotoletta e l'insalata nel suo piatto. Beveva acqua a piccoli sorsi, incrociando gli occhi verso il bicchiere appoggiato alle labbra, con la serietà con cui si prende una medicina. Scrollò le spalle e rivolse un sorriso rapidissimo a Sol.

«Niente» disse. «Non ho tanta fame.»

Suo padre voltò pagina nervosamente. Prima di

riappoggiare il giornale lo sprimacciò con foga e non poté fare a meno di buttare un occhio al piatto intatto della figlia. Non commentò e si rimise a leggere, prendendo un articolo qualunque da metà, senza afferrarne il senso.

«Sol?» chiese Alice.

«Sì?»

«Tuo marito come ti aveva conquistata? La prima volta, intendo. Che aveva fatto?»

Soledad smise per un momento di masticare. Poi ricominciò, più lentamente, per prendere tempo. La prima immagine che le passò per la testa non fu il giorno in cui aveva conosciuto suo marito. Ripensò invece a quella mattina in cui si era alzata tardi e aveva girato scalza per la casa, cercandolo. Negli anni tutti i ricordi del matrimonio si erano contratti in quei pochi istanti, come se il tempo passato con suo marito fosse stato solamente la preparazione di un finale. Quella mattina aveva guardato i piatti da lavare della sera prima e i cuscini fuori posto sul divano. Era tutto esattamente come l'avevano lasciato e i rumori nell'aria erano gli stessi di sempre. Eppure qualcosa, nella disposizione degli oggetti e nel modo in cui la luce ci rimaneva attaccata sopra, l'aveva fatta inchiodare al centro del soggiorno, sgomenta. E lì, con una chiarezza sconcertante, aveva pensato se n'è andato.

Soledad sospirò, fingendo la solita nostalgia.

«Lui mi portava a casa in bicicletta dal lavoro. Tutti i giorni veniva con la bicicletta» fece. «E poi mi ha regalato le scarpe.»

«Eh?»

«Delle scarpe. Bianche, con il tacco alto.»

Soledad sorrise e con pollice e indice mostrò la lunghezza del tacco.

«Erano molto belle» disse.

Il padre di Alice sbuffò e si sistemò sulla sedia, come se trovasse tutto questo intollerabile. Alice immaginò il marito di Sol che usciva dal negozio con la scatola delle scarpe sotto il braccio. Lo conosceva dalla foto che lei teneva appesa sopra la testiera del letto, con un rametto secco di ulivo infilato tra il chiodo e il gancio.

Per un attimo la sua testa si alleggerì, ma subito il pensiero tornò su Mattia, per restarci. Era passata una settimana e lui non aveva ancora chiamato.

Adesso ci vado, pensò.

Infilò in bocca una forchettata di insalata, come per dire a suo padre ecco ho mangiato. L'aceto le pizzicò lievemente le labbra. Si alzò da tavola che stava ancora masticando.

«Io devo uscire» disse.

Suo padre inarcò le sopracciglia, perplesso.

«E si può sapere dove vai a quest'ora?» domandò.

«Fuori» disse Alice, con sfida. Poi aggiunse: «Da un'amica» per smorzare il tono.

Suo padre scosse la testa come per dire fai un po' come vuoi. Per un istante Alice provò pena per lui, rimasto così solo dietro quel giornale. Le venne voglia di abbracciarlo e di raccontargli tutto e di chiedergli che cosa doveva fare, ma un attimo dopo lo stesso pensiero la fece rabbrividire. Si girò e puntò decisa verso il bagno.

Suo padre abbassò il giornale e con due dita si massaggiò le palpebre stanche. Sol si rigirò in testa il ricordo delle scarpe con il tacco alto ancora per qualche secondo, poi lo richiuse al suo posto e si alzò per sparecchiare.

Nel tragitto verso casa di Mattia, Alice tenne la musica alta ma se, una volta arrivata, qualcuno le avesse chiesto cosa stava ascoltando, non avrebbe saputo cosa rispondere. D'un tratto era furiosa ed era sicura che stava per rovinare tutto, ma non aveva più scelta. Quella sera, alzandosi da tavola, aveva superato il confine invisibile oltre il quale le cose cominciano ad andare da sole. Le era successo come sugli sci, quando aveva spostato il baricentro troppo in avanti di qualche insignificante millimetro, quel tanto che bastava per finire faccia a terra nella neve. A casa di Mattia era salita una volta sola e quell'unica volta si era fermata in soggiorno. Mattia era sparito in camera sua per cambiarsi e lei aveva fatto due chiacchiere piene di imbarazzo con sua madre. La signora Adele la guardava dal divano con un'aria stranita e vagamente preoccupata, come se i capelli di Alice stessero andando a fuoco, o qualcosa di simile, e non si era neppure ricordata di farla accomodare.

Alice suonò Balossino-Corvoli e il led di fianco al campanello si illuminò di rosso, come un ultimo avvertimento. Dopo qualche crepitio le rispose la madre di Mattia, con voce spaventata.

«Chi è?»

«Signora, sono Alice. Mi dispiace per l'ora, però... Mattia c'è?»

Dall'altra parte giunse un silenzio pensieroso. Alice si portò tutti i capelli davanti alla spalla destra, con la sgradevole impressione di essere osservata attraverso la lente del citofono. Poi il portoncino si aprì con uno scatto elettrico e prima di entrare lei sorrise alla telecamera, per ringraziare.

Nell'atrio vuoto del condominio i suoi passi echeggiarono con il ritmo di un battito cardiaco. La gamba cattiva sembrava aver perso vita del tutto, come se il cuore si fosse dimenticato di pomparle dentro sangue.

La porta dell'appartamento era socchiusa, ma sull'uscio non c'era nessuno ad accoglierla. Alice la spinse e chiese permesso. Mattia sbucò dal soggiorno e si fermò ad almeno tre passi da lei.

«Ciao» le fece, senza muovere le braccia.

«Ciao.»

Rimasero fermi a studiarsi per qualche secondo, come se non si conoscessero per niente. Mattia aveva accavallato l'alluce sopra il secondo dito del piede, dentro la ciabatta, e schiacciandoli uno sull'altro e contro il pavimento sperava di poterli sbriciolare.

«Scusa se sono...»

‹ Vieni di là?» la interruppe Mattia con una voce automatica.

Alice si voltò per chiudere la porta e la maniglia arrotondata di ottone le scivolò dal palmo sudato. La porta sbatté, facendo tremare gli infissi, e Mattia fu percorso da un brivido di insofferenza.

Cosa ci fa qui?, pensò.

Era come se l'Alice di cui stava parlando a Denis appena qualche minuto prima non fosse la stessa che gli era piombata in casa senza avvisare. Cercò di ripulirsi la mente da questo pensiero ridicolo, ma quel senso di fastidio gli rimase in bocca come una specie di nausea.

Pensò alla parola braccato. Poi pensò a quando suo padre lo trascinava sul tappeto e lo metteva in prigione tra le sue braccia enormi. Gli faceva il solletico sulla pancia e sui fianchi e a lui veniva da ridere, rideva così forte da non riuscire più a respirare.

Alice lo seguì in salotto. I genitori di Mattia aspettavano in piedi, come un piccolo comitato di benvenuto.

«Buonasera» li salutò, stringendosi nelle spalle.

«Ciao Alice» le rispose Adele, ma non si mosse di un passo da dov'era.

Pietro, invece, si avvicinò e inaspettatamente le accarezzò i capelli.

«Ti fai sempre più bella» disse. «Come sta la tua mamma?»

Adele, dietro le spalle del marito, teneva su un sorriso paralizzato e si morse le labbra per non averlo chiesto lei.

Alice arrossì.

«Il solito» disse, per non sembrare patetica. ⸌Se la cava.»

«Falle tanti auguri da parte nostra» disse Pietro.

Poi rimasero tutti e quattro senza parole. Il padre di Mattia sembrava vedere qualcosa attraverso Alice e lei cercava di distribuire il peso uniformemente sulle gambe, per non sembrare storpia. Realizzò che sua madre non avrebbe mai conosciuto i genitori di Mattia e un po' le spiacque, ma ancora di più le spiacque di essere l'unica a pensare a una cosa del genere.

⸌Andate pure di là» fece Pietro, infine.

Alice gli passò accanto abbassando la testa dopo aver sorriso ancora una volta a Adele. Mattia la aspettava già in camera sua.

«Chiudo?» chiese Alice una volta dentro, indicando la porta. Il coraggio le era venuto meno tutto insieme.

«Mm-mm.»

Mattia si sedette sul letto, con le mani incrociate sulle ginocchia. Alice si guardò intorno nella piccola stanza. Gli oggetti che la riempivano sembravano non essere mai stati toccati da nessuno, sembravano articoli esposti con cura e calcolo nella vetrina di un negozio. Non vi era nulla di inutile, non una foto appesa o un pupazzo conservato dall'infanzia a mo' di feticcio, nulla che spargesse nell'aria quell'odore di familiarità e affezione che di norma hanno le stanze degli adolescenti. Con tutto quel disordine che aveva nel corpo e nella testa, Alice si sentì fuori luogo.

175

«Hai una bella camera» disse, senza pensarlo veramente.

«Grazie» rispose Mattia.

C'era una bolla gigante di cose da dire che galleggiava sopra le loro teste e tutti e due cercavano di ignorarla guardando in giù.

Alice scivolò con la schiena lungo l'armadio e si sedette per terra, con il ginocchio funzionante contro il petto. Si sforzò di sorridere.

«Allora, come ci si sente da laureati?»

Mattia alzò le spalle e sorrise appena appena.

«Uguali identici a prima.»

«Tu non ci riesci proprio a essere contento, eh?»

«Sembra di no.»

Alice fece filtrare un mmm affettuoso tra le labbra chiuse e pensò che quell'imbarazzo tra di loro non aveva alcun senso e tuttavia era lì, solido e inespugnabile.

«Eppure di cose te ne sono successe ultimamente» disse.

«Sì.»

Alice pensò se buttarla lì oppure no. Poi lo disse, senza più un goccio di saliva in bocca.

«Anche qualcosa di bello, no?»

Mattia contrasse le gambe.

Ci siamo, pensò.

«In effetti sì» disse.

Sapeva esattamente cosa doveva fare. Doveva alzarsi e andarsi a sedere vicino a lei. Doveva sorridere, guardarla negli occhi e baciarla. Tutto lì, era solo meccanica, una banale sequenza di vettori per portare la sua bocca a coincidere con quella di lei. Poteva farlo anche se in quel momento non ne aveva voglia, poteva affidarsi alla precisione dei gesti.

Fece per alzarsi, ma in qualche modo il materasso lo trattenne dov'era, come un pantano colloso.

Un'altra volta Alice agì al posto suo.

«Posso venire lì?» gli chiese.

Lui annuì e, senza che ce ne fosse bisogno, si fece un po' da parte.

Alice si alzò in piedi, aiutandosi con le mani.

Sul letto, nello spazio che Mattia aveva lasciato libero, c'era un foglio aperto, scritto a macchina e piegato in tre parti a fisarmonica. Alice lo prese in mano per spostarlo e notò che era scritto in inglese.

«Cos'è?» fece.

«Mi è arrivata oggi. È la lettera di un'università.»

Alice lesse il nome della città, scritto in neretto nell'angolo in alto a sinistra, e i caratteri le si offuscarono sotto gli occhi.

«Che dice?»

«Mi hanno offerto una borsa.»

Alice provò una vertigine e il panico le sbiancò il viso di colpo.

«Uao» mentì. «E per quanto tempo?»

«Quattro anni.»

Lei deglutì. Era ancora in piedi.

«E tu ci vai?» domandò sottovoce.

«Non lo so ancora» disse Mattia, quasi scusandosi. «Secondo te?»

Alice rimase in silenzio, con il foglio tra le mani e lo sguardo perso in qualche punto della parete.

«Secondo te?» ripeté Mattia, come se lei potesse davvero non averlo sentito.

«Secondo me, cosa?» La voce di Alice si era d'un tratto indurita, al punto da far quasi sobbalzare Mattia. Per qualche motivo lei pensò a sua madre all'ospedale, rintronata dai farmaci. Guardò il foglio senza espressione e le venne voglia di strapparlo.

Invece lo posò di nuovo sul letto, dove avrebbe dovuto sedersi.

«Sarebbe importante per la mia carriera» si giustificò Mattia.

Alice annuì seria, con il mento in avanti, come se avesse in bocca una pallina da golf.

«Bene. E allora cosa aspetti? Corri. Tanto qui non c'è nulla che ti interessi, mi pare» disse a denti stretti.

Mattia sentì le vene del collo gonfiarsi. Forse stava per piangere. Da quel pomeriggio al parco il pianto lo sentiva sempre lì, come un bolo difficile da ingoiare, come se quel giorno i suoi condotti lacrimali, rimasti otturati per così tanto tempo, si fossero finalmente aperti e tutta quella roba accumulata avesse iniziato a spingere per uscire.

«Ma se io andassi via» attaccò, con la voce un po' tremante. «Tu mi...» Si bloccò.

«Io?» Alice lo fissò dall'alto, come una macchia sul copriletto. «Io i prossimi quattro anni me li ero immaginati diversamente» disse. «Io ho ventitré anni e una madre che sta per morire. Io...» Scosse la testa. «Tanto non te ne importa nulla. Pensa pure alla tua carriera.»

Era la prima volta che usava la malattia di sua madre per colpire qualcuno e tutto sommato non se ne pentì. Vide Mattia rimpicciolire di fronte ai suoi occhi.

Lui non ribatté nulla e ripassò mentalmente le istruzioni per respirare.

«Comunque non preoccuparti» continuò Alice. «Tanto qualcuno a cui importa l'ho trovato. Anzi, ero venuta qui per dirtelo.» Fece una pausa, in cui non pensò a niente. Di nuovo le cose stavano andando da sole, di nuovo ruzzolava per il dirupo e si dimenticava di puntare i bastoncini per frenare. «Si chiama Fabio, è un dottore. Non volevo che tu... Insomma.»

Pronunciò quella formula come un'attricetta, con una voce che non era sua. Sentì le parole graffiarle la lingua come sabbia. Mentre le diceva, studiò l'espressione di Mattia, per cogliere un accenno di delusione e potercisi aggrappare, ma i suoi occhi erano troppo

scuri per distinguere il guizzo che li accese. Fu certa
che non gliene importasse nulla e lo stomaco le si ri-
voltò come un sacchetto di plastica.

«Io vado via» disse piano, esausta.

Mattia annuì, guardando verso la finestra chiusa,
per eliminare del tutto Alice dal suo campo visivo.
Quel nome, Fabio, piovuto dal cielo da chissà dove,
gli si era piantato in testa come una scheggia e lui voleva solo che Alice se ne andasse.

Vide che fuori la serata era limpida e doveva tirare
un vento caldo. I pollini opachi dei pioppi, svolaz-
zanti sotto la luce dei lampioni, sembravano dei grossi insetti senza zampe.

Alice aprì la porta e lui si alzò. L'accompagnò fino
all'ingresso, seguendola a due passi di distanza. Lei
controllò distrattamente dentro la borsa di avere tutto, per guadagnare ancora un momento. Poi mormorò okay e uscì. Prima che le porte dell'ascensore si
richiudessero, Alice e Mattia si scambiarono un ciao
che non significava nulla.

28

I genitori di Mattia stavano guardando la televisione. Sua madre teneva le ginocchia rannicchiate sotto la camicia da notte. Suo padre aveva le gambe distese, incrociate sul tavolino basso di fronte al divano e il telecomando appoggiato su una coscia. Alice non aveva risposto al loro saluto, pareva non essersi nemmeno accorta che fossero lì.

Mattia parlò restando dietro lo schienale del divano.

«Ho deciso di accettare» disse.

Adele si portò una mano alla guancia e cercò gli occhi del marito, smarrita. Il padre di Mattia si voltò appena e guardò suo figlio come si guarda un figlio adulto.

«Bene» fece.

Mattia tornò in camera sua. Raccolse il foglio dal letto e si sedette alla scrivania. Riusciva a sentirlo, poteva percepire l'universo che si espandeva, che accelerava sotto i suoi piedi e per un momento sperò che quel tessuto elastico si squarciasse e lo lasciasse precipitare.

A tentoni cercò l'interruttore della lampada e l'accese. Scelse la più lunga tra le quattro matite allineate una accanto all'altra, pericolosamente vicine al bordo della scrivania. Dal secondo cassetto prese il temperino e si chinò a temperare nel cestino. Soffiò via la

segatura sottile rimasta depositata sull'estremità co-
nica della matita. Un foglio pulito era già pronto di
fronte a lui.

Mise la mano sinistra sul foglio, con il dorso verso
l'alto e le dita bene aperte. Ci fece scivolare sopra la
punta affilatissima di grafite. Indugiò un secondo,
pronto a conficcarla nella confluenza delle due grosse vene alla base del dito medio. Poi la allontanò, lentamente, e respirò a fondo.

Sul foglio scrisse *To the kind attention of the Dean*.

29

Fabio l'aveva attesa sull'uscio, con le luci del pianerottolo, dell'ingresso e del soggiorno tutte accese.
Mentre prendeva dalle sue mani il sacchetto di plastica con dentro la vaschetta di gelato, le aveva chiuso
le dita tra le sue e l'aveva baciata su una guancia, come se fosse la cosa più naturale da fare. Le aveva detto questo vestito ti sta benissimo perché lo pensava
sul serio e poi era tornato ai fornelli a occuparsi della
cena, ma senza smettere di guardarla.

Lo stereo suonava della musica che Alice non conosceva e che non era lì per essere ascoltata, ma solamente per completare uno scenario perfetto e per
nulla casuale. C'erano due candele accese, il vino
già aperto e la tavola apparecchiata ordinatamente
per due, con le lame dei coltelli girate all'interno,
che volevano dire che l'ospite era gradito, come sua
mamma le aveva insegnato da piccola. C'era una tovaglia bianca senza grinze e i tovaglioli erano pie-
gati a triangolo, con i bordi perfettamente comba-
cianti.

Alice si era seduta a tavola e aveva contato i piatti
vuoti impilati uno sull'altro per capire quanto ci fosse
da mangiare. Quella sera, prima di uscire, era rimasta
a lungo chiusa in bagno a fissare gli asciugamani che
Soledad cambiava tutti i venerdì. Nel mobiletto con il

piano in marmo aveva trovato l'astuccio dei trucchi di sua madre e li aveva usati. Si era truccata nella penombra e, prima di passarsi il rossetto sulle labbra, ne aveva annusato la punta. L'odore non le aveva ricordato nulla.

Si era concessa la ritualità di provare quattro vestiti diversi, anche se dall'inizio, se non dal giorno prima, aveva deciso per quello che aveva messo alla cresima del figlio di Ronconi, quello che suo padre aveva definito quanto meno inappropriato per l'occasione, perché le lasciava la schiena scoperta fin sotto le costole e le braccia completamente nude.

Ancora scalza, con addosso l'abitino azzurro, la cui scollatura sulla pelle chiara sembrava un sorriso di soddisfazione, Alice era scesa in cucina da Sol e l'aveva supplicata di un parere, con un movimento apprensivo delle sopracciglia. Sei uno splendore, aveva detto lei. L'aveva baciata sulla fronte e Alice si era preoccupata che le fosse colato del trucco.

In cucina Fabio si muoveva con agilità e al tempo stesso con l'eccessiva cautela di chi sa di essere osservato. Alice sorseggiava il vino bianco che lui le aveva versato e l'alcol produceva delle piccole esplosioni nel suo stomaco, vuoto da almeno venti ore. Il calore si diramava nelle arterie, poi saliva lentamente fino alla testa e sciacquava via il pensiero di Mattia, come il mare di sera, quando si riprende la spiaggia.

Seduta al tavolo, Alice valutò attentamente la sagoma di Fabio, la linea netta che ne separava i capelli castani dal collo, il bacino non molto stretto e le spalle un po' gonfie sotto la camicia. Si lasciò andare al pensiero di come ci si dovesse sentire sicuri immobilizzati tra le sue braccia, senza più alcuna possibilità di scegliere.

Aveva accettato il suo invito perché l'aveva detto a Mattia e perché, adesso ne era sicura, non ci sarebbe mai stato per lei nulla di più simile all'amore di ciò che poteva trovare lì.

Fabio aprì il frigo e da un panetto di burro tagliò un pezzo che secondo Alice era di almeno ottanta-novanta grammi. Lo buttò nella padella per mantecare il risotto e quello si sciolse, liberando tutti i suoi grassi saturi e animali. Spense la fiamma e girò il risotto con un cucchiaio di legno, per un paio di minuti ancora.

«Ci siamo» disse.

Si asciugò le mani in un canovaccio che pendeva da una sedia e si voltò verso il tavolo, con in mano la padella.

Alice gettò uno sguardo terrorizzato al contenuto.

«Per me pochissimo» disse, facendo il gesto di un pizzico con le dita, appena prima che lui le versasse nel piatto una mestolata di quella poltiglia ipercalorica.

«Non ti piace?»

«No» mentì Alice. «È che sono allergica ai funghi. Però lo assaggio.»

Fabio sembrò deluso e rimase con la padella a mezz'aria. Perse addirittura un po' di colorito.

«Accidenti, mi spiace molto. Io non lo sapevo.»

«Non importa. Veramente» gli sorrise Alice.

«Se vuoi posso...» continuò lui.

Alice lo fece tacere prendendogli una mano. Fabio la guardò come un bambino guarda un regalo.

«Posso assaggiarlo, però» fece Alice.

Fabio scosse la testa con convinzione.

«Assolutamente no. E se poi ti fa male?»

Si portò via la padella e ad Alice scappò un sorriso. Per una buona mezz'ora rimasero a parlare di fronte ai piatti vuoti e Fabio dovette aprire un'altra bottiglia di bianco.

Alice aveva la piacevole sensazione di perdere un pezzo di sé a ogni sorso. Percepiva tutta l'inconsistenza del proprio corpo e al tempo stesso la presenza massiccia di quello di Fabio, seduto di fronte a lei, con i gomiti appoggiati al tavolo e le maniche della camicia arrotolate a metà avambraccio. Il pensiero di Mattia, così incessante nelle ultime settimane, vibrava debolmente nell'aria come una corda di violino leggermente allentata, una nota dissonante persa nel mezzo di un'orchestra.

«Be', possiamo consolarci con il secondo» disse Fabio.

Alice si sentì mancare. Aveva sperato che fosse finita lì. Invece Fabio si alzò da tavola ed estrasse dal forno una teglia con due pomodori, due melanzane e due peperoni gialli, ripieni di una roba che sembrava carne trita mischiata con del pan grattato. La composizione di colori era allegra, ma Alice pensò subito alla dimensione esorbitante di quelle verdure e le immaginò, tutte intere com'erano, piazzate al centro del suo stomaco, come sassi al fondo di uno stagno.

«Scegli tu» la invitò Fabio.

Alice si morse il labbro. Poi indicò timidamente il pomodoro e lui lo trasferì nel suo piatto, usando una forchetta e un coltello a mo' di pinza.

«Poi?»

«Basta così» fece Alice.

«Non esiste. Non hai mangiato nulla. Con tutto quello che hai bevuto!»

Alice lo guardò dal basso e per un attimo lo detestò profondamente, come detestava suo padre, sua madre, Sol e chiunque le avesse mai contato le cose nel piatto.

«Quella» si arrese, indicando la melanzana.

Fabio prese per sé una verdura per tipo e prima di attaccarle le guardò con soddisfazione. Alice assaggiò il ripieno, infilandoci appena la punta della forchetta. Oltre alla carne riconobbe subito uova, ricotta e parmigiano e calcolò in fretta che non le sarebbe bastato un giorno di digiuno completo per compensare.

«Ti piace?» le domandò Fabio, sorridente e con la bocca mezza piena.

«Buonissimo» rispose lei.

Si fece coraggio e addentò un boccone di melanzana. Ricacciò in fondo la nausea e andò avanti, un morso dopo l'altro e senza dire una parola. Finì tutta la melanzana e, non appena poggiò la forchetta a lato del piatto, l'assalì la voglia di vomitare. Fabio parlava e le versava ancora del vino. Alice annuiva e a ogni movimento sentiva la melanzana ballare su e giù per lo stomaco.

Fabio aveva già spazzolato tutto, mentre nel piatto di Alice c'era ancora il pomodoro, rosso e gonfio di quel miscuglio nauseante. Se l'avesse fatto a pezzettini e nascosto nel tovagliolo lui se ne sarebbe senz'altro accorto perché non c'era nulla a ripararla oltre alle candele, che si erano già accorciate di metà.

Poi, come una benedizione, finì anche la seconda bottiglia di vino e Fabio si alzò a fatica dal tavolo per prenderne una terza. Si tenne la testa fra le mani e le disse ad alta voce fermati ti prego fermati. Alice rise. Fabio guardò in frigo e aprì tutti i pensili, ma non trovò un'altra bottiglia.

«Mi sa che i miei le hanno fatte fuori tutte» disse. «Devo scendere in cantina.»

Scoppiò a ridere senza motivo e Alice rise dietro di lui, anche se ridere le faceva male alla pancia.

«Tu non ti muovere di qui» le ordinò lui, puntandole un dito alla fronte.

«Okay» rispose Alice e l'idea le venne subito.

Non appena Fabio fu fuori, prese il pomodoro unticcio con due dita e lo portò in bagno, tenendolo ben distante dal naso perché non ne sopportava più l'odore. Si chiuse dentro a chiave, alzò la tavoletta e il gabinetto pulito le sorrise come dicendole lascia fare a me.

Alice esaminò il pomodoro. Era grande, forse andava fatto a pezzetti, ma era anche un po' molle e lei si disse chissenefrega e lo buttò dentro così. Quello fece un plof e per poco uno schizzo d'acqua non le bagnò il vestito azzurro. Il pomodoro si adagiò sul fondo e sparì per metà nello scarico.

Azionò lo sciacquone e l'acqua venne giù come una pioggia salvifica ma, invece di sparire nel buco, iniziò a riempire la tazza e un gorgoglio poco rassicurante salì dal fondo del cesso.

Alice si tirò indietro spaventata e la gamba marcia vacillò, facendola quasi finire per terra. Guardò il livello dell'acqua salire e salire e poi fermarsi di colpo.

Partì il rumore del sifone. La tazza era piena fino all'orlo. La superficie dell'acqua trasparente tremava appena e in fondo, immobile, c'era il pomodoro incastrato nello stesso punto di prima.

Alice rimase a guardarlo per almeno un minuto, atterrita dal panico e insieme stranamente incuriosita. La risvegliò il rumore della chiave che girava nella serratura dell'ingresso. Allora prese in mano lo spazzolone e lo immerse nell'acqua, con il viso contratto in una smorfia di disgusto. Il pomodoro non ne voleva sapere di muoversi.

«E adesso che faccio?» sussurrò a se stessa.

Poi, quasi inconsapevolmente, azionò di nuovo lo scarico e questa volta l'acqua iniziò a strabordare e ad allargarsi sul pavimento in uno strato sottile, fino a lambire le scarpe eleganti di Alice. Lei provò a far risalire la leva dello sciacquone, ma l'acqua continuava a scorrere e a uscire fuori e, se Alice non avesse messo il tappetino di traverso, sarebbe arrivata fino alla porta e da lì nell'altra stanza.

Dopo parecchi secondi lo scarico smise di nuovo. Il

pomodoro era sempre là sotto, intatto. Il lago sul pavimento non si espandeva più. Una volta Mattia le aveva spiegato che c'è un punto esatto in cui l'acqua smette di allargarsi, quando la tensione superficiale è diventata così forte da tenerla insieme, come una pellicola.

Alice guardò lo sfacelo che aveva combinato. Chiuse il coperchio del water, come arrendendosi al disastro e ci si sedette sopra. Si portò le mani sugli occhi chiusi e si mise a piangere. Piangeva per Mattia, per sua madre, per suo padre, per tutta quell'acqua, ma soprattutto per sé. Sottovoce chiamò Mattia, come cercando il suo aiuto, ma il nome le rimase sulle labbra, inconsistente e appiccicoso.

Fabio bussò alla porta del bagno e lei non si mosse.

«Ali, tutto bene?»

Alice poteva vedere la sua sagoma attraverso il vetro smerigliato della porta. Tirò su con il naso, ma senza farsi sentire, e si schiarì la voce per camuffare il pianto.

«Sì sì» disse. «Un attimo solo e arrivo.»

Si guardò intorno spaesata, come se non sapesse davvero come c'era finita, in quel bagno. La tazza gocciolava sul pavimento in almeno tre punti diversi e Alice sperò, per un istante, di poter annegare in quei pochi millimetri d'acqua.

Messa a fuoco
(2003)

30

Si era presentata nello studio di Marcello Crozza una mattina alle dieci e, fingendo una determinazione che le era costata tre giri dell'isolato, aveva detto voglio imparare il mestiere potrebbe prendermi come apprendista? Crozza, che stava seduto alla macchina per lo sviluppo, aveva annuito. Poi si era voltato e, guardandola dritto negli occhi, aveva detto non posso pagarti per il momento. Non se l'era sentita di dirle lascia perdere, perché la stessa cosa l'aveva fatta lui molti anni prima e il ricordo di quella trepidazione era tutto ciò che gli era rimasto della passione per la fotografia. Nonostante tutte le delusioni, quella sensazione non l'avrebbe negata a nessuno.

Per lo più si trattava di foto delle vacanze. Famiglie di tre o quattro persone, al mare o nelle città d'arte, abbracciati al centro di piazza San Marco o sotto la Tour Eiffel, con i piedi tagliati e sempre nella stessa identica posa. Fotografie scattate con macchine automatiche, sovraesposte o fuori fuoco. Alice non le guardava nemmeno più: le sviluppava e poi le infilava tutte insieme nella busta di carta con il logo giallo e rosso della Kodak.

Per lo più si trattava di stare in negozio, di ricevere rullini da ventiquattro o trentasei, chiusi nel loro barattolino di plastica, di segnare il nome del cliente sul talloncino e dirgli saranno pronte domani, di battere scontrini e dire grazie a lei, arrivederci.

A volte, il sabato, c'erano i matrimoni. Crozza passava a prenderla a casa alle nove meno un quarto, sempre con lo stesso vestito e senza la cravatta, che in fondo lui era il fotografo, mica un invitato. In chiesa c'erano da montare i due faretti e, una delle prime volte, Alice ne aveva fatto cadere uno e quello si era frantumato sui gradini dell'altare e lei aveva guardato Crozza terrorizzata. Lui aveva fatto una smorfia come se uno dei pezzi di vetro gli si fosse piantato in una gamba, ma poi aveva detto non fa niente, levalo di lì.

Le voleva bene e non sapeva perché. Forse perché di figli non ne aveva, oppure perché da quando in negozio c'era Alice, lui alle undici poteva andare al bar e controllare i numeri dell'Enalotto e quando tornava in negozio lei gli sorrideva e gli chiedeva allora siamo ricchi? Forse perché aveva quella gamba storta e le mancava la madre come a lui mancava una moglie e le mancanze si assomigliano un po' tutte. Oppure perché era sicuro che lei si sarebbe presto stancata e la serranda, la sera, l'avrebbe di nuovo tirata giù lui da solo e poi se ne sarebbe tornato verso casa dove non c'era nessuno, con la testa vuota eppure così pesante.

Invece, dopo un anno e mezzo, Alice era ancora lì. Adesso che aveva le chiavi, al mattino arrivava prima di lui e Crozza la trovava sul marciapiede di fronte al negozio che spazzava, insieme alla signora dell'alimentari a fianco, a cui lui non aveva mai rivolto più di un buongiorno. La pagava in nero, cinquecento euro al mese, ma se facevano insieme i matrimoni, quando a fine giornata erano sotto il portone di casa Della Rocca con il motore della Lancia acceso, prendeva il portafoglio dal cruscotto, le allungava un cinquanta extra e le diceva ci vediamo lunedì.

A volte Alice gli portava i suoi scatti e gli chiedeva un parere, anche se ormai era chiaro a entrambi che lui non aveva più nulla da insegnarle. Si sedevano al banco e Crozza guardava le fotografie, sollevandole verso la luce, e poi le dava qualche dritta sul tempo di esposizione o su come sfruttare meglio l'otturatore. Lasciava che lei usasse la sua Nikon quando le pareva e, segretamente, aveva deciso che gliel'avrebbe regalata, il giorno che lei fosse andata via.

«Sabato ci sposiamo» disse Crozza. Era la sua formula per dire che avevano un ingaggio.

Alice si stava infilando il giubbotto di jeans. Fabio sarebbe passato a prenderla a momenti.

«Okay» fece. «E dove?»

«In Gran Madre. Poi ricevimento in una villa privata in collina. Roba da ricchi» commentò Crozza, con un filo di disprezzo. Poi se ne pentì, perché lo sapeva che anche Alice veniva da lì.

«Mm-mm» mormorò lei. «Sai chi sono?»

«Hanno mandato la partecipazione. L'ho messa lì, da qualche parte» fece Crozza, indicando il ripiano del banco sotto la cassa.

Alice cercò un elastico dentro la borsa e si legò i capelli. Crozza la sbirciò da dove si trovava. Una volta si era masturbato pensando a lei, inginocchiata nella penombra del negozio dopo che avevano abbassato la serranda, ma poi si era sentito così male che non aveva cenato e il giorno dopo l'aveva mandata a casa dicendole oggi sei in vacanza, non voglio nessuno fra i piedi.

Alice frugò tra i fogli impilati sotto il banco, più per ingannare l'attesa che per vero interesse. Trovò la busta della partecipazione, rigida e di grande formato. La aprì e il nome saltò fuori dalla pagina, nel suo corsivo dorato e pieno di svolazzi.

Ferruccio Carlo Bai e Maria Luisa Turletti Bai annunciano il matrimonio della figlia Viola... Lo sguardo le si offuscò prima di andare oltre. Alice sentì in bocca un sapore metallico. Deglutì e fu come mandare giù un'altra volta la gelatina dello spogliatoio. Richiuse la busta e la sventolò per un po', pensierosa.

«Posso andarci da sola?» azzardò alla fine, continuando a dare le spalle a Crozza.

Lui richiuse il cassetto del registratore di cassa con un tlin traballante.

«Cosa?» domandò.

Alice si voltò e aveva gli occhi spalancati e accesi di qualcosa e a Crozza venne da sorridere per quanto erano belli.

«Ormai ho imparato, no?» fece Alice, avvicinandosi. «Posso farlo. Altrimenti non saprò mai sbrigarmela da sola.»

Crozza la guardò con sospetto. Lei si appoggiò con i gomiti sul banco, proprio di fronte a lui e si sporse con il busto. Gli stava a meno di una spanna dal naso e quel brillio nel suo sguardo lo implorava di dire sì e di non chiederle spiegazioni.

«Non so se...»

«Ti prego» lo interruppe Alice.

Crozza si accarezzò il bordo dell'orecchio e fu costretto a distogliere lo sguardo.

«E va bene» cedette. Non capì neppure lui perché gli venne da dirlo sottovoce. «Però niente cazzate.»

«Promesso» annuì Alice, facendo sparire in un sorriso le sue labbra trasparenti.

Poi si spinse in avanti sui gomiti e gli diede un bacio, che a Crozza fece il solletico sulla barba di tre giorni.

«Vai vai» le disse lui, facendole segno con la mano. Alice rise e il suono della sua risata si sparpagliò nell'aria mentre usciva, con quel passo cadenzato e sinuoso e tutto suo.

Quella sera Crozza rimase un po' di più nel negozio, a fare niente. Guardava gli oggetti e li avvertiva più presenti, come molti anni prima, quando erano loro a cercarlo per farsi fotografare.

Estrasse la macchina dalla borsa, dove Alice la riponeva sempre, dopo aver pulito per bene tutte le lenti e le meccaniche. Montò il tele e puntò sul primo oggetto che gli venne a tiro, il portaombrelli a fianco dell'entrata. Ne ingrandì una parte del bordo arrotondato finché non sembrò qualcos'altro, come il cratere di un vulcano spento. Poi non scattò.

Mise via la macchina, prese la giacca, spense le luci e uscì. Chiuse la serranda con il lucchetto e si avviò nella direzione opposta alla solita. Non riusciva a togliersi un sorriso stupido dalla faccia e di andare a casa proprio non ne aveva voglia.

La chiesa era addobbata con due mazzi enormi di calle e margherite, disposti ai lati dell'altare, e con decine di copie in miniatura degli stessi mazzi, a fianco di ogni banco. Alice montò i faretti e sistemò il pannello riflettente. Poi si sedette ad aspettare, in prima fila. Una signora stava passando l'aspirapolvere sul tappeto rosso che Viola avrebbe percorso da lì a un'ora. Alice pensò a quando lei e Viola si erano sedute sulla ringhiera a parlare. Non si ricordava il discorso, ma solo il posto da cui la guardava rapita, un posto in ombra, appena dietro i suoi occhi, un posto pieno di pensieri aggrovigliati, che aveva tenuto nascosti anche quella volta.

Nel giro di mezz'ora tutti i banchi vennero occupati e la gente che continuava a entrare si accumulò in fondo, dove rimaneva in piedi, a sventagliarsi con il foglio della liturgia.

Alice uscì e attese sul selciato l'arrivo della macchina con la sposa. Il sole alto le scaldava le mani e sembrava passarci attraverso. Da piccola le piaceva osservare i palmi in controluce, orlati di rosso tra le dita chiuse. Una volta l'aveva mostrato a suo padre e lui le aveva baciato i polpastrelli, facendo finta di mangiarseli.

Viola arrivò a bordo di una Porsche grigia tirata a lucido e l'autista dovette aiutarla a uscire e a raccogliere lo strascico ingombrante. Alice prese a scattare forsennatamente, più che altro per nascondere il volto dietro la macchina. Poi, quando la sposa le passò accanto, la abbassò di proposito e le sorrise.

Si guardarono solo per un attimo e Viola ebbe un sussulto. Alice non riuscì a studiarne l'espressione, che la sposa l'aveva già superata e stava entrando in chiesa a braccetto con suo padre. Alice, chissà perché, se l'era sempre immaginato più alto.

Fu attenta a non perdere neppure un momento. Fece diversi primi piani ai due sposi e alle loro famiglie. Immortalò lo scambio degli anelli, la lettura della promessa, la comunione, il bacio e le firme dei testimoni. Era l'unica a muoversi in tutta la chiesa. Le sembrava, quando si sporgeva verso Viola, che lei si irrigidisse leggermente nelle spalle. Aumentò ancora il tempo di esposizione, per ottenere quello sfumato che secondo Crozza faceva tanto eternità.

Mentre gli sposi uscivano dalla chiesa, Alice li precedeva, zoppicando all'indietro e un po' chinata per non alterarne la statura con una prospettiva dal basso. Attraverso l'obiettivo si accorse che Viola la guardava con un mezzo sorriso spaventato, come se fosse l'unica in grado di vedere un fantasma. Alice le fece esplodere il flash in faccia a intervalli regolari, per una quindicina di volte, finché la sposa non fu costretta a strizzare gli occhi.

Li guardò salire in macchina e Viola le lanciò un'occhiata da dietro il finestrino. Di sicuro avrebbe subito detto a suo marito di lei, di come fosse strano essersela trovata lì. L'avrebbe descritta come l'anoressica della sua classe, quella zoppa, una che lei non aveva mai frequentato. Non gli avrebbe detto della caramella, della festa e di tutto il resto. Alice sorrise al pensiero che quella potesse essere la loro prima mezza verità di sposi, la prima delle minuscole crepe che si formano in un rapporto, dove presto o tardi la vita riesce a infilare un grimaldello e fare leva.

«Signorina, gli sposi l'aspettano sul lungofiume per le foto» disse una voce alle sue spalle.

Alice si voltò e riconobbe uno dei testimoni.

«Certo. Adesso li raggiungo» rispose.

Entrò velocemente in chiesa per smontare l'attrezzatura. Stava ancora disponendo i vari pezzi della macchina fotografica nella borsa rettangolare, quando si sentì chiamare.

«Alice?»

Si voltò, già sicura di chi avesse parlato.

«Sì?»

In piedi, davanti a lei, c'erano Giada Savarino e Giulia Mirandi.

«Ciao» le fece Giada strascicando di molto la o finale e avvicinandosi per baciarla sulle guance.

Giulia rimase indietro, con lo sguardo ad altezza piedi, come al liceo.

Alice sfiorò appena la guancia di Giada con la sua, senza schiudere le labbra.

«Ma che cosa ci fai qui?» squittì Giada.

Alice pensò che era una domanda stupida e le venne da sorridere.

«Faccio le foto» rispose.

Giada commentò la risposta con un sorriso, mostrando le stesse fossette che aveva a diciassette anni.

Era strano trovarsele lì, ancora vive, con il loro pezzetto di passato in comune, che all'improvviso non contava più nulla.

«Ciao Giulia» si sforzò di dire Alice.

Giulia le sorrise e fece uscire le parole a fatica.

«Abbiamo saputo di tua madre» disse. «Ci dispiace molto.»

Giada fece segno di sì con la testa, ripetutamente, per mostrare la sua partecipazione.

«Già» rispose Alice. «Grazie.»

Poi riprese a sistemare le cose in fretta. Giada e Giulia si guardarono.

«Ti lasciamo lavorare» le disse Giada sfiorandole una spalla. «Sei molto impegnata.»

«Okay.»

Si voltarono e camminarono verso l'uscita e il battito secco dei tacchi rimbalzò sulle pareti della chiesa ormai vuota.

Gli sposi l'aspettavano all'ombra di un grande albero e non erano abbracciati. Alice parcheggiò a fianco della loro Porsche e scese con la borsa a tracolla. Faceva caldo e sentiva i capelli appiccicati alla nuca.

«Ciao» disse, avvicinandosi.

«Ali» le fece Viola. «Non pensavo che...»

«Neppure io» l'interruppe Alice.

Si abbracciarono per finta, come se non volessero sciuparsi i vestiti. Viola era ancora più bella che al liceo. Con gli anni i lineamenti del suo viso si erano addolciti, i contorni erano più morbidi e i suoi occhi avevano perso la vibrazione impercettibile che li rendeva così terribili. Aveva ancora quel corpo perfetto.

«Lui è Carlo» disse Viola.

Alice gli strinse la mano e la sentì liscia.

«Cominciamo?» fece, tagliando corto.

Viola annuì e cercò lo sguardo del marito. ma lui non se ne accorse.

«Dove ci mettiamo?» chiese.

Alice si guardò intorno. Il sole era a picco e lei avrebbe dovuto usare il flash per eliminare tutte le ombre dalle facce. Indicò una panchina in pieno sole sulla riva del fiume.

«Sedetevi lì» fece.

Impiegò più tempo del necessario per montare la macchina. Armeggiò per finta con il flash, montò un obiettivo e poi lo cambiò con un altro. Il marito di Viola si faceva aria con la cravatta, mentre lei cercava di fermare con un dito le goccioline di sudore che le sbocciavano sulla fronte.

Alice li lasciò cuocere ancora per un po' fingendo di cercare la giusta distanza per lo scatto.

Poi cominciò a dare loro ordini, con un tono secco. Disse abbracciatevi, sorridete, ora seri, prendile la mano, appoggia la testa sulla sua spalla, sussurrale nell'orecchio, guardatevi, più vicini, verso il fiume, togliti la giacca. Crozza le aveva insegnato che ai soggetti non bisogna lasciare fiato, non bisogna dare il tempo di pensare, perché basta un attimo e la spontaneità evapora.

Viola obbediva e due o tre volte chiese con voce apprensiva va bene così?

«Okay, ora andiamo in quel prato» disse Alice.

«Ancora?» si stupì Viola. Il rossore delle sue guance congestionate cominciava ad affiorare da sotto il fondotinta. La linea nera di matita che le circondava gli occhi era già un po' sbavata, i suoi bordi si facevano frastagliati e le conferivano un'aria stanca e un po' dimessa.

«Tu fingi di scappare e lui ti insegue per il prato» spiegò Alice.

«Eh? Devo correre?»

199

«Sì, devi correre.»

«Ma...» fece per protestare Viola. Guardò suo marito e lui alzò le spalle.

Lei sbuffò, poi tirò un po' su la gonna e abbozzò una corsa. I tacchi le affondavano di qualche millimetro nel terriccio e sollevavano piccole zolle che andavano a sporcare l'interno del vestito bianco. Suo marito le corse dietro.

«Vai troppo piano» le disse.

Viola si voltò di scatto e lo incenerì, in quel modo che Alice ricordava perfettamente. Lasciò che si rincorressero per due o tre minuti, finché Viola non si liberò malamente dalla stretta di lui, dicendo adesso basta.

L'acconciatura le si era disfatta da un lato. Una forcina aveva ceduto, lasciando cadere una ciocca di capelli sulla guancia.

«Sì» le rispose Alice. «Solo qualche scatto ancora.»

Li portò fino al chiosco dei gelati e comprò due ghiaccioli al limone, che pagò lei.

«Tenete questi» fece, porgendoli agli sposi.

Loro sembrarono non capire. Li scartarono con diffidenza. Viola fece attenzione a non sporcarsi le mani con quello sciroppo appiccicaticcio.

Dovevano fingere di mangiarlo, incrociando le braccia, e dopo offrire ognuno il proprio all'altro. Il sorriso di Viola era sempre più teso.

Quando Alice le disse di tenersi al lampione e di usarlo come perno per ruotarci attorno, Viola sbottò.

«È una stronzata» disse.

Suo marito la guardò un po' intimorito e poi guardò Alice, come per scusarsi. Lei sorrise.

«Fa parte dell'album classico» spiegò. «Avevate chiesto quello. Ma possiamo anche saltare questa sequenza.»

Si sforzò di apparire sincera. Sentiva il tatuaggio

pulsare, come se volesse saltarle fuori dalla pelle. Viola la fissò con rabbia e Alice ne sostenne lo sguardo, finché gli occhi non le bruciarono.

«Abbiamo finito?» fece Viola.

Alice annuì.

«Andiamocene allora» disse la sposa al marito.

Prima di farsi trascinare via, lui si avvicinò ad Alice e le strinse di nuovo la mano educatamente.

«Grazie» le disse.

«Non c'è di che.»

Alice li guardò risalire il lieve pendio del parco, fino al parcheggio. Intorno a lei c'erano i suoni rarefatti del sabato, le risate dei bambini sulle giostrine e le voci delle mamme lì attorno, a sorvegliarli. C'era anche della musica in lontananza e il fruscio delle macchine sul corso, come un tappeto.

Le sarebbe piaciuto raccontarlo a Mattia, perché lui avrebbe capito. Ma adesso era lontano. Pensò che Crozza si sarebbe infuriato, però l'avrebbe perdonata, alla fine. Ne era sicura.

Le venne da sorridere. Aprì il vano della macchina fotografica, estrasse il rullino e lo srotolò per bene sotto la luce bianca del sole.

Quello che rimane
(2007)

31

Suo padre telefonava il mercoledì sera, tra le otto e le otto e un quarto. Negli ultimi nove anni si erano visti poche volte e dall'ultima era già passato molto tempo, ma il telefono non aveva mai squillato a vuoto nel bilocale di Mattia. Nelle lunghe pause tra le parole emergeva lo stesso silenzio dietro entrambi, niente televisioni o radio accese, mai degli ospiti a far tintinnare le posate sui piatti.

Mattia riusciva a immaginare sua madre che dalla poltrona ascoltava la telefonata senza cambiare espressione, con entrambe le braccia appoggiate ai braccioli, come quando lui e Michela facevano le elementari e lei si sedeva lì ad ascoltarli recitare le poesie a memoria e Mattia le sapeva sempre mentre Michela taceva, incapace di qualunque cosa.

Ogni mercoledì, dopo aver riagganciato, Mattia si trovava a domandarsi se il rivestimento a fiori arancio della poltrona fosse ancora lo stesso o se i suoi l'avessero sostituito, logoro com'era già a quel tempo. Si domandava se i suoi fossero invecchiati. Di certo erano invecchiati, lo sentiva nella voce di suo padre, più lenta e affaticata. Lo sentiva dal suo respiro, che si era fatto rumoroso nel telefono, sempre più simile a un affanno.

Sua madre prendeva in mano la cornetta solo ogni

tanto e le sue erano domande di rito, sempre le stesse. Fa freddo, hai già cenato, come vanno i tuoi corsi. Qui si cena alle sette, aveva spiegato Mattia le prime volte. Ora si limitava a dire sì.

«Pronto?» rispose.

Non c'era alcun motivo per dirlo in inglese. Il suo numero di casa ce l'avevano sì e no dieci persone e nessuna di loro si sarebbe sognata di cercarlo a quell'ora.

«Sono papà.»

Il ritardo nella risposta era appena apprezzabile. Mattia avrebbe dovuto portarsi un cronometro per misurarlo e poter calcolare quanto il segnale deviasse dalla linea retta di oltre mille chilometri che congiungeva lui e suo padre, ma se ne dimenticava ogni volta.

«Ciao. Stai bene?» disse Mattia.

«Sì. E tu?»

«Bene... La mamma?»

«È qui.»

Il primo silenzio cadeva sempre in questo punto, come una boccata d'aria dopo la prima vasca in apnea.

Mattia raschiò con l'indice la scalfittura nel legno chiaro del tavolo rotondo, a circa una spanna dal centro. Non si ricordava neppure se l'aveva fatta lui o se erano stati i vecchi inquilini. Appena sotto la superficie smaltata c'era del truciolato compresso, che gli finì sotto l'unghia senza fargli male. Ogni mercoledì scavava quella fossetta di qualche frazione di millimetro, ma non gli sarebbe bastata una vita intera per passare dall'altra parte.

«Allora l'hai vista, l'alba?» chiese suo padre.

Mattia sorrise. Era un gioco che c'era tra di loro, l'unico forse. Circa un anno prima, da qualche parte in un giornale, Pietro aveva letto che l'alba sul mare del Nord è un'esperienza imperdibile e la sera aveva letto il trafiletto al figlio, per telefono. Devi andarci assolutamente, gli aveva raccomandato. Da quel giorno glielo chiedeva, di tanto in tanto: allora l'hai vista? Mattia rispondeva sempre no. La sua sveglia era puntata alle otto e diciassette minuti e la strada più breve per l'università non passava dal lungomare.

«No, ancora niente alba» rispose.

«Be', tanto non scappa» fece Pietro.

Rimasero già senza parole, ma indugiarono qualche secondo, con la cornetta appoggiata all'orecchio. Entrambi respirarono un po' di quell'affetto che ancora resisteva tra di loro, diluito lungo centinaia di chilometri di cavi coassiali e alimentato da qualcosa di cui non sapevano il nome e che forse, se ci avessero pensato bene, non esisteva più.

«Mi raccomando, allora» disse Pietro alla fine.

«Certo.»

«E cerca di stare bene.»

«Okay. Saluta la mamma.»

Riagganciarono.

Per Mattia era la fine della giornata. Girò intorno al tavolo. Guardò distrattamente i fogli impilati da una parte, con il lavoro che si era portato dall'ufficio. Era ancora inchiodato su quel passaggio. Da dovunque prendessero la dimostrazione, lui e Alberto finivano sempre per andarci a sbattere contro, prima o poi. Se lo sentiva che dietro quell'ultimo ostacolo c'era la soluzione, che passato quello arrivare al fondo sarebbe stato facile, come lasciarsi rotolare giù da un prato a occhi chiusi.

Era troppo stanco per riprendere il lavoro. Andò in cucina e riempì un pentolino con l'acqua del rubinetto. Lo mise sui fornelli e accese il fuoco. Passava così tanto tempo da solo che una persona normale sarebbe impazzita nel giro di un mese.

Si sedette sulla sedia pieghevole di plastica, senza

rilassarsi del tutto. Alzò gli occhi verso la lampadina che pendeva dal centro del soffitto, spenta. Si era fulminata appena un mese dopo l'arrivo di Mattia e lui non l'aveva mai sostituita. Mangiava con la luce accesa nell'altra stanza.

Se quella sera fosse semplicemente uscito dall'appartamento e non ci fosse più tornato, nessuno avrebbe trovato là dentro dei segni del suo passaggio, a esclusione di quei fogli incomprensibili ammucchiati sul tavolo. Mattia non ci aveva messo nulla di sé. Si era tenuto l'arredamento anonimo in rovere chiaro e quella tappezzeria ingiallita, appiccicata ai muri da quando la casa era stata costruita.

Si alzò. Versò l'acqua bollente in una tazza e ci immerse una bustina di tè. Guardò l'acqua colorarsi di scuro. La fiammella di metano era ancora accesa e nella penombra era di un azzurro violento. Abbassò il fuoco fin quasi a spegnerlo e il sibilo si affievolì. Avvicinò la mano al fornello, dall'alto. Il calore esercitava una debole pressione sul suo palmo devastato. Mattia la fece scendere, lentamente, e la chiuse intorno alla fiamma.

Gli veniva in mente ancora adesso, dopo le centinaia e poi migliaia di giornate tutte uguali trascorse all'università e gli altrettanti pranzi consumati alla mensa, nella palazzina bassa in fondo al campus. Si ricordava del primo giorno in cui era entrato e aveva copiato la sequenza dei gesti dalle altre persone. Si era messo in coda e a piccoli passi aveva raggiunto la pila dei vassoi di legno plastificato. Vi aveva disposto sopra la tovaglietta di carta, si era munito delle posate e di un bicchiere. Poi, una volta di fronte alla signora in divisa che faceva le porzioni, aveva indicato una delle tre vaschette di alluminio, a caso, senza sapere che cosa ci fosse dentro. La cuoca gli aveva chiesto qualcosa, nella sua lingua o forse in inglese, e lui non aveva capito. Aveva di nuovo indicato la vaschetta e quella aveva ripetuto la domanda, uguale identica a prima. Mattia aveva scosso la testa. *I don't understand,* aveva detto, con una pronuncia spigolosa e stentata. La signora aveva alzato gli occhi al cielo e aveva sventolato per aria il piatto ancora vuoto. *She's asking if you want a sauce,* aveva detto il ragazzo di fianco a Mattia. Lui si era girato di scatto, disorientato. Io... *I don't...,* aveva detto. Sei italiano?, gli aveva fatto quello. Sì. Ti ha chiesto se vuoi una salsa in quella porcheria. Mattia aveva scosso la testa, frastornato. Il ragazzo si era voltato verso la signora e le aveva detto semplicemente no. Lei gli aveva sorriso e finalmente aveva riempito il piatto di Mattia e l'aveva fatto scivolare sul ripiano. Il ragazzo aveva preso lo stesso e prima di poggiare il piatto sul vassoio se l'era avvicinato al naso e l'aveva annusato con disgusto. Questa roba fa schifo, aveva commentato.

Sei appena arrivato, eh?, gli aveva domandato dopo un po', ancora fissando la purea liquida dentro il piatto. Mattia aveva detto sì e lui aveva annuito accigliato, come se si trattasse di qualcosa di serio. Dopo aver pagato, Mattia era rimasto impalato di fronte alla cassa, con il vassoio stretto tra le mani. Con lo sguardo aveva cercato un tavolo vuoto in fondo alla sala, dove avrebbe potuto dare le spalle a tutti e non sentirsi troppe paia di occhi addosso mentre mangiava da solo. Aveva appena fatto un passo in quella direzione, che il ragazzo di prima gli era passato davanti e aveva detto vieni, da questa parte.

Alberto Torcia era lì già da quattro anni, con una posizione permanente da ricercatore e un finanziamento speciale, ottenuto dall'Unione europea per la qualità delle sue ultime pubblicazioni. Anche lui era scappato da qualcosa, ma Mattia non gli aveva mai domandato da cosa. Nessuno dei due, dopo tanti anni, avrebbe saputo se definire l'altro un amico o semplicemente un collega, nonostante condividessero l'ufficio e pranzassero insieme tutti i giorni.

Era martedì. Alberto sedeva di fronte a Mattia e, attraverso il bicchiere pieno d'acqua che lui si portò alle labbra, intravide il nuovo segno, livido e perfettamente circolare, che aveva sul palmo. Non gli chiese nulla, si limitò a guardarlo storto per fargli intendere che aveva capito. Gilardi e Montanari, al tavolo insieme a loro, sghignazzavano di qualcosa che avevano trovato su internet.

Mattia vuotò il bicchiere in un sorso. Poi si schiarì la gola.

«Ieri sera mi è venuta in mente un'idea per quella discontinuità che...»

«Ti prego, Matti» lo interruppe Alberto, mollando la forchetta e tirandosi indietro sullo schienale. Gesticolava sempre in modo esagerato. «Abbi pietà almeno mentre mangio.»

Mattia abbassò la testa. La fettina di carne nel suo piatto era tagliata a quadratini tutti uguali e lui li separò con la forchetta, lasciando tra di essi una griglia regolare di linee bianche.

«Ma perché la sera non fai altro?» riprese Alberto più piano, come se non volesse farsi sentire dagli altri due. Mentre parlava disegnava con il coltello dei piccoli cerchi nell'aria.

Mattia non disse nulla e non lo guardò. Si portò alla bocca un quadratino di carne, scelto tra quelli del contorno che con i loro bordi frastagliati disturbavano la geometria della composizione.

«Se tu ogni tanto venissi a bere qualcosa con noi» continuò Alberto.

«No» fece Mattia, secco.

«Ma...» cercò di protestare il collega.

«Tanto lo sai.»

Alberto scosse la testa e aggrottò la fronte, sconfitto. Ancora insisteva, dopo tutto quel tempo. Da che si conoscevano era riuscito a trascinarlo fuori casa sì e no una decina di volte.

Si rivolse agli altri due, interrompendoli nel loro discorso.

«Ehi, ma quella l'avete vista?» fece, indicando una ragazza seduta due tavoli più in là in compagnia di un signore anziano. Per quanto ne sapeva Mattia, lui insegnava al dipartimento di Geologia. «Se non fossi sposato, Cristo, cosa le farei a una così.»

Gli altri due ebbero un momento di esitazione, perché nel loro discorso non c'entrava per niente, ma poi lasciarono perdere e andarono dietro ad Alberto mettendosi a fantasticare sul perché uno schianto del genere fosse finito al tavolo con quel vecchio trombone.

Mattia tagliò tutti i quadratini di carne lungo la diagonale. Poi ricompose i triangoli in modo da formarne uno più grande. La carne era già fredda e stopposa. Ne prese un pezzo e lo ingoiò quasi intero. Il resto lo lasciò lì dov'era.

Fuori dalla mensa Alberto si accese una sigaretta, per dare a Gilardi e Montanari il tempo di allontanarsi. Attese Mattia, più indietro di qualche passo rispetto a loro, che camminava a testa bassa, lasciandosi condurre da una crepa rettilinea lungo il marciapiede e pensando a qualcosa che non aveva nulla a che fare con l'essere lì.

«Cosa mi stavi dicendo sulla discontinuità?» gli fece.

«Non ha importanza.»

«Dài, non fare lo stronzo.»

Mattia guardò il collega. La punta della sigaretta

211

tra le sue labbra era l'unico colore acceso in quella giornata tutta grigia, uguale alla precedente e di sicuro anche alla successiva.

«Non ce ne possiamo liberare» fece Mattia. «Ormai ci siamo convinti che è lì. Però forse ho trovato un modo per cavarne qualcosa di interessante.»

Alberto si fece più vicino. Non interruppe Mattia finché lui non ebbe finito di spiegargli, perché lo sapeva che Mattia parlava poco ma, quando lo faceva, valeva la pena di stare zitti e ascoltare.

32

Il peso delle conseguenze era crollato giù tutto insieme una sera di un paio d'anni prima, quando Fabio, al momento di spingersi dentro di lei, le aveva sussurrato voglio avere un bambino. Il suo viso era così vicino a quello di Alice che lei aveva sentito il suo respiro scivolarle sulle guance e disperdersi tra le lenzuola.

L'aveva tirato a sé, guidandogli la testa nell'incavo tra il collo e la spalla. Una volta, quando ancora non erano sposati, lui le aveva detto che quello era l'incastro perfetto, che la sua testa era fatta per starsene infilata lì.

Allora che ne pensi?, le aveva chiesto Fabio, con la voce ovattata dal cuscino. Alice non aveva risposto, ma l'aveva stretto un po' più forte. Le era mancato il fiato per parlare.

L'aveva sentito richiudere il cassetto dei preservativi e aveva piegato di più il ginocchio destro, per fargli spazio. Con gli occhi spalancati per tutto il tempo, non aveva smesso di accarezzargli i capelli, ritmicamente

Quel segreto la seguiva strisciando fin dai tempi del liceo, ma non aveva mai catturato la sua mente per più di qualche secondo. Alice l'aveva messo da parte, come qualcosa a cui avrebbe pensato più avanti. Ora, tutt'a un tratto, se ne stava lì, come una voragine scavata nel soffitto nero della stanza, mostruoso e incontenibile. Alice avrebbe voluto dire a Fabio fermati un momento, aspetta, c'è qualcosa che non ti ho detto, ma lui si muoveva con una fiducia disarmante e di certo non avrebbe capito.

L'aveva sentito venire dentro, per la prima volta, e aveva immaginato quel liquido colloso e pieno di promesse che andava a depositarsi nel suo corpo asciutto, dove sarebbe rimasto a seccare.

Non voleva un bambino, o forse sì. Non ci aveva mai pensato veramente. La questione non si poneva e basta. Il suo ciclo mestruale era fermo più o meno all'ultima volta che aveva mangiato un dolce al cioccolato tutto intero. La verità era che Fabio voleva un bambino e lei doveva darglielo. Doveva, perché quando facevano l'amore lui non le chiedeva di accendere la luce, non l'aveva mai più fatto dopo la prima volta a casa sua. Perché quando finiva si appoggiava su di lei e il peso del suo corpo annullava tutte le paure e lui non parlava, ma respirava e basta ed era lì. Doveva, perché lei non lo amava, ma l'amore di lui era sufficiente per entrambi, per mantenerli al riparo.

Dopo quella sera il sesso aveva preso una veste nuova, portava in sé una finalità precisa, che presto li aveva condotti a tralasciare tutto quanto non fosse strettamente necessario.

Ma in settimane e poi mesi non era successo niente. Fabio era andato a farsi visitare e la conta dei suoi spermatozoi era risultata buona. La sera l'aveva detto ad Alice, stando ben attento a farlo mentre la teneva stretta fra le braccia. Aveva subito aggiunto non devi preoccuparti, non è colpa tua. Lei si era divincolata ed era andata nell'altra stanza, prima che le venisse da piangere, e Fabio si era detestato perché in realtà pensava, anzi sapeva, che la colpa era di sua moglie.

Alice aveva iniziato a sentirsi spiata. Teneva un conto fittizio dei giorni, segnava dei trattini sull'agenda di fianco al telefono. Comprava gli assorbenti e poi li gettava via intatti. Nei giorni giusti respingeva Fabio al buio, dicendogli oggi non si può.

Lui teneva lo stesso conto, di nascosto. Il segreto di Alice strisciava viscido e trasparente fra di loro, allontanandoli sempre di più. Ogni volta che Fabio accennava a un dottore, a una cura oppure alla causa del problema, il volto di Alice si faceva scuro ed era certo che di lì a qualche ora lei avrebbe trovato un pretesto per litigare, una stupidaggine qualunque.

La fatica li aveva vinti, lentamente. Avevano smesso di parlarne e, insieme ai discorsi, anche il sesso si era diradato, riducendosi a un rito faticoso del venerdì sera. Tutti e due si lavavano a turno, prima e dopo averlo fatto. Fabio tornava dal bagno, con la pelle del viso ancora lucida di sapone e la biancheria pulita addosso. Nel frattempo Alice si era già infilata la maglietta e gli chiedeva posso andare io? Quando rientrava in camera lo trovava già addormentato, o per lo meno con gli occhi chiusi, girato su un fianco e con tutto il corpo nella sua parte del letto.

Quel venerdì non ci fu nulla di molto diverso, almeno all'inizio. Alice lo raggiunse a letto all'una passata, dopo che per tutta la sera era stata chiusa nella camera oscura che Fabio le aveva fatto trovare al posto dello studio, come regalo per il loro terzo anniversario. Lui abbassò la rivista che stava leggendo e guardò i piedi nudi di sua moglie camminare verso di lui, aderenti al legno del pavimento.

Alice scivolò tra le lenzuola e gli si strinse accanto. Fabio lasciò andare la rivista per terra e spense la luce del comodino. Ce la metteva tutta per non far sembrare quella pratica un'abitudine, un sacrificio dovuto, ma la verità era chiara a entrambi.

Rispettarono una sequenza di gesti che si era consolidata nel tempo e che rendeva tutto più semplice, poi Fabio entrò, aiutandosi con le dita.

Alice non fu sicura che lui stesse davvero piangendo, perché teneva la testa piegata da un lato, in modo da non essere a contatto con la sua pelle, ma si accorse che c'era qualcosa di diverso nel suo modo di muoversi. Spingeva con più violenza, con più urgenza del solito, poi di colpo si fermava, respirava forte e di nuovo riprendeva, come combattuto tra la voglia di penetrare più a fondo e quella di sgusciare via da lei e dalla stanza. Lo sentì tirare su con il naso, mentre ansimava.

Quando finì si tolse in fretta, si alzò dal letto e andò a chiudersi nel bagno, senza neppure accendere la luce.

Ci rimase più tempo del solito. Alice si spostò verso il centro del letto, dove le lenzuola erano ancora fresche. Si portò una mano sulla pancia, in cui non stava succedendo nulla e, per la prima volta, pensò che non aveva più nessuno da incolpare, che tutti quegli errori erano soltanto i suoi.

Fabio attraversò la camera nella penombra e si sdraiò, dandole le spalle. Era il turno di Alice, ma lei non si mosse. Sentiva che qualcosa stava per succedere, l'aria ne era già piena.

Lui ci mise ancora un minuto, o forse due, prima di parlare.

«Ali» disse.

«Sì?»

Esitò ancora.

«Io così non riesco più» disse piano.

Alice sentì le parole stringerle il ventre, come piante rampicanti spuntate all'improvviso dal letto. Non rispose. Lasciò che lui andasse avanti.

«Io lo so cos'è» continuò Fabio. La sua voce si fece più distinta. Urtando le pareti assumeva una lieve eco metallica. «Tu non vuoi che io ci entri, neppure che ne parli. Ma così...»

Si fermò. Gli occhi di Alice erano aperti. Si erano abituati all'oscurità. Distingueva le sagome dei mobili: la poltrona, l'armadio, la cassettiera con sopra lo specchio che non rifletteva nulla. Tutti quegli oggetti erano lì, immobili e terribilmente insistenti.

Alice pensò alla camera dei suoi. Pensò che si assomigliavano, che tutte le camere da letto del mondo si assomigliavano. Si chiese di cosa avesse paura, di perderlo o di perdere quelle cose: le tende, i quadri, il tappeto, tutta la sicurezza ripiegata con cura dentro i cassetti.

«Questa sera hai mangiato a malapena due zucchine» disse ancora Fabio.

«Non avevo fame» ribatté lei quasi automaticamente.

Ci siamo, pensò.

«Ieri lo stesso. La carne non l'hai neppure toccata. L'hai tagliata a pezzetti e poi l'hai nascosta nel tovagliolo. Mi credi davvero così idiota?»

Alice strinse le lenzuola. Come aveva potuto pensare che lui non se ne fosse mai accorto? Rivide le centinaia, migliaia di volte in cui la stessa scena si era ripetuta di fronte agli occhi di suo marito. Si sentì furiosa per tutto quello che lui doveva aver pensato, in silenzio.

«Immagino che tu sappia anche cosa ho mangiato la sera prima e quella prima ancora» disse.

«Spiegami che cos'è» fece lui, questa volta ad alta voce. «Dimmi che cosa ti ripugna tanto del cibo.»

Lei pensò a suo padre che avvicinava la testa al

piatto quando mangiava la minestra, al rumore che faceva, come se succhiasse il cucchiaio invece di spingerlo semplicemente nella bocca. Pensò con disgusto alla poltiglia masticata tra i denti di suo marito, ogni volta che a cena sedeva di fronte a lui. Pensò alla caramella di Viola, con tutti quei capelli appiccicati sopra, e al suo sapore sintetico di fragola. Poi pensò a se stessa, senza la maglietta, riflessa nel grande specchio della sua vecchia casa e alla cicatrice che faceva della sua gamba un pezzo a parte, staccato dal busto e inutile. Pensò all'equilibrio così fragile del proprio contorno, alla sottile striscia d'ombra che le costole proiettavano sulla pancia e che lei era pronta a difendere a ogni costo.

«Che cosa vorresti? Vuoi che cominci ad abbuffarmi? Che mi deformi per avere il tuo bambino?» disse. Parlò come se il bambino ci fosse già, da qualche parte nell'universo. Lo chiamò *tuo* apposta. «Posso fare una cura, se ci tieni tanto. Posso prendere degli ormoni, delle medicine, tutte le schifezze necessarie a farti avere questo figlio. Così la smetterai di spiarmi.»

«Non è questo il punto» ribatté Fabio. Aveva riacquistato di colpo tutta la sua irritante sicurezza.

Alice si spostò verso il bordo del letto per allontanarsi dal suo corpo minaccioso. Lui si girò supino. Aveva gli occhi aperti e il viso contratto, come se cercasse di vedere qualcosa al di là del buio.

«Ah no?»

«Dovresti pensare a tutti i rischi, specialmente nella tua condizione.»

Nella tua condizione, si ripeté Alice nella testa. D'istinto provò a piegare il ginocchio debole, per dimostrare a se stessa di averne il pieno controllo, ma quello si mosse appena.

«Povero Fabio» fece. «Con la sua moglie zoppa e...»

Non le riuscì di concludere. Quell'ultima parola che già vibrava nell'aria le rimase in gola.

«C'è una parte del cervello» cominciò lui, ignorandola, come se una spiegazione potesse rendere tutto più semplice, «l'ipotalamo probabilmente, che controlla l'indice di massa grassa dell'organismo. Se questo indice scende troppo, la produzione di gonadotropina viene inibita. Il meccanismo si blocca, le mestruazioni scompaiono. Ma questo è solo il primo dei sintomi. Accadono altre cose, più gravi. La densità di minerali nelle ossa diminuisce e subentra l'osteoporosi. Le ossa si sbriciolano come wafer.»

Parlò come un medico, elencando cause ed effetti in tono monocorde, come se conoscere il nome di un male fosse uguale a sanarlo. Alice pensò che le sue ossa si erano già sbriciolate una volta e che quelle cose non le interessavano.

«È sufficiente far alzare quell'indice perché tutto torni normale» aggiunse Fabio. «È un processo lento, ma siamo ancora in tempo.»

Alice si era sollevata sui gomiti. Voleva uscire da quella stanza.

«Fantastico. Immagino che ce l'avessi pronta da tempo, questa» commentò. «È tutto lì allora. È così semplice.»

Anche Fabio si mise seduto. Le prese un braccio, ma lei si divincolò. Lui la guardò fisso negli occhi attraverso la penombra.

«Non riguarda più soltanto te» disse.

Alice scosse la testa.

«Invece sì» fece. «Forse è proprio quello che voglio, non c'avevi pensato? Voglio sentire le mie ossa sbriciolarsi, voglio bloccare il meccanismo. Come hai detto tu.»

Fabio batté una manata sul materasso che la fece trasalire.

«E adesso cosa vorresti fare?» lo provocò lei.
Fabio respirò tra i denti. La violenza compressa nei suoi polmoni gli irrigidì le braccia. «Tu sei soltanto un'egoista. Sei viziata ed egoista.» Si ributtò sul letto e le diede di nuovo le spalle. D'un tratto gli oggetti sembrarono tornare al loro posto nell'ombra. Ci fu di nuovo silenzio, ma era un silenzio impreciso. Alice avvertiva come un debole ronzio, simile al frusciare delle vecchie pellicole al cinema. Rimase in ascolto, cercando di capirne la provenienza.

Poi vide la sagoma di suo marito sobbalzare appena. Ne percepì i singhiozzi trattenuti, come una vibrazione ritmica del materasso. Il suo corpo le chiedeva di allungare una mano e di toccarlo, di accarezzargli il collo e i capelli, ma lei lo lasciò lì. Si alzò dal letto e andò verso il bagno, sbattendosi la porta dietro le spalle.

33

Dopo pranzo Alberto e Mattia erano scesi al piano interrato, dove era sempre la stessa ora e lo scorrere del tempo lo misuravi solo dalla pesantezza degli occhi, pieni della luce bianca dei neon sul soffitto. Si erano infilati in un'aula vuota e Alberto si era seduto sulla cattedra. Aveva un corpo massiccio, non proprio grasso, ma a Mattia dava l'impressione che fosse in costante espansione.

«Spara» fece Alberto. «Spiegami tutto da capo.»

Mattia prese in mano un gesso e lo spezzò a metà. Una limatura bianca e sottile gli si depositò sulla punta delle scarpe di cuoio, le stesse che indossava il giorno della laurea.

«Consideriamo il caso in due dimensioni» disse.

Cominciò a scrivere nella sua bella grafia. Partì dall'angolo in alto a sinistra e riempì le prime due lavagne. Nella terza ricopiava i risultati che gli sarebbero serviti più avanti. Sembrava aver già fatto quel conto un centinaio di volte, quando era la prima che lo tirava fuori dalla testa. Si voltava verso Alberto, di tanto in tanto, e lui annuiva serioso, mentre la sua mente arrancava dietro al gesso.

Arrivato al fondo, dopo mezz'ora abbondante, Mattia scrisse *c.v.d.* a fianco del risultato inquadrato, come faceva da ragazzo. Il gesso gli aveva seccato la pelle

della mano, ma lui non se ne accorse neppure. Tremava leggermente nelle gambe.
Entrambi rimasero in silenzio per una decina di
secondi, in contemplazione. Poi Alberto batté le mani e lo schiocco risuonò nel silenzio come una frusta-
ta. Scese dalla cattedra e quasi cadde per terra, perché le gambe gli si erano addormentate a forza di
stare così a penzoloni. Mise una mano sulla spalla di
Mattia e lui l'avvertì pesante e rassicurante allo stesso tempo.
«Stavolta niente stronzate» gli fece. «Stasera sei a
cena da me, che c'è da festeggiare.»
Mattia sorrise appena.
«Okay» disse.
Insieme cancellarono la lavagna. Fecero attenzione
che non si leggesse più nulla, che non si distinguesse
neppure l'ombra di quanto c'era scritto. Nessuno sarebbe stato in grado di capire davvero, ma loro erano
già gelosi di quel risultato, come lo si è di un bellissimo segreto.
Uscirono dall'aula e Mattia spense le luci. Poi salì-
rono le scale, uno dietro l'altro, ognuno assaporando
la piccola gloria di quel momento.

La casa di Alberto era in una zona residenziale
uguale identica a quella dove abitava Mattia, ma
dalla parte opposta della città. Mattia fece il tragitto
su un autobus semivuoto, con la fronte appoggiata
al finestrino. Quella superficie fredda a contatto con
la pelle gli dava sollievo, lo fece pensare alla benda
che sua madre metteva in testa a Michela, nient'altro che un fazzoletto di stoffa inumidito, ma che era
sufficiente a calmarla quando di sera le prendevano
quegli attacchi in cui iniziava a tremare tutta e digri-
gnava i denti. Michela voleva che la benda la met-
tesse anche suo fratello, lo diceva a sua madre con

gli occhi e allora lui si sdraiava sul letto e se ne stava lì, ad aspettare che sua sorella la finisse di contorcersi.

Si era messo la giacca nera e la camicia. Si era fatto una doccia e si era sbarbato. In un negozio di liquori in cui non era mai entrato prima aveva comprato una bottiglia di vino rosso, scegliendo quella con l'etichetta più elegante. La signora l'aveva avvolta in un foglio di carta velina e poi l'aveva messa in un sacchetto argentato. Mattia lo fece oscillare avanti e indietro a mo' di pendolo, mentre aspettava che qualcuno gli aprisse. Con il piede sistemò lo zerbino di fronte alla porta in modo che il perimetro coincidesse esattamente con le righe del pavimento.

La moglie di Alberto venne alla porta. Ignorò sia la mano tesa di Mattia che il sacchetto con la bottiglia. Invece lo tirò a sé e lo baciò su una guancia.

«Non so cosa abbiate combinato voi due, ma Alberto non l'ho mai visto felice come stasera» gli sussurrò. «Vieni dentro.»

Mattia resistette a strofinarsi l'orecchio contro la spalla, per cacciare via il prurito.

«Albi, c'è Mattia» gridò lei verso un'altra stanza, oppure verso il piano di sopra.

Invece di Alberto dal corridoio sbucò suo figlio Philip. Mattia lo conosceva dalla foto che il padre teneva sulla scrivania, dove Philip aveva ancora pochi mesi ed era rotondo e impersonale come tutti i neonati. Non gli era mai passato per la testa che potesse essere cresciuto. Alcuni tratti dei genitori si stavano facendo spazio con invadenza sotto la sua pelle: il mento troppo lungo di Alberto, le palpebre non del tutto aperte di sua madre. Mattia pensò al meccanismo crudele della crescita, alle cartilagini morbide, sottoposte a mutamenti impercettibili ma inesorabili e, per un attimo soltanto, a Michela e ai suoi lineamenti, congelati per sempre da quel giorno al parco.

Philip si avvicinò, pedalando sul triciclo come un indemoniato. Quando si accorse di Mattia, frenò di colpo e lo fissò stupefatto, come se l'avessero sorpreso a fare qualcosa di proibito. La moglie di Alberto lo prese in braccio, sollevandolo dal triciclo.

«Ecco il mostriciattolo» disse, affondandogli il naso tra le guance.

Mattia gli rivolse un sorriso tirato. I bambini lo mettevano a disagio.

«Andiamo di là. Nadia è già arrivata» continuò la moglie di Alberto.

«Nadia?» fece Mattia.

La moglie di Alberto lo guardò stranita.

«Sì, Nadia» disse. «Albi non te l'ha detto?»

«No.»

Ci fu un momento di imbarazzo. Mattia non conosceva nessuna Nadia. Si chiese cosa ci fosse sotto e temette di saperlo.

«In ogni caso è di là. Vieni.»

Mentre camminavano verso la cucina, Philip studiava Mattia con sospetto, al riparo della spalla di sua madre, con l'indice e il medio ficcati in bocca e le nocche lucide di saliva. Lui fu costretto a guardare altrove. Si ricordò di quando aveva seguito Alice per un corridoio più lungo di quello. Guardò gli scarabocchi di Philip appesi alle pareti al posto dei quadri e fece attenzione a non calpestare i suoi giocattoli sparsi sul pavimento. Tutta la casa, i muri stessi, era impregnata di un odore vitale a cui non era abituato. Pensò al proprio appartamento, dove era così facile decidere semplicemente di non essere. Si era già pentito di aver accettato l'invito a cena.

In cucina Alberto lo salutò con una stretta affettuosa e lui rispose automaticamente. La donna che stava seduta al tavolo si alzò e gli porse la mano.

«Lei è Nadia» la presentò Alberto. «E lui è la nostra prossima medaglia Fields.»

«Piacere» disse Mattia, imbarazzato.

Nadia gli sorrise. Accennò un movimento in avanti del busto, forse per baciarlo sulle guance, ma l'immobilità di Mattia la trattenne.

«Piacere» disse solamente.

Lui rimase assorto per qualche secondo su uno dei grossi orecchini che le pendevano dalle orecchie: un cerchio dorato con un diametro di almeno cinque centimetri, che quando lei si mosse prese a ondeggiare di un moto complicato, che Mattia cercò di scomporre lungo i tre assi cartesiani. La dimensione di quel gioiello e il suo contrasto sui capelli nerissimi di Nadia lo fecero pensare a qualcosa di sfacciato, di quasi osceno, che lo spaventava e lo eccitava insieme.

Si sedettero a tavola e Alberto versò del vino rosso a tutti. Brindò pomposamente all'articolo che presto avrebbero scritto e obbligò Mattia a spiegare a Nadia, in parole semplici, di cosa si trattava. Lei partecipò con un sorriso incerto, che tradiva altri pensieri e che a lui fece perdere il filo del discorso più di una volta.

«Sembra interessante» commentò alla fine e Mattia abbassò la testa.

«È molto più che interessante» fece Alberto, agitando le mani in modo da descrivere un ellissoide, che Mattia immaginò come se fosse reale.

La moglie di Alberto entrò con una zuppiera tra le mani, dalla quale proveniva un odore forte di cumino. La conversazione si spostò sul cibo, verso un territorio più neutrale. Una tensione di cui non si erano esattamente resi conto parve allentarsi nell'aria. Tutti quanti, tranne Mattia, espressero il loro rimpianto per qualche delizia che lì al Nord ci si poteva scordare. Alberto parlò dei ravioli fatti in casa da sua madre, quando ancora li faceva. Sua moglie si ricordò dell'insalata di mare che mangiavano insieme ai tempi dell'università, in quella locanda di fronte alla spiaggia. Nadia descrisse i cannoli pieni di ricotta fresca e puntellati di minuscole scaglie di cioccolato nerissimo, come li facevano nell'unica pasticceria del suo piccolo paese d'origine. Mentre li descriveva tenne gli occhi chiusi e portò le labbra in dentro, come se potessero conservare ancora un po' di quel sapore. Il labbro inferiore lo trattenne per un attimo con gli incisivi e poi lo lasciò andare. Mattia si fissò su quel particolare, senza accorgersene. Pensò che c'era qualcosa di esagerato nella femminilità di Nadia, nella fluidità con cui ruotava le mani e nell'inflessione del Sud con cui pronunciava le labiali, spesso raddoppiandole dove non ce n'era bisogno. Era come una potenza oscura, che lo avviliva e al tempo stesso gli scaldava le guance.

«Basterebbe avere il coraggio di tornare» concluse Nadia.

Rimasero tutti e quattro in silenzio per qualche secondo. Sembrava che ognuno stesse pensando al motivo che lo teneva inchiodato lì. Philip faceva sbatacchiare i suoi giocattoli uno contro l'altro a pochi passi dal tavolo.

Alberto seppe tenere in piedi una discussione traballante per tutta la cena, spesso parlando lui stesso a lungo, con le mani che si agitavano sopra il tavolo sempre più in disordine.

Dopo il dessert, sua moglie si alzò a raccogliere i piatti. Nadia fece per aiutarla, ma lei le disse di stare lì dov'era e sparì in cucina.

Rimasero in silenzio. Mattia passò un indice sulla lama del coltello dalla parte seghettata, sovrappensiero.

«Vado a vedere cosa combina di là» disse Alberto, alzandosi anche lui. Da dietro le spalle di Nadia lanciò uno sguardo a Mattia, che voleva dire vedi di fare quello che sai.

Lui e Nadia rimasero soli con Philip. Sollevarono gli occhi nello stesso istante, perché non c'era nient'altro da guardare, e a tutti e due venne da ridere per l'imbarazzo.

«E tu?» gli fece Nadia dopo un po'. «Perché hai scelto di restare qui?»

Lo scrutava con gli occhi semichiusi, come se volesse indovinarne il segreto. Aveva le ciglia lunghe e spesse e a Mattia sembravano troppo immobili per essere vere.

Lui finì di allineare le briciole con l'indice. Scrollò le spalle.

«Non lo so» disse. «È come se qui ci fosse più ossigeno.»

Lei annuì pensierosa, come se avesse capito. Dalla cucina arrivavano le voci di Alberto e di sua moglie che discutevano di cose comuni, del rubinetto che perdeva di nuovo e di chi avrebbe messo a letto Philip, di cose che a Mattia, lì per lì, sembrarono tremendamente importanti.

Ci fu di nuovo silenzio e lui si sforzò di pensare a qualcosa da dire, qualcosa che sembrasse normale. Nadia rientrava nel suo campo visivo ovunque lui guardasse, come una presenza troppo ingombrante. Il colore livido del suo vestito scollato focalizzava la sua attenzione, anche adesso che Mattia fissava il bicchiere vuoto. Sotto il tavolo, nascoste dalla tovaglia, c'erano le loro gambe e lui se le immaginò là sotto, al buio, costrette a un'intimità forzata.

Philip si avvicinò e gli piazzò una macchinina di fronte, proprio sopra il tovagliolo. Mattia guardò il modellino in miniatura della Maserati, poi guardò

Philip, che a sua volta lo osservava, aspettando che si decidesse a fare qualcosa.

Con una certa esitazione prese la macchinina tra due dita e la fece andare avanti e indietro sulla tovaglia. Sentiva addosso lo sguardo denso di Nadia, che misurava il suo impaccio. Con la bocca imitò un timido brum. Poi lasciò perdere. Philip lo fissava in silenzio, leggermente contrariato. Allungò il braccio, si riprese la macchinina e se ne tornò ai suoi giochi.

Mattia si versò dell'altro vino e lo mandò giù d'un fiato. Poi si accorse che avrebbe dovuto offrirlo prima a Nadia e le chiese ne vuoi? Lei rispose no no, tirando indietro le mani e stringendo le spalle, come di solito si fa quando si ha freddo.

Alberto rientrò nella stanza ed emise una specie di grugnito. Si strofinò forte la faccia con le mani.

«Ora della nanna» disse al bambino. Lo sollevò per il colletto della polo, manco fosse stato un pupazzo.

Philip lo seguì senza protestare. Uscendo gettò ancora uno sguardo ai propri giocattoli ammucchiati sul pavimento, come se ci avesse nascosto qualcosa in mezzo.

«Forse è ora che vada anch'io» disse Nadia, non proprio rivolgendosi a Mattia.

«Già, forse è ora» fece lui.

Entrambi contrassero i muscoli delle gambe come per alzarsi, ma fu una falsa partenza. Rimasero fermi e si guardarono di nuovo. Nadia sorrise e Mattia si sentì attraversato dal suo sguardo, spogliato fino alle ossa come se non potesse più nascondere nulla.

Si alzarono, quasi contemporaneamente. Avvicinarono le sedie al tavolo e Mattia notò che anche lei ebbe l'accortezza di sollevarla da terra.

Alberto li trovò in piedi, che non sapevano come muoversi.

«Che succede?» fece loro. «Ve ne andate già?»

«È tardi, sarete stanchi» rispose Nadia per tutti e due.

Alberto guardò Mattia con un sorriso complice.

«Vi chiamo un taxi» disse.

«Io prendo il pullman» si affrettò a dire Mattia.

Alberto lo guardò storto.

«A quest'ora? Figurati» disse. «Tanto casa di Nadia è di strada.»

34

Il taxi scivolava tra i viali deserti della periferia, tra palazzi tutti uguali e senza balconi. Alcune finestre, poche, erano ancora illuminate. Le giornate a marzo finivano presto e la gente adattava il proprio metabolismo alla notte.

«Le città qui sono più buie» disse Nadia, come pensando ad alta voce.

Sedevano alle estremità opposte del sedile posteriore. Mattia fissava i numeri cambiare sul tassametro, guardava i segmenti rossi spegnersi e accendersi a comporre le diverse cifre.

Lei pensava al ridicolo spazio di solitudine che li separava e cercava il coraggio di occuparlo con il corpo. Il suo appartamento era appena un paio di isolati più in là e il tempo si consumava in fretta come la strada. Non era solo il tempo di quella sera, era il tempo delle possibilità, dei suoi trentacinque anni incompleti. Nell'ultimo anno, da quando aveva rotto con Martin, aveva cominciato a percepire l'estraneità di quel posto, a soffrire del gelo che seccava la pelle e che non mollava mai veramente, neanche d'estate. Eppure non sapeva decidersi a lasciarlo. Ormai dipendeva da quel luogo, ci si era attaccata con l'ostinazione con cui ci si attacca soltanto alle cose che fanno male.

Pensò che se qualcosa si doveva risolvere, si sarebbe risolto in quella macchina. Dopo non ne avrebbe più avuto la forza. Si sarebbe finalmente abbandonata, senza più rimorsi, alle sue traduzioni, ai libri di cui sezionava le pagine durante il giorno e la notte, per guadagnarsi da vivere e per colmare le mancanze scavate dal tempo.

Lo trovava affascinante. Era strano, ancora più strano degli altri colleghi che Alberto le aveva presentato inutilmente. La materia che studiavano sembrava attirare solo personaggi sinistri, oppure renderli così negli anni. Avrebbe potuto chiedere a Mattia quale delle due, per dire qualcosa di divertente, ma non se la sentì. Comunque, "strano" rendeva l'idea. E inquietante. Ma aveva anche qualcosa nello sguardo, come un corpuscolo brillante che nuotava in quegli occhi scuri e che, Nadia ne era sicura, nessuna donna era ancora stata in grado di catturare.

Avrebbe potuto provocarlo, moriva dalla voglia di farlo. Aveva raccolto i capelli da una parte per rivolgergli il collo nudo e con le dita percorreva avanti e indietro la cucitura della borsetta che teneva in grembo. Ma non osava andare oltre e non voleva voltarsi. Se lui stava guardando altrove, lei non voleva scoprirlo.

Mattia tossì piano nella mano chiusa a pugno, per scaldarla. Percepiva l'urgenza di Nadia, ma non sapeva decidersi. E anche se avesse deciso, pensava, non avrebbe saputo come fare. Una volta Denis, parlando di sé, gli aveva detto che gli approcci sono tutti uguali, come le aperture negli scacchi. Non bisogna inventarsi niente, non serve, perché tanto si è in due a cercare la stessa cosa. Poi il gioco trova da sé la sua strada ed è solo a quel punto che ci va la strategia.

Ma io non conosco neppure le aperture, pensò.

Quello che fece fu appoggiare la mano sinistra al

centro del sedile, come la cima di una fune gettata in mare. La tenne lì, nonostante il tessuto sintetico lo facesse tremare.

Nadia capì e in silenzio, senza movimenti bruschi, scivolò verso il centro. Gli sollevò il braccio, prendendolo dal polso, come se sapesse, e se lo mise intorno al collo. Con la testa si appoggiò al suo petto e chiuse gli occhi.

Aveva addosso un profumo forte, annidato tra i capelli, che si appiccicò ai vestiti di Mattia e gli riempì le narici con invadenza.

Il taxi accostò a sinistra, di fronte alla casa di Nadia, con il motore acceso.

«*Seventeen thirty*» fece il tassista.

Lei si alzò e tutti e due pensarono a quanta fatica ci sarebbe voluta per trovarsi di nuovo così, per rompere un altro equilibrio e ricostruirne uno diverso. Si domandarono se ne sarebbero stati ancora capaci.

Mattia frugò nelle tasche e trovò il portafoglio. Allungò un biglietto da venti e disse *no change, thanks*. Lei aprì la portiera.

Ora la segui, pensò Mattia, però non si mosse.

Nadia era già sul marciapiede. Il tassista osservava Mattia dallo specchietto retrovisore, in attesa di istruzioni. Le caselle sul tassametro erano tutte illuminate e lampeggiando segnavano *00.00*.

«Vieni» fece Nadia e lui obbedì.

Il taxi ripartì e loro salirono in cima a una scala ripida, con i gradini coperti di moquette blu e così stretti che Mattia dovette camminare a piedi storti.

L'appartamento di Nadia era pulito e curato nei dettagli, come può esserlo giusto la casa di una donna sola. Al centro di un tavolo rotondo c'era un cestino di vimini pieno di petali secchi, che da tempo non emanavano più nessun profumo. Le pareti erano colorate a tinte cariche, arancione, blu e giallo uovo, così inusuali lì al Nord da avere qualcosa di irrispettoso.

Mattia chiese permesso e guardò Nadia togliersi il cappotto e appoggiarlo su una sedia, con la disinvoltura di chi si muove nel proprio spazio.

«Prendo qualcosa da bere» fece lei.

Lui attese al centro del soggiorno, con le mani distrutte nascoste nelle tasche. Nadia tornò dopo poco, con due bicchieri riempiti a metà di vino rosso. Rideva di qualche suo pensiero.

«Non sono più abituata. È molto che non mi capita» confessò.

«Va bene» rispose Mattia, invece di dire che a lui non era mai capitato.

Sorseggiarono il vino in silenzio, guardandosi intorno con circospezione e ogni tanto incrociando gli sguardi. E a quell'incontro ogni volta sorridevano appena, come due ragazzini.

Nadia teneva le gambe piegate sul divano, per guadagnare spazio verso di lui. La scena era pronta. Mancava solo un'azione, uno strappo a freddo, istantaneo e brutale come tutti gli inizi.

Ci rifletté ancora un momento. Poi appoggiò il bicchiere per terra, dietro al divano, per non rischiare di urtarlo con il piede e si protese con decisione verso Mattia. Lo baciò. Con i piedi si sfilò le scarpe con il tacco, che caddero sul pavimento con un rumore rotondo. Salì cavalcioni su di lui, senza lasciargli il fiato per dire di no.

Gli tolse il bicchiere e guidò le sue mani sui propri fianchi. La lingua di Mattia era rigida. Lei prese a girarle intorno con la sua, con insistenza, per imprimerle il movimento, finché lui non cominciò a fare lo stesso, nel verso opposto.

Con un certo impaccio si rovesciarono su un fianco e Mattia finì sotto. Aveva una gamba giù dal divano e una tesa, bloccata dal peso di lei. Pensava al movi mento circolare della propria lingua, al suo moto periodico, ma presto perse la concentrazione, come se la faccia di Nadia schiacciata contro la sua fosse riuscita a inceppare l'ingranaggio complicato del suo pensiero, come quella volta con Alice.

Con le mani scivolò sotto la maglietta di Nadia e il contatto con la pelle non gli diede fastidio. Si tolsero i vestiti lentamente, senza staccarsi né aprire gli occhi, perché nella stanza c'era troppa luce e un'interruzione qualunque li avrebbe fatti smettere.

Mentre armeggiava con l'allacciatura del reggiseno Mattia pensò succede. Alla fine succede, in qualche modo che prima non sapevi.

35

Fabio si era alzato presto. Aveva disattivato la sveglia perché Alice non la sentisse ed era uscito dalla camera sforzandosi di non guardare sua moglie, distesa dalla sua parte del letto, con un braccio fuori dal lenzuolo e la mano stretta su di esso, come se stesse sognando di aggrapparsi a qualcosa. Si era addormentato per sfinimento e aveva attraversato una sequenza di incubi via via più tetri. Ora sentiva il bisogno di fare delle cose con le mani, di sporcarsi, di sudare e stancarsi i muscoli. Valutò l'idea di andare in ospedale a fare un turno extra, ma i suoi genitori sarebbero venuti per pranzo, come ogni secondo sabato del mese. Due volte alzò il telefono con l'intenzione di chiamarli e dire loro di non venire, che Alice non si sentiva bene, ma poi avrebbero telefonato per avere notizie, apprensivi com'erano, e lui avrebbe dovuto discutere con sua moglie, di nuovo, e sarebbe stato ancora peggio.

In cucina si tolse la maglietta. Bevve del latte dal frigorifero. Poteva fare finta di niente, comportarsi come se quella notte non fosse successo nulla e andare ancora avanti così, come aveva sempre fatto, ma sentiva in fondo alla gola una nausea tutta nuova. La pelle della faccia gli tirava per le lacrime che si erano seccate sulle guance. Si sciacquò al lavandino e si asciugò con il canovaccio appeso lì a fianco.

Guardò fuori dalla finestra. Il cielo era coperto, ma sarebbe uscito il sole da lì a poco. In quel periodo dell'anno faceva sempre così. In una giornata come quella avrebbe potuto portare suo figlio in bici, seguire la pista che costeggiava il canale e arrivare fino al parco. Lì avrebbero bevuto alla fontana e si sarebbero seduti sul prato, per una mezz'oretta appena. Poi sarebbero tornati indietro, questa volta dalla strada. Si sarebbero fermati un momento alla pasticceria e avrebbero comprato un vassoio di paste per il pranzo.

Non chiedeva molto. Solo la normalità che si era sempre meritato.

Scese in garage, ancora in mutande. Dallo scaffale più alto prese la cassetta degli attrezzi e la sua pesantezza gli restituì un momento di sollievo. Tirò fuori un cacciavite a taglio, una chiave da nove e una da dodici e iniziò a smontare la bici, pezzo per pezzo, metodicamente.

Per prima cosa spalmò del grasso sugli ingranaggi, poi lucidò il telaio con uno straccio imbevuto d'alcol. Con l'unghia grattò via gli schizzi di fango rimasti attaccati. Pulì per bene anche in mezzo ai pedali, nelle fessure in cui le dita non passavano. Rimontò i vari pezzi e controllò i tiranti dei freni, li regolò in modo che fossero perfettamente bilanciati. Gonfiò entrambe le gomme, tastandone la pressione con il palmo della mano.

Fece un passo indietro, si asciugò le mani sulle cosce e osservò il suo lavoro, con una fastidiosa sensazione di distacco. Buttò a terra la bici con un calcio. Quella si piegò su se stessa, come un animale. Un pedale si mise a girare a vuoto e Fabio ne ascoltò il fruscio ipnotico, finché non ci fu di nuovo silenzio.

Fece per uscire dal garage, ma poi tornò indietro. Sollevò la bici e la rimise al suo posto. Non poté trattenersi dal controllare che non si fosse danneggiata. Si chiese perché non fosse capace di lasciare tutto in disordine, di dare spazio alla rabbia che gli inondava il cervello, di bestemmiare e spaccare oggetti. Perché preferiva che ogni cosa sembrasse al suo posto anche quando non lo era.

Spense la luce e salì le scale.

Alice era seduta al tavolo della cucina. Sorseggiava del tè, pensierosa. Di fronte a lei c'era solo il contenitore del dolcificante. Alzò gli occhi e lo squadrò.

«Perché non mi hai svegliata?»

Fabio scrollò le spalle. Si avvicinò al rubinetto e aprì l'acqua al massimo.

«Stavi dormendo bene» rispose.

Si versò del detersivo per i piatti sulle mani e le strofinò con forza sotto l'acqua, per levare le strisce nere di grasso.

«Farò tardi con il pranzo» disse lei.

Fabio alzò le spalle.

«Possiamo pure lasciarlo perdere, il pranzo» disse.

«Come mai questa novità?»

Lui si sfregò le mani ancora più forte.

«Non lo so. Era solo un'idea.»

«È un'idea nuova.»

«Già, hai ragione. È un'idea del cazzo» ribatté Fabio a denti stretti.

Chiuse il rubinetto e uscì dalla cucina, quasi di fretta. Poco dopo Alice sentì lo scroscio dell'acqua nella doccia. Mise la tazza nel lavello e tornò in camera per vestirsi.

Dal lato di Fabio le lenzuola erano stropicciate, piene di grinze appiattite dal peso del suo corpo. Il cuscino era piegato a metà, come se vi avesse tenuto la testa sotto, e le coperte erano ammucchiate sul fondo, spinte via con i piedi. C'era un odore lieve di sudore, lo stesso di tutte le mattine, e Alice spalancò la finestra per far entrare dell'aria pulita.

I mobili che la notte precedente le sembravano avere un'anima, un respiro proprio, non erano altro che i soliti mobili di camera sua, inodori come la sua tiepida rassegnazione. Ricompose il letto distendendo per bene le lenzuola e pinzando gli angoli sotto il materasso. Fece il risvolto corto fino a metà cuscino come le aveva insegnato Sol e si vestì. Dal bagno proveniva il ronzio del rasoio elettrico di Fabio, che lei associava da tempo alle mattinate sonnacchiose dei fine settimana.

Si chiese se la discussione della notte prima fosse stata diversa dalle altre oppure se si sarebbe risolta come sempre, con Fabio che, uscito dalla doccia e ancora senza la maglietta, l'avrebbe abbracciata alle spalle e avrebbe tenuto la testa premuta contro i suoi capelli, a lungo, per tutto il tempo necessario a lasciar evaporare il rancore. Non c'era un'altra soluzione possibile, per il momento.

Alice cercò di immaginare cosa sarebbe stato altrimenti. Rimase assorta a guardare le tende, che si gonfiavano appena nella corrente. Avvertiva un senso rarefatto di abbandono, come un presentimento, qualcosa di simile a ciò che aveva provato in quel fosso pieno di neve e poi nella stanza di Mattia e che provava ogni volta, ancora adesso, di fronte al letto intatto di sua madre. Si portò l'indice sull'osso appuntito del bacino, percorrendo il profilo aguzzo a cui non era pronta a rinunciare, e quando il ronzio del rasoio cessò scosse la testa e tornò in cucina, con la preoccupazione solida e imminente del pranzo.

Sminuzzò la cipolla e tagliò un cubetto di burro, che mise da parte in un piattino. Tutte quelle cose gliele aveva insegnate Fabio. Lei si era abituata a maneggiare il cibo con un distacco asettico, seguendo semplici sequenze di azioni, il cui risultato finale non l'avrebbe riguardata.

Liberò gli asparagi dall'elastico rosso che li teneva insieme, li sciacquò sotto l'acqua fredda e li appoggiò su un tagliere. Mise sul fuoco una pentola piena d'acqua.

Percepì la presenza di Fabio nella stanza dall'avvicinarsi di piccoli rumori. S'irrigidì, aspettando il contatto con il suo corpo.

Invece lui si sedette sul divano e si mise a sfogliare una rivista, distrattamente.

«Fabio» lo chiamò lei, senza sapere bene cosa dirgli.

Lui non rispose. Voltò una pagina facendo più rumore del necessario. Ne strinse un angolo tra le dita, indeciso se strapparlo oppure no.

«Fabio» ripeté lei allo stesso volume, ma voltandosi.

«Che c'è?»

«Mi prendi il riso, per favore? È nel ripiano in alto. Io non c'arrivo.»

Era solo una scusa, lo sapevano entrambi. Era solo un modo per dirgli vieni qui.

Fabio buttò la rivista sul tavolino e quella urtò un posacenere scavato in una mezza noce di cocco, che si mise a ruotare su se stesso. Lui rimase per qualche secondo con le mani appoggiate sulle ginocchia, come se ci stesse pensando su. Poi si alzò di scatto e si avvicinò al lavello.

«Dove?» chiese con rabbia, evitando di guardare Alice.

«Là» indicò lei.

Fabio trascinò una sedia vicino al frigorifero, facendola cigolare sulle piastrelle di ceramica. Ci salì sopra. Aveva i piedi nudi. Alice li guardò come se non li conoscesse e li trovò attraenti, ma in un modo vagamente spaventoso.

Lui prese la confezione in cartone del riso. Era già aperta. La agitò. Poi sorrise, con un sorriso che Alice trovò sinistro. Inclinò il pacchetto e il riso cominciò a rovesciarsi a terra, come una pioggerellina bianca e sottile.

«Che fai?» disse Alice.

Fabio rise.

«Eccoti il riso» rispose.

Agitò la scatola più forte e i chicchi si sparsero per tutta la cucina. Alice si avvicinò.

«Smettila» gli disse, ma lui la ignorò. Alice lo ripeté più forte.

«Come al nostro matrimonio, te lo ricordi? Il nostro stramaledetto matrimonio» gridò Fabio.

Lei lo afferrò per un polpaccio per farlo smettere e lui le versò il riso sulla testa. Qualche chicco rimase impigliato tra i suoi capelli lisci. Lei lo guardò da sotto e disse di nuovo smettila.

Un chicco le urtò un occhio facendole male e a occhi chiusi Alice tirò uno schiaffo allo stinco di Fabio. Lui reagì scuotendo la gamba con forza e colpendola con un calcio appena sotto la spalla sinistra. Il ginocchio difettoso di sua moglie fece quel che poté per tenerla su, si piegò prima avanti e poi indietro, come un cardine disassato, e poi la lasciò cadere a terra.

Il riso nella confezione era finito. Fabio rimase in piedi sulla sedia, sbigottito, con la scatola a rovescio nella mano, a guardare sua moglie per terra, raggomitolata come un gatto. Una scarica violenta di lucidità gli attraversò il cervello.

Scese.

«Ali, ti sei fatta male?» disse. «Fammi vedere.»

Le mise una mano sotto la testa, per guardarle il viso, ma lei si dimenò.

«Lasciami!» gli urlò.

«Tesoro, scusa» implorò lui. «Ti sei...»

«Vai via!» gridò Alice, con una potenza di voce che nessuno dei due poteva sospettare.

Fabio si ritrasse di colpo. Gli tremavano le mani. Fece due passi indietro, poi balbettò un va bene. Corse verso la camera da letto e ne uscì con indosso una maglietta e un paio di scarpe. Uscì di casa senza voltarsi a guardare sua moglie, che non si era mossa.

36

Alice si portò i capelli dietro le orecchie. L'anta del pensile era ancora aperta sopra la sua testa, la sedia inanimata di fronte a lei. Non si era fatta male. Non le veniva da piangere. Non riusciva a riflettere su quanto era appena accaduto.

Iniziò a raccogliere i chicchi di riso sparpagliati per il pavimento. I primi li prese uno a uno. Poi cominciò a radunarli con il palmo della mano.

Si alzò e ne buttò una manciata nella pentola, dove l'acqua già bolliva. Rimase a guardarli, trasportati su e giù disordinatamente dai moti convettivi. Mattia li aveva chiamati così, una volta. Spense la fiamma e andò a sedersi sul divano.

Non avrebbe rimesso nulla a posto. Avrebbe aspettato che arrivassero i suoceri e la trovassero così. Avrebbe raccontato loro come si era comportato Fabio.

Ma non arrivò nessuno. Lui doveva averli avvisati. Oppure era andato da loro e stava raccontando la sua versione, stava dicendo che il ventre di Alice era secco come un lago prosciugato e che lui era stanco di andare avanti così.

La casa era sprofondata nel silenzio e la luce sembrava non trovare un suo posto. Alice alzò la cornetta del telefono e compose il numero di suo padre.

«Pronto?» rispose Soledad.

«Ciao Sol.»

«Ciao, *mi amorcito*. Come sta la mia bambina?» fece la tata, con la sua solita premura.

«Così così» disse Alice.

«Perché? *¿Qué pasó?*»

Alice rimase in silenzio qualche secondo.

«C'è papà?» chiese.

«Sta dormendo. Vado a svegliarlo?»

Alice pensò a suo padre, nella grande camera che divideva ormai solo con i suoi pensieri, con le persiane abbassate che disegnavano delle linee di luce sul suo corpo addormentato. Il rancore che li aveva sempre divisi era stato assorbito dal tempo, Alice non lo ricordava nemmeno. Ciò che più la opprimeva di quella casa, lo sguardo grave e penetrante di suo padre, era ciò che più le mancava adesso. Lui non le avrebbe detto nulla, parlava poco ormai. Carezzandole una guancia, avrebbe chiesto a Sol di cambiare le lenzuola nella sua stanza e sarebbe bastato così. Dopo la morte della mamma qualcosa era cambiato in lui, si era come allentato. Paradossalmente, da quando Fabio era entrato nella vita di Alice, suo padre era diventato più protettivo. Non parlava più di sé, lasciava che fosse lei a raccontare, si perdeva nella voce della figlia, trasportato più dal timbro che dalle parole e commentava con dei mormorii pensierosi.

I suoi momenti di assenza erano iniziati da circa un anno, quando una sera, per la prima volta, aveva confuso Soledad con Fernanda. L'aveva tirata a sé per baciarla, come se davvero si fosse trattato di sua moglie, e Sol era stata costretta a dargli uno schiaffo leggero sulla guancia a cui lui aveva reagito con il risentimento piagnucoloso di un bambino. Il giorno dopo non si era ricordato di nulla, ma la sensazione vaga di qualcosa di sbagliato, di un'interruzione nel ritmo cadenzato del tempo, l'aveva spinto a chiedere a Sol che cosa fosse accaduto. Lei aveva cercato di non rispondere, di sviare il discorso, ma lui non le aveva lasciato tregua. Quando la governante aveva detto la verità lui si era incupito, aveva annuito e voltandosi aveva detto mi dispiace, a bassa voce. Poi si era chiuso nel suo studio e vi era rimasto fino all'ora di cena, senza dormire o fare nulla. Si era seduto alla scrivania, con le mani poggiate sul piano in noce, e aveva cercato inutilmente di ricostruire quel segmento mancante nel nastro della sua memoria.

Episodi come quello si ripetevano con frequenza sempre maggiore e tutti e tre, Alice, suo padre e Sol, si sforzavano di fare finta di niente, in attesa del momento in cui non sarebbe più stato possibile.

«Ali?» la esortò Sol. «Allora vado a svegliarlo?»

«No no» si affrettò a dire Alice. «Non svegliarlo. Non è nulla.»

«Davvero?»

«Sì. Lascialo riposare.»

Riattaccò e si distese sul divano. Si sforzò di tenere gli occhi aperti, puntati sul soffitto intonacato. Voleva essere presente in questo istante in cui avvertiva un nuovo, incontrollato cambiamento. Voleva essere testimone dell'ennesima piccola catastrofe, memorizzarne i passaggi, ma in pochi minuti il suo respiro divenne più regolare e Alice si addormentò.

37

Mattia si stupì di avere ancora un istinto, sepolto sotto la rete spessa di pensieri e astrazioni che si era tessuto intorno. Si stupì della violenza con cui quell'istinto venne fuori e guidò i suoi gesti con sicurezza. Il ritorno alla realtà fu ancora più doloroso. Il corpo estraneo di Nadia era adagiato sul proprio. Il contatto con il suo sudore da una parte e con il tessuto spiegazzato del divano e i vestiti schiacciati di tutti e due dall'altra era soffocante. Lei respirava lentamente. Mattia pensò che se il rapporto tra i periodi dei loro respiri era un numero irrazionale, allora non c'era alcun modo di combinarli e trovare una regolarità.

Spalancò la bocca oltre i capelli di Nadia, per immagazzinare più ossigeno, ma l'aria era satura di una condensa pesante. Gli venne voglia di coprirsi. Girò una gamba perché sentiva il suo sesso, allentato e freddo, contro la gamba di lei. Maldestramente le fece male con il ginocchio. Nadia ebbe un sussulto e sollevò la testa. Si era già addormentata.

«Scusa» disse Mattia.

«Niente.»

Lei lo baciò e il suo fiato era troppo caldo. Lui rimase fermo, aspettando che smettesse.

«Andiamo in camera?» fece lei.

Mattia annuì. Avrebbe voluto tornare nel suo appartamento, al suo confortevole niente, ma sapeva che non era la cosa giusta da fare.

Entrambi avvertirono l'imbarazzo e l'innaturalezza del momento, mentre si infilavano sotto le lenzuola dai lati opposti del letto. Nadia gli sorrise come a dire va tutto bene. Al buio si accoccolò contro la sua spalla. Gli diede ancora un bacio e si addormentò in fretta.

Anche Mattia chiuse gli occhi, ma fu costretto a riaprirli subito, perché un'accozzaglia di ricordi tremendi lo aspettava, ammucchiata sotto le palpebre Di nuovo il respiro gli rimase troncato a metà. Al lungò la mano sinistra sotto il letto e prese a strofinare il pollice contro la rete di ferro, sulla giuntura appuntita che teneva insieme due maglie. Al buio si avvicinò il dito alla bocca e lo succhiò. Il sapore del sangue lo calmò per qualche secondo.

Pian piano si accorse dei rumori sconosciuti dell'appartamento di Nadia: il ronzio sommesso del frigorifero, il riscaldamento che frusciava per alcuni secondi e poi si interrompeva con un tac della caldaia e un orologio, nell'altra stanza, che gli sembrò andare troppo piano. Voleva muovere le gambe, alzarsi di lì. Nadia era rimasta al centro del letto e gli toglieva lo spazio per girarsi. I suoi capelli gli pungevano il collo e il suo respiro gli asciugava la pelle del petto. Mattia pensò che non avrebbe chiuso occhio. Era già tardi, forse le due passate, e lui avrebbe avuto una lezione il mattino dopo. Sarebbe stato troppo stanco e di certo avrebbe commesso degli errori alla lavagna, avrebbe fatto una figuraccia di fronte a tutti gli studenti. A casa sua invece avrebbe potuto dormire, almeno per quelle poche ore che restavano.

Se faccio piano non se ne accorge, pensò.

Rimase ancora immobile per più di un minuto, a rifletterci. I rumori erano sempre più presenti. Un al-

tro scatto secco della caldaia lo fece irrigidire e lui de
cise di andarsene.

Con dei piccoli movimenti riuscì a liberare il braccio che stava sotto la testa di Nadia. Nel sonno lei ne
avvertì la mancanza e si spostò per cercarlo. Mattia si
tirò su con il busto. Appoggiò un piede a terra e poi
anche l'altro. Quando si alzò la rete del letto cigolò
appena, riassestandosi.

Si voltò a guardarla nella penombra e si ricordò
vagamente dell'istante in cui aveva girato le spalle a
Michela, nel parco.

Camminò scalzo fino al salotto. Raccolse i suoi vestiti dal divano e le scarpe dal pavimento. Fece scattare la serratura, come sempre, senza alcun rumore, e
quando fu nel corridoio, ancora con i pantaloni in
mano, riuscì finalmente a respirare a fondo.

38

Il sabato del riso Fabio l'aveva chiamata sul cellulare quando era già sera. Alice si era domandata perché non avesse provato prima sul telefono di casa e poi aveva pensato che, forse, era perché il telefono di casa era un oggetto che riguardava tutti e due e a lui non andava che ci fosse qualcosa di condiviso in quel momento, proprio come non andava a lei. Era stata una chiamata breve, nonostante i silenzi trascinati. Lui aveva detto per stanotte mi fermo qui, come una decisione già presa, e lei aveva ribattuto per me puoi fermarti lì anche domani e quanto vuoi. Poi, una volta chiariti questi faticosi dettagli, Fabio aveva aggiunto Ali mi dispiace e lei aveva riattaccato senza dire anche a me.

Non aveva più risposto al telefono. L'insistenza di Fabio si era placata in fretta e lei, in un accesso di autocommiserazione, si era detta hai visto? Camminando scalza per l'appartamento aveva raccolto a casaccio alcune cose di suo marito, dei documenti e qualche vestito, e le aveva messe in uno scatolone, che poi aveva abbandonato nell'ingresso.

Una sera era rientrata dal lavoro e non l'aveva più trovato. Fabio non aveva portato via molto di più, i mobili erano tutti al loro posto e l'armadio ancora pieno di roba sua, ma nella libreria del salotto ora c'erano dei buchi tra i libri, degli spazi neri che testimoniavano l'inizio del disfacimento. Alice si era fermata a guardarli e per la prima volta il distacco aveva assunto i contorni concreti di un dato di fatto, la consistenza massiccia di una forma solida.

Con un certo sollievo si era lasciata andare. Le sembrava di avere sempre fatto tutto quanto per qualcun altro, ma adesso c'era soltanto lei e poteva semplicemente smettere, arrendersi e basta. Aveva più tempo per le stesse cose, ma avvertiva un'inerzia nei movimenti, la fatica come di spostarsi dentro un liquido viscoso. Finì per tralasciare anche gli impegni più facili. I vestiti da lavare si ammucchiavano nel bagno e lei, sdraiata sul divano da ore, sapeva che erano lì, che si sarebbe trattato di uno sforzo banale, ma a nessuno dei suoi muscoli quello sembrava un motivo sufficiente.

Si era inventata un'influenza per non andare al lavoro. Dormiva molto più del necessario, anche in pieno giorno. Non abbassava neppure le persiane, le bastava chiudere gli occhi per ignorare la luce, per cancellare gli oggetti che la circondavano e dimenticare il suo corpo odioso, sempre più debole ma ancora tenacemente attaccato ai pensieri. Il peso delle conseguenze era sempre lì, come uno sconosciuto che le dormiva addosso. Vegliava su di lei anche quando Alice sprofondava nel sonno, un sonno greve e saturo di sogni, che assomigliava sempre di più a una dipendenza. Se aveva la gola secca, Alice immaginava di soffocare. Se le formicolava un braccio rimasto troppo a lungo sotto il cuscino era perché un cane lupo se lo stava mangiando. Se i suoi piedi erano freddi perché nel rigirarsi erano finiti fuori dalle coperte, Alice si trovava di nuovo in fondo al canalone, immersa nella neve fino al collo. Però non aveva paura, quasi mai. La paralisi le permetteva di muovere soltanto la lingua e lei l'allungava per assaggiare la neve. Era dolce e Alice avrebbe voluto mangiarla tutta, ma non poteva girare la testa. E allora se ne stava lì, ad aspettare che il freddo salisse su per le gambe, che le riempisse la pancia e da lì si irradiasse nelle vene, gelandole il sangue.

Il risveglio era infestato di pensieri strutturati solo in parte. Alice si alzava quando non poteva più farne a meno e la confusione del dormiveglia si diradava lentamente, lasciando nella sua testa dei residui lattiginosi, come dei ricordi interrotti, che si mischiavano agli altri e non sembravano meno veri. Vagava per l'appartamento silenzioso come il fantasma di se stessa, inseguendo senza fretta la propria lucidità. Sto impazzendo, pensava alle volte. Ma non le dispiaceva. Anzi, le veniva da sorridere, perché finalmente stava scegliendo lei.

La sera mangiava foglie d'insalata, pescandole direttamente dal sacchetto di plastica. Erano croccanti e fatte di niente. Il solo sapore che ne usciva era quello dell'acqua. Non le mangiava per riempirsi lo stomaco, ma soltanto per sostituire il rito della cena e occupare in qualche modo quel tempo, di cui non avrebbe saputo che altro fare. Masticava insalata finché non le veniva la nausea di quella roba inconsistente.

Si svuotava di Fabio e di sé, di tutti gli sforzi inutili che aveva fatto per arrivare fino a lì e non trovarci niente. Osservava con distaccata curiosità il riaffiorare delle sue debolezze, delle sue ossessioni. Questa volta avrebbe lasciato decidere loro, tanto lei non era riuscita a combinare niente. Contro certe parti di sé si rimane impotenti, si diceva, mentre regrediva piacevolmente ai tempi in cui era ragazza. Al momento in cui Mattia era partito e da lì a poco anche sua madre, per due viaggi diversi ma altrettanto distanti da lei. Mattia. Ecco. Ci pensava spesso. Di nuovo. Era come un'altra delle sue malattie, dalla quale non voleva veramente guarire. Ci si può ammalare anche solo di un ricordo e lei era ammalata di quel pomeriggio nella macchina, di fronte al parco, quando con il proprio viso aveva coperto il suo per togliergli da davanti il luogo di quell'orrore.

Poteva sforzarsi, ma da tutti gli anni passati insieme a Fabio non riusciva a estrarre neppure un'immagine che le schiacciasse il cuore così forte, che avesse la stessa impetuosa violenza nei colori e che lei riuscisse ancora a sentire sulla pelle e alla radice dei capelli e tra le gambe. È vero, c'era stata quella volta a cena da Riccardo e sua moglie, in cui avevano riso e bevuto molto e mentre aiutava Alessandra a lavare i piatti, si era tagliata il polpastrello del pollice con un bicchiere, che le era andato in frantumi tra le mani, e lasciandolo cadere aveva detto ahi. Non l'aveva detto forte, l'aveva appena sussurrato, ma Fabio aveva sentito ed era accorso. Le aveva esaminato il pollice sotto la luce, chinandosi se l'era avvicinato alle labbra e aveva succhiato un po' del sangue, per farlo smettere, come se fosse stato il suo. Con il pollice in bocca l'aveva guardata dal basso, con quegli occhi trasparenti che Alice non sapeva sostenere. Poi aveva chiuso la ferita nella sua mano e aveva baciato Alice sulla bocca. Lei aveva sentito nella sua saliva il sapore del proprio sangue e si era immaginata che fosse circolato in tutto il corpo di suo marito per tornare di nuovo a lei, pulito, come in una dialisi.

C'era stata quella volta e ce n'erano state infinite altre, che Alice non ricordava più, perché l'amore di chi non amiamo si deposita sulla superficie e da lì evapora in fretta. Quello che rimaneva adesso era un arrossamento tenue, quasi invisibile sulla sua pelle tirata, nel punto in cui Fabio l'aveva colpita con un calcio.

A volte, soprattutto la sera, ripensava alle sue parole. *Io così non riesco più.* Si accarezzava la pancia e provava a immaginare come sarebbe stato avere qualcuno lì dentro, a nuotare nel suo liquido freddo. *Spiegami cos'è.* Ma non c'era nulla da spiegare. Non c'era un motivo o non era uno soltanto. Non c'era un inizio. Era lei e basta e nella sua pancia non voleva nessuno. Forse dovrei dirgli questo, pensava. Allora prendeva in mano il cellulare e scorreva la rubrica fino alla F. Strofinava la tastiera con il pollice, quasi sperasse di attivare la chiamata per sbaglio. Poi premeva il tasto rosso. Rivedere Fabio, parlargli, ricostruire: tutto quanto sembrava uno sforzo inumano e lei preferiva stare lì, a guardare i mobili del soggiorno coprirsi di uno strato di polvere ogni giorno più spesso.

39

Non guardava quasi mai gli studenti. Quando incrociava i loro occhi chiari puntati sulla lavagna e su di lui, si sentiva come spogliato. Mattia scriveva i conti e li commentava con precisione, come se li stesse spiegando anche a se stesso. L'aula era sproporzionata per accogliere la dozzina di studenti del quarto anno che seguivano il suo corso di topologia algebrica. Si disponevano nelle prime tre file di sedie, più o meno sempre negli stessi posti e lasciando un banco vuoto tra uno e l'altro come lui stesso faceva ai tempi dell'università, ma in nessuno di loro riusciva a scorgere qualcosa che gli ricordasse se stesso.

Nel silenzio sentì la porta in fondo all'aula richiudersi, ma non si voltò finché non fu alla fine della dimostrazione. Girò pagina nei suoi appunti, di cui non aveva davvero bisogno, riallineò i fogli e solo allora scorse una nuova figura nel margine più alto del suo campo visivo. Sollevò la testa e distinse Nadia. Si era seduta nell'ultima fila, era vestita di bianco. Teneva le gambe accavallate e non lo salutò.

Mattia cercò di dissimulare il panico e andò avanti a spiegare il teorema successivo. A metà perse il filo, disse I'm sorry e cercò il passaggio sugli appunti, senza riuscire a concentrarsi. Tra gli studenti ci fu un mormorio appena percepibile, perché dall'inizio del corso il professore non aveva mai avuto un'esitazione.

Riprese e arrivò fino alla fine, scrivendo di fretta e piegando sempre di più le scritte verso il basso, via via che si spingeva verso il bordo destro della lavagna. Gli ultimi due passaggi li ammassò in un angolo in alto, perché non si era tenuto abbastanza spazio. Alcuni studenti si sporsero in avanti per distinguere gli esponenti e i pedici che si erano confusi con le formule intorno. Mancava ancora un quarto d'ora alla fine della lezione quando Mattia disse *okay, I'll see you tomorrow*.

Posò il gesso e guardò gli studenti alzarsi, un po' perplessi, e rivolgergli un cenno di saluto prima di uscire dalla classe. Nadia era ancora seduta lì, nella stessa posizione, e nessuno parve accorgersi di lei.

Rimasero soli. Sembravano lontanissimi. Nadia si alzò nello stesso momento in cui lui si mosse per dirigersi verso di lei. Si incontrarono più o meno a metà dell'aula e mantennero un metro abbondante di distanza.

«Ciao» fece Mattia. «Non pensavo...»

«Senti» lo interruppe lei, piantandogli gli occhi in faccia con decisione. «Noi non ci conosciamo neppure. Mi dispiace di essere piombata qui.»

«No, non...» provò a dire lui, ma Nadia non lo fece parlare.

«Mi sono svegliata e non ti ho trovato e tu potevi almeno...»

Si fermò un secondo. Mattia fu costretto ad abbassare lo sguardo perché gli bruciavano gli occhi, come se non avesse sbattuto le palpebre per più di un minuto.

«Comunque non importa» riprese Nadia. «Io non inseguo nessuno. Non ne ho più voglia ormai.»

Allungò un biglietto a Mattia e lui lo prese.

«Lì c'è il mio numero. Ma se decidi di usarlo non metterci troppo.»

Tutti e due guardarono a terra. Nadia stava per spingersi in avanti, ondeggiò appena sui tacchi, ma poi si voltò di scatto.

«Ciao» disse.

Mattia si schiarì la gola, invece di rispondere. Pensò che c'era un tempo finito prima che lei arrivasse alla porta. Un tempo che non era sufficiente a prendere una decisione, ad articolare un pensiero.

Nadia si fermò sulla soglia.

«Io non lo so che cos'hai» gli disse. «Ma qualunque cosa sia, credo che mi piaccia.»

Poi uscì. Mattia guardò il biglietto, dove c'erano soltanto un nome e una sequenza di cifre, soprattutto dispari. Raccolse i fogli dalla cattedra, ma aspettò che finisse l'ora per uscire.

In ufficio Alberto era al telefono e teneva la cornetta pinzata tra il mento e la guancia, per essere libero di gesticolare con entrambe le braccia. Alzò le sopracciglia per salutare Mattia.

Quando riagganciò si appoggiò allo schienale e distese le gambe. Gli rivolse un sorriso complice.

«E allora?» gli chiese. «Abbiamo fatto tardi ieri?»

Mattia evitò deliberatamente di guardarlo. Scrollò le spalle. Alberto si alzò e si piazzò dietro la sua sedia. Gli sprimacciò le spalle, come un allenatore al suo pugile. A Mattia non piaceva essere toccato.

«Ho capito, non ti va di parlarne. *Alright then*, cambiamo argomento. Ho buttato giù una traccia per l'articolo. Ti va di dargli un'occhiata?»

Mattia annuì. Tamburellò piano con l'indice sul pulsante 0 del computer, in attesa che lui gli togliesse le mani dalle spalle. Alcune immagini della notte precedente, sempre le stesse, gli attraversavano la testa come deboli lampi di luce.

Alberto tornò al suo posto e si lasciò cadere sulla sedia, sgraziatamente. Si mise a cercare l'articolo in mezzo a una pila informe di fogli.

«Ah» fece. «È arrivata questa per te.» Lanciò una busta sulla scrivania di Mattia. Lui la guardò senza toccarla. Il suo nome e l'indirizzo dell'università erano scritti con un inchiostro blu corposo, che di certo era passato dall'altra parte della carta.

La M di Mattia cominciava con un tratto diritto, poi, leggermente staccata, partiva una curva morbida e concava, che scendeva con continuità nella stanghetta di destra. Le due *t* erano unite da un unico tratto orizzontale e tutte le lettere erano un po' inclinate, ammassate come se fossero cadute una sull'altra. C'era un errore nell'indirizzo, una *c* di troppo prima del *sh*. Gli sarebbe bastata una qualunque di quelle lettere, anche solo l'asimmetria tra le due asole panciute della *B* di Balossino, per riconoscere immediatamente la calligrafia di Alice.

Deglutì e a tentoni trovò il tagliacarte, che stava al suo posto nel secondo cassetto. Se lo rigirò nervosamente tra le dita e lo infilò nella scollatura della busta. Gli tremavano le mani e per controllarsi strinse più forte l'impugnatura.

Alberto lo spiava dall'altro lato della scrivania, fingendo di non trovare i fogli che aveva già di fronte. Il tremito delle dita di Mattia era distinguibile anche a quella distanza, ma il biglietto era nascosto nel palmo della sua mano e Alberto non riusciva a vederlo.

Osservò il collega chiudere gli occhi e rimanere così per una manciata di secondi, poi riaprirli e guardarsi intorno, come smarrito e improvvisamente distante.

«Chi ti scrive?» azzardò Alberto.

Mattia lo squadrò con una sorta di risentimento, come se non lo riconoscesse affatto. Poi si alzò, ignorando la domanda.

«Io devo andare» fece.

«Eh?»

«Devo andare. Credo... in Italia.»

Anche Alberto si alzò, come se volesse impedirglielo.

«Ma che stai dicendo? Cos'è successo?»

D'istinto si avvicinò e provò di nuovo a sbirciare il biglietto, ma Mattia lo teneva nascosto tra la mano e il tessuto ruvido del maglione, all'altezza della pancia, come qualcosa di segreto. Tre dei quattro angoli bianchi sporgevano oltre le sue dita, lasciandone intuire la forma quadrata e nulla di più.

«Niente. Non lo so» ribatté Mattia, con un braccio già infilato nella manica della giacca a vento. «Però devo andare.»

«E l'articolo?»

«Lo guarderò quando torno. Tu vai pure avanti.»

Poi uscì, senza dare ad Alberto il tempo di protestare.

40

Il giorno che Alice tornò al lavoro si presentò in ritardo di quasi un'ora. Aveva spento la sveglia senza neppure svegliarsi e mentre si preparava per uscire aveva dovuto fermarsi spesso, perché ogni gesto costava al suo corpo una fatica insostenibile.

Crozza non la rimproverò. Gli bastò guardarla in faccia per capire. Le guance di Alice erano affossate e i suoi occhi, sebbene sembrassero sporgere troppo dal viso, erano come assenti, velati di un'indifferenza sinistra.

«Scusa il ritardo» disse entrando, ma senza l'intenzione di scusarsi davvero.

Crozza voltò pagina del giornale e non si trattenne dal guardare l'orologio.

«Ci sono degli sviluppi da fare per le undici» disse. «Le solite stronzate.»

Si schiarì la gola e sollevò più in alto il quotidiano. Con la coda dell'occhio seguiva gli spostamenti di Alice. La guardò posare la borsa al solito posto, sfilarsi la giacca e sedersi alla macchina. Si muoveva lentamente e con una precisione eccessiva, che tradiva il suo sforzo di far sembrare tutto a posto. Crozza l'osservò restare assorta per alcuni secondi, con il mento appoggiato alla mano, e finalmente, dopo essersi aggiustata i capelli dietro le orecchie, decidersi a cominciare.

Valutò con calma la sua eccessiva magrezza, nascosta sotto la maglia di cotone a collo alto e dentro i pantaloni per nulla aderenti, ma evidente nelle mani e ancor di più nel contorno del viso. Provava una rabbiosa impotenza, perché lui non c'entrava nulla nella vita di Alice, ma lei c'entrava eccome nella sua, come una figlia di cui non aveva potuto scegliere il nome.

Lavorarono fino all'ora di pranzo senza parlarsi. Si limitavano a scambiare dei cenni indispensabili con la testa. Dopo tutti gli anni passati lì dentro ogni gesto sembrava automatico e loro si muovevano con agilità, dividendosi lo spazio in modo equo. La vecchia Nikon era al suo posto sotto il bancone, dentro la custodia nera, ed entrambi si domandavano, a volte, se potesse ancora funzionare.

«A pranzo andiamo...» azzardò il fotografo.

«Ho un impegno per pranzo» l'interruppe Alice. «Scusami.»

Lui annuì, pensieroso.

«Se non te la senti, nel pomeriggio puoi stare a casa» disse. «Non c'è molto da fare, come vedi.»

Alice lo guardò allarmata. Finse di riordinare gli oggetti sul bancone: un paio di forbici, una busta per le foto, una penna e un rullino tagliato in quattro segmenti uguali. Li scambiò semplicemente di posto fra loro.

«No. Perché? Io...»

«Da quanto non vi vedete?» l'interruppe il fotografo.

Alice sobbalzò appena. Cacciò una mano dentro la borsa, come per proteggerla.

«Tre settimane. Più o meno.»

Crozza annuì, poi scrollò le spalle.

«Andiamo» fece.

«Ma...»

259

«Dài, andiamo» ripeté lui, più deciso.

Alice ci rifletté un momento. Poi decise di seguirlo. Chiusero a chiave il negozio. Il pendaglio appeso alla porta tintinnò nella penombra e poi smise. Alice e Crozza si avviarono verso l'auto del fotografo. Lui camminava lentamente, senza darlo a vedere, per rispettare il passo faticoso di lei.

La vecchia Lancia si avviò solo al secondo tentativo e Crozza mormorò una bestemmia tra i denti.

Percorsero il viale fin quasi al ponte, poi il fotografo svoltò a destra e seguì la strada che costeggia il fiume. Quando si spostò sulla corsia di destra e mise la freccia per svoltare di nuovo, nella via dell'ospedale, Alice s'irrigidì di colpo.

«Ma dove...» cercò di dire.

Lui accostò di fronte a un'officina con le serrande a metà, in corrispondenza dell'ingresso del Pronto Soccorso.

«Non sono affari miei» disse, senza guardare Alice. «Ma tu devi andare là dentro. Da Fabio, oppure da un altro medico.»

Alice lo fissava. Il suo sconcerto iniziale lasciava già spazio alla rabbia. La strada era silenziosa. Tutti quanti erano rintanati in casa o in un bar per il pranzo. Le foglie dei platani ondeggiavano senza fare rumore.

«Non ti ho più vista così da...» esitò il fotografo. «Da quando ti ho conosciuta.»

Alice soppesò nella sua testa quel *così*. Suonava sinistro e a lei venne da guardarsi nello specchietto, ma quello inquadrava soltanto il fianco destro dell'auto. Scosse la testa, poi fece scattare la serratura e scese dalla macchina. Sbatté la portiera e senza voltarsi puntò con passo deciso nella direzione opposta all'ospedale.

Camminò veloce, più che poteva, per allontanarsi

da quel posto e dalla sfacciataggine di Crozza, ma un centinaio di metri più in là dovette fermarsi. Le mancava il fiato e a ogni passo la gamba le faceva più male, pulsava come a chiederle pietà. L'osso sembrava pentrare nella carne viva, manco fosse di nuovo uscito dalla sede. Alice spostò tutto il peso sulla destra e mantenne a stento l'equilibrio, appoggiando una mano al muro ruvido di fianco.

Attese che il dolore passasse, che la gamba tornasse inerte come sempre e che il respiro fosse di nuovo un'azione inconsapevole. Il cuore pompava sangue lentamente, senza convinzione, ma si faceva sentire fin dentro le orecchie.

Devi andare da Fabio. O da un altro medico, le ripeteva la voce di Crozza.

E poi?, pensava lei.

Tornò indietro, verso l'ospedale, camminando faticosamente e senza un'intenzione precisa. Il suo corpo sceglieva la strada come per istinto e i passanti che la incrociavano sul marciapiede si facevano da parte, perché Alice barcollava un po', senza accorgersene. Qualcuno di loro si fermò, indeciso se offrirle un aiuto, ma poi passò oltre.

Alice entrò nel cortile del Maria Ausiliatrice e non ripensò a quando passeggiava sullo stesso vialetto con Fabio. Si sentiva come se non avesse un passato, come se si fosse trovata in quel luogo senza sapere da dove veniva. Era stanca, di quella stanchezza che sa dare solo il vuoto.

Salì le scale tenendosi al mancorrente e si fermò di fronte all'ingresso. Voleva arrivare solo fino a lì, azionare le porte scorrevoli del reparto e aspettare qualche minuto, il tempo necessario per ritrovare la forza di andare via. Era un modo per dare una piccola spinta alla casualità, solo questo, trovarsi dove Fabio si trovava e vedere cosa sarebbe successo. Non avrebbe fatto ciò che diceva Crozza, non avrebbe ascoltato nessuno e non avrebbe ammesso neppure a se stessa che sperava davvero di trovarlo.

Non successe nulla. Le porte automatiche si aprirono e quando Alice fece un passo indietro si chiusero di nuovo.

Che cosa ti aspettavi?, si chiese.

Pensò di sedersi qualche secondo, sperando che passasse. Il suo corpo le chiedeva qualcosa, ogni nervo glielo urlava, ma lei non voleva ascoltare.

Fece per voltarsi, quando udì nuovamente il fruscio elettrico delle porte. Alzò gli occhi, per reazione, convinta che stavolta si sarebbe trovata davvero suo marito di fronte.

L'ingresso era di nuovo spalancato. Fabio non c'era. Al suo posto, oltre la soglia, stava in piedi una ragazza. Aveva attivato lei il sensore, ma non uscì. Rimase ferma dov'era, a lisciarsi la gonna con le mani. Infine imitò Alice: mosse un passo all'indietro e le porte si richiusero.

Lei l'osservò, incuriosita da quel gesto. Si accorse che non era poi così giovane. Poteva avere la sua stessa età, più o meno. Teneva il busto leggermente incurvato in avanti e le spalle buttate giù, strette strette, come se non ci fosse abbastanza posto intorno.

Alice pensò che aveva qualcosa di familiare, forse nell'espressione del viso, ma non riusciva a collocarla. I suoi pensieri si richiudevano su se stessi, giravano a vuoto.

Poi la ragazza lo fece di nuovo. Camminò avanti, mise i piedi uniti e dopo qualche secondo si tirò indietro.

Fu a quel punto che sollevò la testa e le sorrise, al di là del vetro.

Una scossa percorse la schiena di Alice, vertebra per vertebra, fino a disperdersi nella gamba cieca. Lei trattenne il respiro.

Conosceva un'altra persona che sorrideva in quel modo, inarcando solamente il labbro superiore, a scoprire appena i due incisivi, e lasciando immobile il resto della bocca.

Non può essere, pensò. Si avvicinò per vedere meglio e le porte rimasero spalancate. La ragazza parve delusa e la fissò interrogativa. Alice capì e si tirò indietro, per farle continuare il suo gioco. Lei riprese come se niente fosse.

Aveva gli stessi capelli scuri, spessi e ondulati solo in fondo, che ad Alice era capitato di toccare così poche volte. Gli zigomi erano un po' sporgenti e nascondevano gli occhi neri, ma guardandoli Alice riconobbe gli stessi vortici che certe notti l'avevano tenuta sveglia fino a tardi, gli stessi bagliori opachi degli occhi di Mattia.

È lei, pensò, e una sensazione simile al terrore le strinse la gola.

D'istinto cercò la macchina fotografica nella borsa, ma non aveva con sé neppure una stupida automatica.

Continuò a guardare la ragazza, senza sapere che altro fare. Le girava la testa e la vista le si offuscava di tanto in tanto, come se il cristallino non riuscisse a trovare la giusta curvatura. Con le labbra secche pronunciò Michela, ma dalla bocca non uscì sufficiente aria.

La ragazza sembrava non stancarsi mai. Giocava con la fotocellula come una bambina. Adesso faceva dei piccoli saltelli, avanti e indietro, come se volesse cogliere le porte in fallo.

Una signora anziana si avvicinò dall'interno dell'edificio. Dalla sua borsa spuntava una grande busta gialla rettangolare, forse un referto radiologico. Senza dire nulla, prese la ragazza sottobraccio e la condusse fuori.

Lei non si oppose. Quando passò di fianco ad Alice, si voltò per un momento a guardare le porte scorrevoli, quasi a ringraziarle di averla fatta divertire. Era così vicina che Alice percepì lo spostamento d'aria prodotto dal suo corpo. Tendendo una mano avrebbe potuto toccarla, ma era come paralizzata.

Seguì le due donne con lo sguardo mentre si allontanavano camminando piano.

Ora c'era gente che entrava e usciva. Le porte si aprivano e si chiudevano di continuo, in un ritmo ipnotico che ad Alice riempiva la testa.

Come riavendosi di colpo, chiamò «Michela», questa volta ad alta voce.

La ragazza non si voltò e neppure la signora anziana che l'accompagnava. Non modificarono di una virgola la loro andatura, come se non avessero nulla da spartire con quel nome.

Alice pensò che doveva seguirle, doveva guardare la ragazza più da vicino, parlarle, capire. Mise il piede destro sul primo gradino e si tirò dietro l'altra gamba, ma quella restò inchiodata dov'era, addormentata. Lei si trovò sbilanciata indietro. Con una mano cercò il mancorrente, senza trovarlo.

Si accasciò come un ramo spezzato e scivolò per i due gradini restanti.

Da terra fece ancora in tempo a vedere le donne sparire dietro l'angolo. Poi sentì l'aria saturarsi di umidità e i rumori farsi rotondi e sempre più distanti.

41

Mattia aveva fatto i tre piani di scale di corsa. Tra il primo e il secondo aveva incrociato uno dei suoi studenti, che aveva cercato di fermarlo per chiedergli qualcosa. Lui lo aveva superato dicendo mi dispiace devo proprio andare, e nel cercare di evitarlo c'era mancato poco che inciampasse. Giunto nell'atrio aveva rallentato di colpo, per darsi un contegno, ma continuando a camminare speditamente. Il marmo scuro del pavimento era lucido e rifletteva oggetti e persone come uno specchio d'acqua. Mattia aveva rivolto un cenno di saluto al portinaio ed era uscito.

L'aria fredda l'aveva colto di sorpresa e lui si era domandato ma che stai facendo?

Adesso era seduto sul muretto di fronte all'ingresso e si chiedeva perché mai avesse reagito in quel modo, quasi che in tutti quegli anni non avesse fatto altro che attendere un segnale per tornare indietro.

Guardò di nuovo la fotografia che Alice gli aveva spedito. Erano loro due insieme, di fronte al letto dei genitori di lei, travestiti da sposi con quegli abiti che sapevano di naftalina. Mattia aveva l'aria rassegnata, mentre lei sorrideva. Con un braccio gli cingeva la vita. L'altro reggeva la macchina fotografica e spariva in parte dall'inquadratura, come se ora lei lo tendesse verso di lui, adulto, per accarezzarlo. Sul retro Alice aveva scritto solamente una riga e sotto la firma.

Devi venire qui.
Ali

Mattia cercò una spiegazione a quel messaggio e ancora di più alla propria scombinata reazione. Immaginò di uscire dalla zona Arrivi dell'aeroporto e di trovare Alice e Fabio ad aspettarlo, oltre la ringhiera. Di salutare lei, baciandola sulle guance, e poi di stringere la mano a suo marito per presentarsi. Avrebbero litigato per finta su chi dovesse portare la valigia fino all'auto e lungo il tragitto avrebbero provato a raccontarsi com'era andata la vita, inutilmente, quasi si potesse davvero riassumere. Mattia sul sedile posteriore, loro in quelli davanti: tre sconosciuti che fingono di avere qualcosa in comune e grattano la superficie delle cose, pur di evitare il silenzio.

Non ha alcun senso, si disse.

Quel pensiero lucido gli diede un po' di sollievo, come se si stesse riappropriando di sé dopo un attimo di smarrimento. Picchiettò con l'indice sulla foto, già con l'intenzione di metterla via e di tornare da Alberto, per riprendere il loro lavoro.

Mentre era ancora assorto, Kirsten Gorbahn, una post-doc di Dresda con cui aveva firmato alcuni degli ultimi articoli, gli si avvicinò e si sporse a sbirciare la foto.

«Tua moglie?» gli domandò con aria allegra, indicando Alice.

Mattia piegò il collo per guardare Kirsten sopra di sé. Gli venne da nascondere la foto, ma poi pensò che sarebbe stato maleducato. Kirsten aveva questa faccia oblunga, come se qualcuno l'avesse tirata per il

mento molto forte. In due anni di studio a Roma ave
va imparato un po' di italiano, che pronunciava con
tutte le *o* chiuse.

«Ciao» disse Mattia incerto. «No, non è mia moglie. È solo... un'amica.»

Kirsten ridacchiò, divertita da non si sa cosa, e bevve un sorso di caffè dal bicchiere di polistirolo che teneva tra le mani.

«*She's cute*» commentò.

Mattia la squadrò, un po' a disagio, e poi tornò a
guardare la foto. Sì, era davvero carina.

42

Quando Alice si risvegliò, un'infermiera le stava contando i battiti. Era sdraiata su un lettino vicino all'ingresso, leggermente di sbieco e con le scarpe ancora ai piedi, sopra il lenzuolo bianco. Pensò immediatamente a Fabio, che poteva averla vista ridotta in quel modo, e si sollevò di scatto.

«Sto bene» disse.

«Stia giù» le ordinò l'infermiera. «Ora facciamo un controllo.»

«Non c'è bisogno. Davvero, sto bene» insistette Alice e vinse la resistenza dell'infermiera che cercava di tenerla ferma. Fabio non c'era.

«Signorina, lei è svenuta. Deve visitarla un medico.»

Ma Alice si era già messa in piedi. Controllò di avere ancora la borsa.

«Non è niente. Mi creda.»

L'infermiera alzò gli occhi al cielo e non si oppose. Alice si guardò intorno spaesata, come cercando qualcuno. Poi disse grazie e si allontanò frettolosamente.

Cadendo non si era fatta male. Doveva aver preso solo una botta al ginocchio destro. Sentiva la pulsazione ritmica dell'ematoma sotto i jeans. Le mani, poi, erano un po' graffiate e impolverate, come se le avesse strascicate sulla ghiaia del cortile. Ci soffiò sopra per pulirle.

Si avvicinò al gabbiotto dell'accettazione e si sporse sul buco tondo del vetro. La signora dall'altra parte alzò gli occhi verso di lei.

«Buongiorno» disse Alice. Non aveva idea di come spiegarsi. Non sapeva neppure per quanto tempo fosse rimasta incosciente.

«Prima...» fece «io ero in piedi là...»

Indicò il punto in cui si trovava, ma la signora non mosse la testa.

«C'era una donna, all'ingresso. Io mi sono sentita male. Sono svenuta. Poi... Ecco, avrei bisogno di risalire al nome di quella persona.»

L'inserviente la guardò stranita da dietro il banco.

«Mi scusi?» domandò, con una smorfia.

«Sembra strano, lo so» insistette Alice. «Però forse può aiutarmi. Magari potrebbe darmi i nominativi dei pazienti che oggi hanno fatto delle visite in questo reparto. O degli esami. Solo quelli delle donne, mi bastano quelli.»

La signora la squadrò. Poi le sorrise con freddezza.

«Non siamo autorizzati a dare questo tipo di informazioni» rispose.

«È molto importante. La prego. È davvero molto importante.»

L'inserviente batté con una penna sul registro che aveva di fronte.

«Mi dispiace. Non è davvero possibile» ribatté, stizzita.

Alice sbuffò. Fece per staccarsi dallo sportello, ma poi si avvicinò di nuovo.

«Sono la moglie del dottor Rovelli» disse.

La signora si mise più dritta sulla sedia. Inarcò le sopracciglia e ticchettò di nuovo con la penna sul registro.

«Capisco» fece. «Se vuole avviso suo marito, allora.»

Sollevò la cornetta per chiamare l'interno, ma Alice la fermò con un gesto della mano.

«No» le disse, senza controllare il tono della voce «Non c'è bisogno.»

«Ne è sicura?»

«Sì, grazie. Lasci stare.»

S'incamminò verso casa. Per l'intero tragitto non riuscì a pensare ad altro. La sua mente stava riacquistando lucidità, ma tutte le immagini che l'attraversavano erano annichilite dal volto di quella ragazza. I particolari si stavano già confondendo, sprofondavano velocemente in mezzo a un oceano di altri ricordi senza importanza, ma restava viva quell'inspiegabile sensazione di familiarità. E quel sorriso, lo stesso di Mattia, mischiato al proprio riflesso intermittente sul vetro.

Forse Michela era viva e lei l'aveva vista. Era una follia, eppure Alice non riusciva a non crederci veramente. Come se il suo cervello avesse un disperato bisogno proprio di quel pensiero. Come se ci si stesse aggrappando, per restare viva.

Prese a ragionare, a formulare ipotesi. Tentò di ricostruire come fossero andate le cose. Forse la donna anziana aveva rapito Michela, l'aveva trovata nel parco e se l'era portata via, perché desiderava violentemente una bambina, ma di figli non poteva averne. Il suo ventre era difettoso oppure lei non voleva farci un po' di posto.

Proprio come me, pensò Alice.

L'aveva rubata e poi l'aveva cresciuta in una casa lontana da lì, con un nome diverso, come se fosse stata sua.

Ma perché tornare, allora? Perché rischiare di essere scoperta dopo tutti quegli anni? Forse il senso di colpa la stava divorando. Oppure voleva soltanto sfidare la sorte, come aveva fatto lei di fronte alle porte del reparto di oncologia.

Magari la vecchia non c'entrava niente, invece. Aveva incontrato Michela molto tempo dopo e non sapeva nulla delle sue origini, della sua vera famiglia, così come la stessa Michela non ricordava più nulla di sé.

Alice pensò a Mattia, che dall'abitacolo della sua vecchia auto indicava gli alberi di fronte, con quello sguardo terreo, assente, che sapeva di morte. *Era uguale identica a me*, aveva detto.

D'improvviso le sembrava che tutto fosse coerente, che quella ragazza fosse davvero Michela, la gemella scomparsa, e che ogni particolare fosse al suo posto: la spaziatura della fronte, la lunghezza delle dita, il modo circospetto di muoverle. E quel suo gioco puerile, soprattutto quello.

Un secondo dopo, invece, si scopriva confusa. Tutti quei dettagli collassavano in una sensazione vaga di stanchezza, orchestrata dalla fame che le stringeva le tempie da giorni, e Alice temeva di perdere i sensi un'altra volta.

A casa, lasciò la porta socchiusa e le chiavi infilate dentro. Andò in cucina e aprì la dispensa senza neppure levarsi la giacca. Trovò una scatoletta di tonno e lo mangiò direttamente dalla latta, senza scolare l'olio. Il sapore le dava la nausea. La gettò vuota nel lavandino e ne prese una di piselli. Li pescò con la forchetta da quell'acqua torbida e ne mangiò la metà, senza respirare. Sapevano di sabbia e le bucce lucide rimanevano appiccicate ai denti. Poi tirò fuori la confezione di biscotti che era lì aperta, dal giorno in cui Fabio se n'era andato. Ne mangiò cinque, uno dietro l'altro, masticandoli appena. A ingoiarli le grattavano la gola, come frammenti di vetro. Si fermò solo quando i crampi allo stomaco furono così forti che dovette sedersi a terra per resistere al dolore.

Quando fu passato, si alzò e camminò fino alla camera oscura, zoppicando senza ritegno, come faceva quando era da sola. Prese una delle scatole che stavano sul secondo ripiano. Sul lato c'era scritto *Istantanee* con un pennarello indelebile rosso. Ne rovesciò il contenuto sul tavolo. Con le dita sparpagliò le varie foto. Alcune erano appiccicate insieme. Alice le passò in rassegna velocemente e alla fine trovò quella giusta.

La studiò a lungo. Mattia era giovane, e anche lei. Lui teneva la testa china. Era difficile studiarne l'espressione e verificare così la somiglianza. Era passato molto tempo. Forse troppo.

Quell'immagine ferma ne fece riaffiorare altre e la mente di Alice le ricucì insieme ricreando il movimento, frammenti di suoni, stralci di sensazioni. Fu pervasa da una nostalgia lancinante eppure piacevole.

Se avesse potuto scegliere un punto da cui ripartire, avrebbe scelto quello: lei e Mattia in una camera silenziosa, con le loro intimità che esitavano a toccarsi ma i cui contorni combaciavano esattamente.

Doveva avvisarlo. Solo vedendolo avrebbe capito. Se sua sorella era viva, Mattia aveva il diritto di saperlo.

Per la prima volta, avvertì tutto lo spazio che li separava come una distanza ridicola. Era sicura che lui si trovasse ancora là, dove gli aveva scritto alcune volte, molti anni prima. Se lui si fosse spostato, lei l'avrebbe percepito in qualche modo. Perché lei e Mattia erano uniti da un filo elastico e invisibile, sepolto sotto un mucchio di cose di poca importanza, un filo che poteva esistere soltanto fra due come loro: due che avevano riconosciuto la propria solitudine l'uno nell'altra.

Tastò sotto il mucchio di foto e vi trovò una penna. Si sedette per scrivere e fu attenta a non sbavare l'inchiostro con la mano. Alla fine ci soffiò sopra per farlo asciugare. Cercò una busta, ci infilò la fotografia e la sigillò.

Forse verrà, pensò.

Una trepidazione piacevole si prese tutte le sue ossa e la fece sorridere, come se il tempo ricominciasse esattamente da lì.

43

Prima di cercare la direzione della pista di atterrag-
gio, l'aereo su cui viaggiava Mattia attraversò la macchia verde della collina, superò la basilica e sorvolò il
centro della città in una traiettoria circolare, per due
volte. Mattia prese il ponte, quello più vecchio, come
riferimento e da lì seguì la strada fino alla casa dei
suoi genitori. Aveva ancora lo stesso colore di quando l'aveva lasciata.

Riconobbe il parco, lì vicino, delimitato dai due
stradoni che confluivano in un'ampia curva e tagliato a metà dal fiume. In un pomeriggio così terso si
vedeva tutto da lassù: nessuno sarebbe potuto sparire nel nulla.

Si sporse più avanti, per guardare ciò che l'aereo si
lasciava alle spalle. Seguì la strada sinuosa che saliva
per un pezzo sulla collina e trovò il palazzo dei Della
Rocca, con la sua facciata bianca e le finestre una attaccata all'altra, simile a un imponente blocco di
ghiaccio. Poco più su c'era la sua vecchia scuola, con
le scale antincendio verdi di cui ricordava la superficie fredda e ruvida al tatto.

Il luogo dove aveva trascorso l'altra metà della sua
vita, quella finita, assomigliava a un gigantesco pla-
stico fatto di cubi colorati e forme inanimate.

Dall'aeroporto prese un taxi. Suo padre aveva insistito per andarlo a prendere, ma lui aveva detto no, vengo da solo, con quel tono che i suoi genitori conoscevano bene e a cui tanto era inutile opporsi.

Rimase in piedi sul marciapiede, dall'altro lato della strada, a guardare la sua vecchia casa anche dopo che il taxi si fu allontanato. La borsa che portava a tracolla pesava poco. Dentro c'erano vestiti puliti per due o tre giorni al massimo.

Trovò l'ingresso del condominio aperto e salì fino al suo piano. Suonò il campanello e non avvertì nessun rumore dall'interno. Poi suo padre aprì e, prima che fossero capaci di dire qualcosa, si sorrisero, ognuno contemplando il tempo passato nei cambiamenti dell'altro.

Pietro Balossino era vecchio. Non erano solo i capelli bianchi e le vene spesse, troppo in rilievo sul dorso delle mani. Era vecchio nel modo di stare in piedi di fronte a suo figlio, di tremare impercettibilmente in tutto il corpo e di appoggiarsi alla maniglia della porta, quasi che le sue gambe da sole non bastassero più.

Si abbracciarono, un po' impacciati. La borsa di Mattia ruotò sulla sua spalla e si infilò tra di loro. Lui la lasciò cadere a terra. I loro corpi avevano ancora la stessa temperatura. Pietro Balossino toccò i capelli di suo figlio e si ricordò di troppe cose, che a sentirle tutte insieme gli fecero male al petto.

Mattia guardò suo padre per chiedergli la mamma dov'è?, e lui capì.

«La mamma sta riposando» disse. «Non si sentiva molto bene. Dev'essere stato il caldo di questi giorni.»

Mattia annuì.

«Hai fame?»

«No. Vorrei solo un po' d'acqua.»

«Te la porto subito.»

Suo padre sparì in fretta in cucina, quasi stesse

cercando una scusa per togliersi di lì. Mattia pensò che rimaneva solo questo, che tutto l'affetto dei genitori si risolve in piccole premure, nelle stesse preoccupazioni che i suoi elencavano al telefono ogni mercoledì: il mangiare, il caldo e il freddo, la stanchezza, a volte i soldi. Tutto il resto giaceva come sommerso a profondità irraggiungibili, in una massa cementificata di discorsi mai affrontati, di scuse da fare e da ricevere e di ricordi da correggere, che sarebbero rimasti tali.

Percorse il corridoio fino alla sua camera. Era sicuro di trovare ogni cosa come l'aveva lasciata, come se quello spazio fosse immune all'erosione del tempo, come se tutti gli anni della sua assenza non costituissero che una parentesi in quel luogo. Provò una delusione estraniante quando vide che tutto era diverso, simile alla sensazione orribile di non esistere più. Le pareti che una volta erano azzurro chiaro erano state coperte da una tappezzeria color crema, che faceva sembrare la stanza più luminosa. Al posto del suo letto c'era il divano che per anni era stato in salotto. La sua scrivania era ancora di fronte alla finestra, ma sopra non c'era più nulla di suo, solo una pila di giornali e una macchina per cucire. Non c'erano foto, né sue né di Michela.

Restò sulla soglia, come se non avesse il permesso di entrare. Suo padre si avvicinò con il bicchiere d'acqua e sembrò leggergli i pensieri.

«Tua madre voleva imparare a cucire» disse, quasi per giustificarsi. «Ma si è stufata in fretta.»

Mattia bevve l'acqua tutta d'un fiato. Appoggiò la borsa contro la parete, dove non era d'intralcio.

«Ora devo andare» fece.

«Di già? Ma sei appena arrivato...»

«Devo vedere una persona.»

Passò a fianco di suo padre, evitandone lo sguardo

e strisciando con la schiena contro la parete. I loro corpi erano troppo simili e ingombranti e adulti per stare così vicini. Portò il bicchiere in cucina, lo sciacquò e lo ripose capovolto sullo scolapiatti.

«Tornerò questa sera» disse.

Fece un cenno di saluto a suo padre, che era in piedi al centro del salotto, nello stesso punto in cui nell'altra vita stava abbracciando la mamma, parlando di lui. Non era vero che Alice lo stava aspettando, non sapeva nemmeno dove trovarla, ma doveva uscire di lì subito.

44

Durante il primo anno si erano scritti. Aveva cominciato Alice, come in ogni altra cosa che li avesse ri-
guardati. Gli aveva inviato la foto di una torta con la
scritta un po' sbilenca *Buon Compleanno*, fatta di fra-
gole tagliate a metà. Dietro aveva firmato solamente
A puntato e non aveva aggiunto nulla. La torta l'aveva fatta lei, per il compleanno di Mattia, e poi l'aveva
gettata nell'immondizia tutta intera. Mattia aveva risposto con una lettera di quattro pagine fitte, in cui le
raccontava come fosse difficile ricominciare in un posto nuovo, senza conoscere la lingua, e in cui si scusa-
va di essere partito. O almeno così era sembrato ad
Alice. Non le aveva chiesto nulla riguardo a Fabio, né
in quella né nelle lettere successive e lei non gliene
aveva parlato. Entrambi, tuttavia, ne avvertivano la
presenza estranea e minacciosa, appena più in là del
margine del foglio. Anche per questo avevano presto
iniziato a rispondersi freddamente e a lasciar passare
ogni volta più tempo, finché la loro corrispondenza
non si era estinta del tutto.

Dopo alcuni anni Mattia aveva ricevuto un altro biglietto. Era l'invito al matrimonio di Alice e Fabio. L'a-
veva appeso al frigorifero con un pezzetto di scotch,
come se messo lì avesse dovuto ricordargli qualcosa.
Ogni mattina e ogni sera se lo trovava di fronte e

ogni volta sembrava fargli un po' meno male. A una settimana dalla cerimonia era riuscito a inviare un telegramma che diceva *Ringrazio per invito devo declinare causa impegni professionali. Felicitazioni, Mattia Balossino.* In un negozio del centro aveva impiegato un'intera mattinata a scegliere un vaso di cristallo che poi aveva fatto spedire agli sposi, al loro nuovo indirizzo.

Non fu a questo indirizzo che si recò quando uscì da casa dei suoi. Si diresse invece verso la collina al palazzo dei Della Rocca, dove lui e Alice trascorrevano insieme i pomeriggi. Era sicuro che non l'avrebbe trovata lì, ma voleva fingere che non fosse cambiato nulla.

Esitò a lungo prima di suonare il citofono. Gli rispose una donna, Soledad probabilmente.

«Chi è?»

«Sto cercando Alice» disse lui.

«Alice non vive più qui.»

Sì, era Soledad. Ne riconobbe l'inflessione spagnola ancora così marcata.

«Chi la cerca?» chiese la governante.

«Sono Mattia.»

Ci fu un silenzio prolungato. Sol provava a ricordare.

«Posso darle il suo indirizzo nuovo.»

«Non serve. Ce l'ho, grazie» disse.

«Allora arrivederci» fece Sol, dopo un altro silenzio, più breve.

Mattia si allontanò, senza voltarsi a guardare in alto. Era sicuro che Sol fosse affacciata a una delle finestre e che lo stesse osservando, riconoscendolo solo adesso e chiedendosi che fine avesse fatto in tutti quegli anni e che cosa fosse tornato a cercare ora. La verità era che non lo sapeva neanche lui.

45

Alice non lo aspettava così presto. Aveva spedito il biglietto appena cinque giorni prima ed era possibile che Mattia non l'avesse neppure ancora letto. In ogni caso era sicura che avrebbe prima telefonato, che si sarebbero dati un appuntamento, magari in un bar, dove lei l'avrebbe preparato con calma alla notizia.

L'attesa di un segnale qualunque le riempiva le giornate. Sul lavoro era distratta ma allegra e Crozza non aveva osato chiederle il perché, ma in cuor suo pensava di averne un po' di merito. Al vuoto lasciato dal distacco di Fabio si era sostituita una frenesia quasi adolescenziale. Alice montava e smontava l'immagine del momento in cui lei e Mattia si sarebbero incontrati, ne correggeva i particolari, studiava la scena da diverse angolazioni. Consumò quel pensiero al punto di farlo sembrare non più una proiezione quanto piuttosto un ricordo.

Era anche stata alla biblioteca comunale. Aveva dovuto tesserarsi, perché non ci aveva mai messo piede prima di quel giorno. Aveva cercato i giornali che parlavano della scomparsa di Michela. Leggerli l'aveva turbata, come se tutto quell'orrore stesse accadendo di nuovo, non lontano da lì. La sua sicurezza aveva vacillato davanti a una foto di Michela in prima pagina, dove lei appariva spaesata e fissava un punto al di sopra dell'obiettivo, forse la fronte di chi scattava. Quell'immagine aveva scalzato all'istante il ricordo della ragazza all'ospedale, sovrapponendosi a essa in maniera troppo puntuale per sembrarle credibile. Per la prima volta Alice si era domandata se tutto quanto non fosse che un abbaglio, un'allucinazione durata troppo a lungo. Poi aveva coperto la fotografia con una mano e aveva continuato a leggere, scacciando con decisione quel dubbio.

Il corpo di Michela non era mai stato trovato. Neppure un vestito, non una traccia. La bambina si era dileguata e per mesi era stata seguita la pista del rapimento, poi risolta nel nulla. Nessuno era stato indagato. La notizia aveva finito per occupare dei trafiletti marginali delle pagine interne per poi spegnersi del tutto.

Quando suonò il campanello, Alice si stava asciugando i capelli. Aprì distrattamente, senza nemmeno chiedere chi è, mentre si aggiustava l'asciugamano sopra la testa. Era scalza e la prima cosa di lei che Mattia vide furono i piedi nudi, il secondo dito appena più lungo dell'alluce, come a sporgersi in avanti, e il quarto ripiegato in sotto, nascosto. Erano dettagli che conosceva, che avevano resistito nella sua mente più a lungo delle parole e delle situazioni.

«Ciao» disse, sollevando gli occhi.

Alice fece un passo indietro e d'istinto chiuse i due lembi dell'accappatoio, come se il cuore potesse balzarle via dalla scollatura. Poi mise a fuoco Mattia, ne realizzò la presenza. Lo abbracciò, appoggiandosi a lui con il suo peso insufficiente. Lui le circondò la vita con il braccio destro, ma tenne le dita sollevate, come per cautela.

«Arrivo subito. Ci metto un attimo» disse lei, parlando in fretta. Rientrò e chiuse la porta, lasciandolo fuori. Aveva bisogno di qualche minuto da sola per vestirsi e truccarsi e per asciugarsi gli occhi prima che lui se ne accorgesse.

Mattia si sedette sul gradino di fronte all'ingresso, dando le spalle alla porta. Studiò il piccolo giardino, la simmetria quasi esatta della siepe bassa che costeggiava il vialetto dai due lati e la sua forma ondulata che si interrompeva a metà del periodo di una sinusoide. Quando udì lo scatto della serratura si voltò e per un momento tutto sembrò com'era stato lui che aspettava Alice fuori e lei che usciva, vestita bene e sorridente, e insieme s'incamminavano per la strada, senza aver deciso una meta.

Alice si chinò e lo baciò sulla guancia. Per sedersi accanto a lui dovette tenersi alla sua spalla, per via della gamba rigida. Lui si fece di lato. Non avevano dove appoggiare la schiena, perciò stavano entrambi un po' chinati in avanti.

«Hai fatto presto» disse Alice.

«Il tuo biglietto è arrivato ieri mattina.»

«Allora non è poi così lontano, questo posto.»

Mattia abbassò la testa. Alice gli prese la mano destra e gliela fece aprire, dalla parte del palmo. Lui non oppose resistenza, perché con lei non doveva vergognarsi dei segni.

Ce n'erano di nuovi, potevi riconoscerli come tratti più scuri in mezzo a quel groviglio di cicatrici bianche. Nessuno sembrava così recente, a eccezione di un alone circolare, simile a una bruciatura. Alice ne seguì il contorno con la punta dell'indice e lui avvertì appena il suo tocco attraverso tutti quegli strati di pelle indurita. Lasciò che lei guardasse con calma, perché la sua mano raccontava molto di più di quanto lui potesse fare a voce.

«Sembrava importante» fece Mattia.

«Infatti lo è.»

Lui si voltò a guardarla, per chiederle di andare avanti.

«Non ancora» disse Alice. «Prima andiamocene di qui.»

Mattia si alzò per primo, poi le porse la mano per aiutarla, come avevano sempre fatto. Camminarono verso la strada. Era difficile parlare e pensare insie· me, come se le due azioni si annullassero a vicenda.

«Qui» fece Alice.

Disattivò l'antifurto di una station wagon verde scuro e Mattia pensò che era troppo grande per lei sola.

«Guidi tu?» gli chiese Alice per gioco.

«Non sono capace.»

«Stai scherzando?»

Lui alzò le spalle. Si guardavano da sopra il tettuccio dell'auto. Il sole scintillava sulla carrozzeria in mezzo a loro.

«Là non mi serve» si giustificò.

Alice tamburellò con la chiave sul mento, pensierosa.

«Allora so dove dobbiamo andare» disse, con lo stesso identico guizzo che annunciava le sue idee da ragazzina.

Salirono in macchina. Sul cruscotto di fronte a Mattia non c'era nulla, a eccezione di due compact disc, appoggiati uno sull'altro e con i dorsi rivolti verso di lui: *Quadri di un'esposizione* di Musorgskij e una collezione di sonate di Schubert.

«Ti sei data alla musica classica?»

Alice diede un'occhiata fugace ai dischi. Storse il naso.

«Figurati. Quelli sono suoi. A me fanno dormire e basta.»

Mattia si strinse contro la cintura di sicurezza. Gli graffiava la spalla perché era regolata su qualcuno

283

di più basso, Alice probabilmente, quando sedeva lì mentre il marito guidava. Insieme ascoltavano musica classica. Cercò di immaginarselo, poi si lasciò distrarre dalla scritta stampata sullo specchietto retrovisore: *Objects in the mirror are closer than they appear.*

«Fabio, vero?» domandò. Conosceva già la risposta, ma voleva sciogliere quel nodo, liquefare quella presenza ingombrante e taciuta che sembrava studiarli dal sedile posteriore. Sapeva che altrimenti il dialogo tra di loro si sarebbe incagliato lì, come una barca sgangherata fra gli scogli.

Alice annuì, come se le costasse fatica. Se gli avesse spiegato tutto, del bambino, della lite e del riso che ancora se ne stava infilato negli angoli della cucina, lui avrebbe pensato che era quello il motivo per cui l'aveva chiamato. Non avrebbe più creduto alla storia di Michela, avrebbe pensato a lei come a una donna in crisi con il marito, che cerca di riallacciare vecchi rapporti per non sentirsi tanto sola. Per un attimo si chiese se non fosse davvero così.

«Avete figli?»

«No, nessuno.»

«Ma perché...»

«Lascia perdere» l'interruppe Alice.

Mattia tacque, ma non si scusò.

«E tu?» fece lei dopo un po'. Aveva esitato a chiederlo, per paura della risposta. Poi la sua voce era uscita da sola e lei se n'era quasi stupita.

«No» rispose Mattia.

«Non hai figli?»

«Non ho...» Gli venne da dire nessuno. «Non mi sono sposato.»

Alice annuì.

«Continui a fare il prezioso, insomma» fece, voltandosi per sorridergli.

284

Mattia scosse la testa imbarazzato e capì cosa intendeva.

Erano arrivati in un grande parcheggio vuoto nella zona dell'autoporto, dove i grossi prefabbricati stavano uno attaccato all'altro e non ci viveva nessuno. Tre pile di bancali di legno avvolti nel cellophane erano addossati a una parete grigia, di fianco a una serranda abbassata. Più in alto, sopra il tetto, c'era un'insegna spenta, che di notte doveva risplendere di un arancione brillante.

Alice fermò la macchina al centro del parcheggio e spense il motore.

«Tocca a te» disse, aprendo la portiera.

«Che cosa?»

«Adesso guidi.»

«No no» si ritrasse Mattia. «Scordatelo.»

Lei lo fissò attentamente, con gli occhi semichiusi e le labbra arricciate in avanti, come se stesse ritrovando soltanto ora una specie di affetto di cui si era scordata.

«Non sei poi così cambiato» disse. Non era un rimprovero, piuttosto sembrava sollevata.

«Neppure tu» fece lui.

Scrollò le spalle.

«E va bene» disse. «Proviamoci.»

Alice rise. Scesero dall'auto per cambiarsi di posto e Mattia camminò ciondolando esageratamente per mostrare tutta la sua rassegnazione. Per la prima volta si trovarono uno nel ruolo dell'altra, a rivolgersi quello che entrambi pensavano fosse il giusto profilo.

«Non ne so niente» fece Mattia con le braccia alzate sul volante, come se davvero non sapesse dove appoggiarle.

«Niente di niente? Mai guidato neppure una volta?»

«Praticamente mai.»

«Allora siamo messi male.»

Alice si sporse su di lui. Mattia fissò per un attimo i suoi capelli cadere dritti lungo la verticale, verso il centro della Terra. Sotto la maglietta che le si sollevò appena sulla pancia riconobbe il bordo superiore del tatuaggio, che molto tempo prima aveva osservato da vicino.

«Sei così magra» disse senza riflettere, come se stesse pensando ad alta voce.

Alice girò la testa di scatto per guardarlo, ma poi fece finta di niente.

«No» disse, scrollando le spalle. «Come al solito.» Si ritrasse un po' e indicò i tre pedali.

«Allora. Frizione, freno e acceleratore. Piede sinistro solo per la frizione e piede destro per gli altri due.»

Mattia annuì, ancora un po' distratto dalla prossimità del corpo di lei e dall'odore invisibile di bagnoschiuma che si era lasciato dietro.

«Le marce le sai, no? Poi sono scritte qui. Prima, seconda, terza. E mi sa che per ora può bastare» continuò Alice. «Quando cambi, tieni giù la frizione e poi la lasci lentamente. Per mettere in moto pure: tieni giù la frizione e poi la molli dando un po' di acceleratore. Sei pronto?»

«E anche se non lo fossi?» le fece il verso Mattia.

Cercò di concentrarsi. Si sentiva nervoso come a un esame. Con il tempo si era convinto di non saper più fare nulla al di fuori del suo elemento, degli insiemi ordinati e transfiniti della matematica. Le persone invecchiando acquistavano sicurezza, mentre lui la perdeva, come se la sua fosse una riserva limitata.

Valutò lo spazio che li separava dai bancali impilati in fondo. Una cinquantina di metri, almeno. Anche partendo a tutta velocità avrebbe avuto il tempo di frenare. Tenne girata la chiave troppo a lungo, facendo grattare il motorino d'avviamento. Rilasciò delicatamente la frizione, ma non diede abbastanza gas e la macchina si spense in un singhiozzo. Alice rise.

«Quasi. Un po' più incisivo però.»

Mattia inspirò a fondo. Poi riprovò. L'auto partì con uno scatto in avanti e Alice gli ordinò frizione e seconda. Mattia cambiò marcia e accelerò ancora. Proseguirono dritto ed erano quasi a una decina di metri dal muro della fabbrica quando lui si decise a girare il volante. Fecero una curva a centottanta gradi che li sballottò entrambi da un lato e tornarono al punto da cui erano partiti.

Alice batté le mani.

«Visto?» gli fece.

Lui curvò di nuovo. Rifece lo stesso giro. Sembrava non sapesse che seguire quella traiettoria stretta e ovale, quando aveva un piazzale immenso tutto a propria disposizione.

«Continua dritto» disse Alice. «Vai sulla strada.»

«Ma sei matta?»

«Dài, non c'è nessuno. E poi hai già imparato.»

Mattia aggiustò il volante. Sentiva le mani sudare a contatto con la plastica e l'adrenalina attivargli i muscoli, come non succedeva da tempo. Per un attimo pensò che stava guidando una macchina, tutta intera, con i suoi pistoni e le meccaniche ingrassate d'olio, e che aveva Alice, così vicina, a dirgli cosa fare. Era quello che aveva immaginato così spesso. Non proprio uguale, in realtà, ma per una volta decise di non fare caso alle imperfezioni.

«Okay» le disse.

Puntò l'auto verso l'uscita del parcheggio. Giunto all'imbocco della strada si sporse verso il parabrezza e guardò dalle due parti. Ruotò il volante con delicatezza e non poté fare a meno di seguirne il movimento con tutto il busto, come fanno i bambini quando fingono di guidare.

Era sulla strada. Il sole già basso gli stava alle spalle e gli riverberava negli occhi dallo specchietto centrale. La lancetta del tachimetro segnava i trenta all'ora e tutta l'auto vibrava con il respiro caldo di un animale addomesticato.

«Vado bene?» chiese.

«Benissimo. Ora puoi mettere la terza.»

La strada continuava per qualche centinaio di metri e Mattia guardava avanti a sé. Alice ne approfittò per osservarlo con calma così da vicino. Non era più il Mattia della foto. La pelle del suo viso non era più un tessuto unico, liscio ed elastico: adesso le prime rughe, ancora molto sottili, gli solcavano la fronte. Si era fatto la barba, ma quella nuova già spingeva da sotto le guance, puntinandole di nero. La presenza del suo corpo era massiccia, sembrava non lasciare più spiragli per invadere il suo spazio, come lei amava fare così spesso da ragazza. Oppure era lei a non sentirsi più in diritto di farlo. A non esserne più capace.

Provò a cercare la somiglianza con la ragazza dell'ospedale ma, ora che Mattia era lì, il ricordo si era fatto ancora più confuso. Tutti quei particolari che le sembravano coincidere non erano più così nitidi. I capelli della ragazza avevano un colore più chiaro, forse. E non si ricordava delle fossette ai lati della bocca, né delle sopracciglia così folte alle estremità esterne. Per la prima volta temette davvero di essersi sbagliata.

Come glielo spiegherò?, si chiese.

Mattia si schiarì la gola, come se il silenzio si fosse protratto troppo a lungo o come se si fosse accorto che Alice lo fissava. Lei guardò altrove, verso la collina.

«Ti ricordi la prima volta che sono venuta a prenderti in macchina?» disse. «Avevo la patente da meno di un'ora.»

«Già. Tra tutte le cavie possibili avevi scelto proprio me.»

Alice pensò che non era vero. Non aveva scelto lui fra tutti quanti. La verità è che non aveva pensato a nessun altro.

«Sei stato tutto il tempo aggrappato alla maniglia. Continuavi a dire vai piano vai piano.»

Gli fece il verso con una vocina stridula, da femminuccia. Mattia si ricordò che lui era andato controvoglia. Quel pomeriggio aveva da studiare per l'esame di analisi, ma alla fine aveva ceduto, perché per Alice sembrava così maledettamente importante. Per l'intero pomeriggio non aveva fatto altro che calcolare e ricalcolare le ore di studio che stava perdendo. A ripensarci adesso si sentiva stupido, come ci si sente stupidi a pensare a tutto il tempo che sprechiamo a desiderare di essere altrove.

«Abbiamo girato in tondo mezz'ora per cercare due parcheggi liberi vicini, perché in uno solo non sapevi entrare» disse, per scacciare quei pensieri.

«Era solo una scusa per tenerti lì» rispose Alice. «Ma tu non capivi mai niente.»

Tutti e due risero, per soffocare i fantasmi liberati da quella frase.

«Dove vado?» chiese Mattia, tornando serio.

«Gira qui.»

«Va bene. Poi basta però. Ti rendo il tuo posto.»

Scalò dalla terza alla seconda senza che Alice dovesse dirglielo e impostò bene la curva. Imboccò una strada in ombra, più stretta dell'altra e senza la linea di mezzeria, schiacciata tra due file di grossi edifici uguali e privi di finestre.

«Mi fermo laggiù» disse.

Erano più o meno arrivati quando da dietro l'angolo sbucò un camion a rimorchio, che andava loro incontro occupando con prepotenza buona parte della carreggiata.

Mattia strinse le mani sul volante. Il suo piede destro non conosceva l'istinto di spostarsi sul freno, quindi schiacciò più a fondo l'acceleratore. Alice cercò con la gamba buona un pedale che non c'era. Il camion non rallentò. Si spostò appena un po' di più dalla sua parte.

«Non ci passo» disse Mattia. «Non ci passo.»

«Frena» gli fece Alice, cercando di sembrare tranquilla.

Mattia non riusciva a pensare. Il camion era a pochi metri e solo adesso accennava a rallentare. Lui sentiva il piede contratto sull'acceleratore e pensava a come passargli di lato. Si ricordò di quando con la bici scendeva dalla rampa della pista ciclabile e in fondo doveva rallentare bruscamente per passare tra i paletti che impedivano l'ingresso alle auto. Michela invece non rallentava, ci passava in mezzo senza accorgersene sulla bici con le rotelle, ma neppure una volta li aveva sfiorati con il manubrio.

Girò il volante verso destra e sembrava stesse puntando dritto contro la parete.

«Frena» ripeté Alice. «Il pedale al centro.»

Lui lo schiacciò con forza, con tutti e due i piedi. L'auto diede uno scossone violento in avanti e inchiodò a due spanne dal muro.

Per il rinculo Mattia batté la testa contro il finestrino di sinistra. La cintura di sicurezza lo tenne fermo dov'era. Alice ondeggiò in avanti come un fuscello, ma si aggrappò con forza alla maniglia. Il camion passò loro di lato, indifferente, snodato in due lunghi segmenti rossi.

Rimasero in silenzio per alcuni secondi, come a contemplare un evento straordinario. Poi Alice si mise a ridere. A Mattia bruciavano gli occhi e i nervi del collo gli pulsavano come se all'improvviso si fossero gonfiati tutti quanti e fossero lì lì per esplodere.

«Ti sei fatto male?» chiese Alice. Sembrava non riu
scisse a smettere di ridere.

Mattia era spaventato. Non rispose. Lei cercò di
tornare seria.

«Fammi vedere» disse.

Si liberò dalla cintura di sicurezza e si allungò su
di lui, che continuava a fissare il muro, così vicino.
Pensava alla parola anelastico. A come l'energia cine-
tica che ora gli faceva tremare le gambe si sarebbe li-
berata tutta insieme nell'impatto.

Finalmente staccò i piedi dal freno e l'auto spenta
scivolò un po' indietro, lungo la pendenza quasi impercettibile della strada. Alice tirò il freno a mano.

«Non hai niente» disse, sfiorando la fronte di Mattia.

Lui chiuse gli occhi e annuì. Si concentrò per non
piangere.

«Ora andiamo a casa e ti sdrai un po'» fece lei come se casa fosse casa loro.

«Devo tornare dai miei» protestò Mattia, ma con
poca convinzione.

«Ti ci porterò dopo. Ora devi riposarti.»

«Devo...»

«Sta' zitto.»

Scesero dall'auto per cambiarsi di posto. Il buio si
era preso tutto il cielo, a parte una striscia sottile che
correva lungo l'orizzonte e non serviva a nulla.

Non dissero più una parola per tutto il tragitto.
Mattia teneva la testa intrappolata nella mano destra.
Si copriva gli occhi e con pollice e medio si schiacciava le tempie. Leggeva e rileggeva la scritta sullo specchietto. *Objects in the mirror are closer than they appear.*
Pensava all'articolo che aveva lasciato da scrivere ad
Alberto. Sicuramente avrebbe fatto dei pasticci. doveva tornare là al più presto. E poi c'erano le lezioni
da preparare e il suo appartamento, in un posto silenzioso.

Alice si voltava a guardarlo, preoccupata, staccando di tanto in tanto gli occhi dalla strada. Faceva di tutto per guidare con dolcezza. Si domandò se fosse meglio mettere della musica, ma non sapeva cosa gli sarebbe piaciuto. Non sapeva più nulla di lui, in fondo. Davanti a casa lo aiutò a scendere dalla macchina, ma Mattia fece da solo. Vacillò, mentre lei apriva la porta. Alice si muoveva in fretta, ma con attenzione. Si sentiva responsabile, come se tutto quanto fosse la conseguenza inattesa di un suo brutto scherzo.

Buttò per terra i cuscini per fare spazio sul divano. Disse a Mattia stenditi qui e lui obbedì. Poi andò in cucina, per preparargli del tè o della camomilla o una cosa qualunque che avrebbe potuto tenere tra le mani rientrando in soggiorno.

Mentre aspettava che l'acqua arrivasse a ebollizione si mise a riordinare, freneticamente. Ogni tanto si voltava a guardare verso il soggiorno, ma poteva vedere solo la testiera del divano, del suo blu acceso e uniforme.

Presto Mattia le avrebbe chiesto il motivo per cui l'aveva chiamato lì e lei non avrebbe più avuto scampo. Ma ora non era più sicura di niente. Aveva visto una ragazza che gli assomigliava. Già, e allora? Il mondo è pieno di gente che si assomiglia. Pieno di casualità stupide e insignificanti. Non le aveva neppure parlato. E non avrebbe saputo dove ritrovarla, in ogni caso. A pensarci adesso, con Mattia nell'altra stanza, tutto quanto le sembrava assurdo e crudele.

L'unica cosa certa era che lui era tornato e che lei avrebbe voluto non se ne andasse più.

Lavò i piatti già puliti impilati nel lavandino e svuotò la pentola piena d'acqua appoggiata sui fornelli. Una manciata di riso era depositata sul fondo, da settimane. A guardarli attraverso l'acqua, i chicchi sembravano più grandi.

Alice versò l'acqua bollente in una tazza e ci intinse una bustina di tè. Si colorò di un fiotto scuro. Ci buttò due cucchiaini abbondanti di zucchero e tornò di là.

La mano di Mattia era scivolata dagli occhi chiusi al collo. La pelle del viso gli si era distesa e la sua espressione era neutra. Il petto si muoveva su e giù con regolarità e lui respirava solo con il naso.

Alice appoggiò la tazza sul tavolino in cristallo e, senza smettere di guardarlo, si sedette sulla poltrona di fianco. Il respiro di Mattia le restituì tranquillità. Non c'erano rumori al di fuori di quello.

Lentamente le parve che i suoi pensieri riacquistassero coerenza, che finalmente rallentassero, dopo una corsa all'impazzata verso una meta imprecisa. Si ritrovò nel proprio soggiorno come se ci fosse piombata da un'altra dimensione.

Di fronte a lei c'era un uomo, che lei una volta conosceva e che adesso era qualcun altro. Forse assomigliava davvero alla ragazza dell'ospedale. Ma non erano identici, questo no. E il Mattia che dormiva sul suo divano non era più il ragazzo che aveva visto sparire oltre le porte dell'ascensore, quella sera che dalle montagne arrivava un vento caldo e irrequieto. Non era quel Mattia che le si era piantato nella testa e aveva ostruito il passaggio a tutto il resto.

No, di fronte a lei c'era una persona adulta, che aveva costruito una vita intorno a una voragine spaventosa, su un terreno già franato, e che tuttavia c'era riuscito, lontano da quel posto, tra persone che Alice non conosceva. Lei era stata pronta a distruggere tutto quanto, a dissotterrare un orrore sepolto, per un semplice sospetto, esile come il ricordo di un ricordo.

Ma adesso che Mattia era lì davanti, con gli occhi chiusi su pensieri a cui lei non aveva accesso, sembrava tutto improvvisamente più chiaro: l'aveva cercato perché ne aveva bisogno, perché dalla sera in cui

293

l'aveva lasciato su quel pianerottolo, la sua vita era rotolata in una conca e da lì non si era più mossa. Mattia era l'estremità di quel groviglio che lei si portava dentro, attorcigliato dagli anni. Se c'era ancora una possibilità di scioglierlo, un modo per allentarlo, era tirando quel capo che adesso stringeva tra le dita.

Sentì che qualcosa si stava risolvendo, come il compimento di una lunga attesa, lo percepiva nelle membra, addirittura nella gamba difettosa che non si accorgeva mai di nulla.

Fu un gesto naturale quello di alzarsi. Non si domandò neppure se fosse giusto oppure no, se fosse davvero un suo diritto. Era solo il tempo che scivolava e che si trascinava dietro altro tempo. Erano solo gesti ovvi, che non sapevano nulla del futuro e del passato.

Si chinò su Mattia e lo baciò sulle labbra. Non ebbe paura di svegliarlo, lo baciò come si bacia una persona sveglia, soffermandosi sulle sue labbra chiuse, comprimendole come per lasciarvi un segno. Lui ebbe un sussulto, ma non aprì gli occhi. Dischiuse le labbra e l'assecondò. Era sveglio.

Fu diverso dalla prima volta. I loro muscoli facciali adesso erano più forti, più consapevoli e cercavano un'aggressività che aveva a che fare con un ruolo preciso, di uomo e di donna. Alice rimase chinata su di lui, senza salire sul divano, come se si fosse dimenticata del resto del proprio corpo.

Il bacio durò a lungo, dei minuti interi, un tempo sufficiente perché la realtà trovasse uno spiraglio tra le loro bocche aderenti e ci s'infilasse dentro, costringendo entrambi ad analizzare quello che stava accadendo.

Si staccarono. Mattia sorrise in fretta, automaticamente, e Alice si portò un dito sulle labbra umide, quasi ad accertarsi che fosse successo davvero. C'era

una decisione da prendere e andava presa senza par
lare. Si guardarono a vicenda, ma avevano già perso
la sincronia e i loro occhi non s'incontrarono.

Mattia si alzò, incerto.

«Vado un attimo...» fece, indicando il corridoio

«Certo. È la porta in fondo.»

Lui uscì dalla stanza. Aveva ancora su le scarpe e il
rumore dei suoi passi sembrava infilarsi sottoterra.

Si chiuse a chiave nel bagno. Appoggiò le mani al
lavandino. Si sentiva intontito, annebbiato. Dove aveva preso la botta avvertiva un piccolo rigonfiamento,
in lenta espansione.

Aprì il rubinetto e mise i polsi sotto l'acqua fredda,
come faceva suo padre, quando voleva fermare il
sangue che gli sgorgava dalle mani. Guardò l'acqua e
pensò a Michela, come ogni volta. Era un pensiero
senza dolore, come pensare di addormentarsi o di respirare. Sua sorella si era sfilacciata nella corrente,
sciolta lentamente nel fiume e attraverso l'acqua era
tornata dentro di lui. Le sue molecole erano sparpagliate per il suo corpo.

Sentì la circolazione riattivarsi. Ora doveva ragionare, su quel bacio e su cosa lui era venuto a cercare
dopo tutto quel tempo. Sul perché si fosse preparato
a ricevere le labbra di Alice e sul perché poi avesse
sentito il bisogno di staccarsene e di nascondersi qui.

Lei era nell'altra stanza e lo aspettava. A separarli
c'erano due file di mattoni, pochi centimetri d'into-
naco e nove anni di silenzio.

La verità era che ancora una volta lei aveva agito al
posto suo, l'aveva costretto a tornare quando lui stesso aveva sempre desiderato farlo. Gli aveva scritto
un biglietto e gli aveva detto vieni qui e lui era saltato
su come una molla. Una lettera li aveva riuniti così
come un'altra lettera li aveva separati.

Mattia lo sapeva cosa c'era da fare. Doveva andare di là e sedersi di nuovo su quel divano, doveva prenderle una mano e dirle non dovevo partire. Doveva baciarla un'altra volta e poi ancora, finché si sarebbero abituati a quel gesto al punto di non poterne più fare a meno. Succedeva nei film e succedeva nella realtà, tutti i giorni. La gente si prendeva quello che voleva, si aggrappava alle coincidenze, quelle poche, e ci tirava su un'esistenza. Doveva dire ad Alice sono qui oppure andare via, prendere il primo volo e sparire di nuovo, tornare nel luogo in cui era rimasto in sospeso per tutti quegli anni.

Ormai l'aveva imparato. Le scelte si fanno in pochi secondi e si scontano per il tempo restante. Era successo con Michela e poi con Alice e adesso di nuovo. Stavolta li riconosceva: quei secondi erano lì e lui non si sarebbe più sbagliato.

Chiuse le dita sotto il getto d'acqua. Ne raccolse un po' tra le mani e si bagnò il viso. Senza guardare, ancora piegato sopra il lavandino, allungò un braccio per prendere un asciugamano. Se lo strofinò sul viso e poi lo allontanò. Attraverso lo specchio vide una macchia più scura sull'altro lato. Lo girò. Era il ricamo delle iniziali FR, disposte a un paio di centimetri dall'angolo, in posizioni simmetriche rispetto alla bisettrice.

Mattia si voltò e trovò l'altro asciugamano, identico. Nello stesso punto erano cucite le lettere ADR.

Si guardò attorno, più attentamente. Nel bicchiere bordato di calcare c'era un solo spazzolino e di fianco un cestino pieno di oggetti messi insieme alla rinfusa: delle creme, un elastico rosso, una spazzola con dei capelli attaccati e un paio di forbicine per le unghie. Sulla mensola sotto lo specchio era appoggiato un rasoio, frammenti millimetrici di peli scuri erano ancora incastrati sotto la lama.

C'era stato un tempo in cui, seduto sul letto insieme ad Alice, poteva percorrere la stanza di lei con lo sguardo, individuare qualcosa su uno scaffale e dirsi gliel'ho comprato io. Quei regali erano lì a testimoniare un percorso, come bandierine appuntate alle tappe di un viaggio. Segnavano il ritmo cadenzato dei Natali e dei compleanni. Alcuni riusciva ancora a ricordarli: il primo disco dei Counting Crows, un termometro di Galileo, con le sue ampolle variopinte e fluttuanti in un liquido trasparente, e un libro di storia della matematica, che Alice aveva accolto con uno sbuffo ma che alla fine aveva letto. Lei li conservava con cura, trovando loro una posizione evidente, perché a lui fosse chiaro che li aveva sempre sotto gli occhi. Mattia lo sapeva. Sapeva tutto quanto, ma non riusciva a muoversi da dov'era. Come se, abbandonandosi al richiamo di Alice, potesse ritrovarsi in trappola, annegarci dentro e perdersi per sempre. Era rimasto impassibile e in silenzio, ad aspettare che fosse troppo tardi.

Adesso intorno a lui non c'era un solo oggetto che riconoscesse. Guardò il proprio riflesso nello specchio, i capelli scombinati, il colletto della camicia un po' storto, e fu allora che capì. In quel bagno, in quella casa come nella casa dei suoi genitori, in tutti quei luoghi non c'era più nulla di lui.

Rimase immobile, ad abituarsi alla decisione che aveva preso, finché non sentì che i secondi erano finiti. Ripiegò con cura l'asciugamano e con il dorso della mano cancellò le goccioline che aveva lasciato sul piano del lavandino.

Uscì dal bagno e camminò lungo il corridoio. Si fermò sulla soglia del soggiorno.

«Adesso devo andare» disse.

«Sì» rispose Alice, come se si fosse già preparata a dirlo.

I cuscini erano di nuovo al loro posto sul divano e un grande lampadario illuminava tutto dal centro del soffitto. Non c'era più nessuna traccia di cospirazione. Il tè si era raffreddato sul tavolino e in fondo alla tazza si era accumulato un precipitato scuro e zuccherino. Mattia pensò che quella era solamente la casa di qualcun altro.

Si avvicinarono insieme alla porta. Lui sfiorò con la mano quella di Alice mentre le passava accanto.

«Il biglietto che mi hai mandato...» fece. «C'era qualcosa che volevi dirmi.»

Alice sorrise.

«Non era niente.»

«Prima hai detto che era importante.»

«No. Non lo era.»

«Riguardava me?»

Lei esitò un attimo.

«No» fece. «Riguardava solo me.»

Mattia annuì. Pensò a un potenziale che si era esaurito, alle invisibili linee di campo che prima li univano attraverso l'aria e che adesso non c'erano più.

«Allora ciao» disse Alice.

La luce era tutta dentro e il buio tutto fuori. Mattia le rispose con un gesto della mano. Prima di rientrare, lei vide ancora il cerchio scuro disegnato sul suo palmo, come un simbolo misterioso e indelebile e irrimediabilmente chiuso.

46

L'aereo viaggiò in piena notte e le poche persone insonni che lo notarono da terra non videro che un piccolo ammasso di luci intermittenti, come una costellazione itinerante contro il cielo nero e fisso. Nessuna di loro sollevò una mano per salutarlo, perché quelle erano cose da bambini.

Mattia salì sul primo dei taxi in fila di fronte al terminal e comunicò l'indirizzo all'autista. Quando passarono sul lungomare un debole chiarore si levava già dall'orizzonte.

«*Stop here, please*» fece al tassista.

«*Here?*»

«*Yes.*»

Pagò il dovuto e scese dall'auto, che subito si allontanò. Attraversò una decina di metri di prato e si avvicinò a una panchina, che sembrava messa lì apposta per guardare il vuoto. Ci buttò sopra la borsa, ma lui non si sedette.

Un lembo di sole spuntava già dall'orizzonte. Mattia provò a ricordarsi il nome geometrico di quella figura piana, delimitata da un arco e da un segmento, ma non gli venne in mente. Il sole sembrava muoversi più velocemente che di giorno, era possibile percepirne la velocità, come se avesse fretta di venire fuori. I raggi radenti alla superficie dell'acqua erano rossi, arancioni e gialli e Mattia sapeva perché, ma saperlo non aggiungeva nulla e non lo distraeva.

La curva della costa era piatta e spazzata dal vento e lui era l'unico a guardarla.

Finalmente la gigantesca palla rossa si staccò dal mare, come una bolla incandescente. Per un attimo Mattia pensò ai movimenti rotatori degli astri e dei pianeti, al sole che la sera cadeva alle sue spalle e al mattino risaliva lì di fronte. Tutti i giorni, dentro e fuori dall'acqua, che lui fosse lì a guardarlo oppure no. Non era nient'altro che meccanica, conservazione dell'energia e del momento angolare, forze che si bilanciavano, spinte centripete e centrifughe, nient'altro che una traiettoria, che non poteva essere diversa da com'era.

Lentamente le tonalità si attenuarono e l'azzurro chiaro della mattina cominciò a emergere dal fondo degli altri colori e si prese prima il mare e poi il cielo.

Mattia si soffiò sulle mani, che il vento salmastro aveva reso inservibili. Poi le ritirò nella giacca. Sentì qualcosa nella tasca destra. Ne tirò fuori un biglietto piegato in quattro. Era il numero di Nadia. Lesse a mente la sequenza dei numeri e sorrise.

Aspettò che si spegnesse anche l'ultima fiammella viola sull'orizzonte e, in mezzo alla nebbiolina che si disperdeva, si avviò a piedi verso casa.

Ai suoi genitori l'alba sarebbe piaciuta. Magari, un giorno, li avrebbe portati a vederla e poi avrebbero passeggiato insieme fino al porto, per fare colazione con dei tramezzini al salmone. Lui avrebbe spiegato loro come succede, come le infinite lunghezze d'onda si fondono a formare la luce bianca. Avrebbe parlato di spettri di assorbimento e di emissione e loro avrebbero annuito senza capire.

L'aria fredda del mattino s'infilava sotto la giacca e Mattia la lasciò fare. Sapeva di pulito. Poco più in là lo aspettavano una doccia, una tazza di tè caldo e una giornata come tante e a lui non serviva nient'altro.

47

Quello stesso mattino, qualche ora più tardi, Alice avvolse le persiane. Il rumore secco dei listelli di plastica che si arrotolavano alla puleggia era confortante. Fuori c'era il sole, già alto.

Scelse un disco tra quelli impilati di fianco allo stereo, senza pensarci troppo su. Voleva solo un po' di rumore che ripulisse l'aria. Girò la manopola del volume fino alla prima tacca rossa. Fabio si sarebbe infuriato. Le venne da sorridere a pensare al modo in cui avrebbe pronunciato il suo nome, gridando per passare sopra la musica e strascicando troppo la *i*, con il mento spinto in avanti.

Tirò via le lenzuola e le ammucchiò in un angolo. Dall'armadio ne prese di pulite. Le guardò gonfiarsi d'aria e poi ricadere giù, ondeggiando lievemente. Damien Rice spezzò appena la voce, prima di arrivare a cantare *oh coz nothing is lost, it's just frozen in frost.*

Alice si lavò con calma. Rimase a lungo sotto la doccia, con il viso rivolto verso il getto d'acqua. Poi si vestì e si passò un trucco leggero, quasi invisibile, sulle guance e sulle palpebre.

Quando fu pronta il disco era finito da un pezzo, ma lei non se ne accorse. Uscì di casa e si mise in macchina.

A un isolato dal negozio cambiò direzione. Sarebbe arrivata un po' in ritardo, ma non aveva importanza. Guidò fino al parco, dove Mattia le aveva raccontato tutto. Parcheggiò nello stesso punto e spense il motore. Le sembrò che non fosse cambiato nulla. Si ricordava di ogni cosa, a eccezione della staccionata di legno lucido che ora recintava il prato.

Scese dall'auto e s'incamminò verso gli alberi. L'erba scricchiolava, ancora fredda dalla notte, e i rami erano carichi di foglie nuove. Seduti sulle panche c'erano dei ragazzi, là dove tanto tempo prima era seduta Michela. Al centro del tavolo, delle lattine erano disposte una sull'altra a formare una torre. I ragazzi parlavano ad alta voce e uno di loro si agitava molto imitando qualcuno.

Alice si avvicinò, cercando di cogliere dei frammenti dai loro discorsi, ma prima che potessero notarla passò oltre e si diresse verso il fiume. Da quando il Comune aveva deciso di tenere la diga aperta tutto l'anno, non scorreva quasi più acqua in quel punto. Nelle pozze oblunghe il fiume sembrava immobile, come dimenticato, esausto. La domenica, quando faceva caldo, la gente si portava le sdraio da casa e scendeva là sotto a prendere il sole. Il fondale era fatto di sassi bianchi e di una sabbia più fine, giallastra. Sulla sponda l'erba era alta, ad Alice arrivava più su delle ginocchia.

Scese, controllando a ogni passo che il terreno non cedesse. Proseguì sul letto del fiume, fino al margine dell'acqua. Davanti a lei c'era il ponte e più in là l'arco alpino, che in giornate limpide come quella sembrava vicinissimo. Soltanto le cime più alte erano ancora innevate.

Alice si distese sul greto asciutto. La sua gamba difettosa la ringraziò, rilassandosi. Le pietre più grandi le pungevano la schiena, ma lei non si mosse.

Chiuse gli occhi e cercò di immaginare l'acqua, tutto intorno e sopra di lei. Pensò a Michela che si sporgeva dalla riva. Al suo viso rotondo che aveva visto sui giornali, specchiato dal fiume color argento. Al tonfo che nessuno era lì ad ascoltare e ai vestiti zuppi e gelidi che la trascinavano giù. Ai suoi capelli sospesi come alghe scure. La vide annaspare con le braccia, agitarle scompostamente e ingoiare sorsate dolorose di quel liquido freddo, che la trascinavano più in basso, quasi a toccare il fondale.

Poi immaginò il suo movimento farsi più sinuoso, le braccia trovare la giusta coordinazione e descrivere cerchi via via più ampi, i piedi tendersi come due pinne e muoversi insieme, la testa rivolgersi verso l'alto, dove ancora filtrava un po' di luce. Vide Michela riaffiorare alla superficie e respirare, finalmente. La seguì, mentre nuotava a filo d'acqua, nella direzione della corrente, verso un posto nuovo. Per tutta la notte, fino al mare.

Quando aprì gli occhi il cielo era ancora lì, con il suo azzurro monotono e brillante. Non una nuvola lo attraversava.

Mattia era lontano. Fabio era lontano. La corrente del fiume produceva un fruscio debole e sonnolento.

Si ricordò di quando era distesa nel canalone, sepolta dalla neve. Pensò a quel silenzio perfetto. Anche adesso, come allora, nessuno sapeva dove lei si trovasse. Anche questa volta non sarebbe arrivato nessuno. Ma lei non stava più aspettando.

Sorrise verso il cielo terso. Con un po' di fatica, sapeva alzarsi da sola.

Ringraziamenti

Questo libro non ci sarebbe senza Raffaella Lops.

Ringrazio, in ordine sparso, Antonio Franchini, Joy Terekiev, Mario Desiati, Giulia Ichino, Laura Cerutti, Cecilia Giordano, i miei genitori, Giorgia Mila, Roberto Castello, Emiliano Amato, Pietro Grossi e Nella Re Rebaudengo. Ognuno di loro sa perché.

Indice

Arnoldo Mondadori Editore S.p.A.

Questo volume è stato stampato
presso Mondadori Printing S.p.A.
Stabilimento Nuova Stampa Mondadori - Cles (TN)

Stampato in Italia - Printed in Italy

Ristampa

29 28 27 26 25 24

Anno

2011   2010   2009   2008